동아
COMMUNICATION
GROUP

동아
COMMUNICATION
GROUP

동아
COMMUNICATION
GROUP

동아

COMMUNICATION
GROUP

손만 대면 다 고쳐 2권

초판 1쇄 인쇄일 | 2022년 5월 20일
초판 1쇄 발행일 | 2022년 5월 27일

지은이 | 해우
펴낸이 | 박성면
펴낸곳 | (주)동아

출판등록 | 제406-2007-000071호
주소 | 경기도 파주시 문발동 223-1 2층
전화 | (031)8071-5201
팩스 | (031)8071-5204
E-mail | lion6370@hanmail.net

정가 | 8,000원

ISBN 979-11-6302-589-4 (04810)
ISBN 979-11-6302-587-0 (Set)

ⓒ 해우, 2022

※ 이 책은 (주)동아와 저작자의 계약에 의해 출판된 것이므로, 무단 전재 및 유포, 공유를 금합니다.

손만대면 다고쳐

해우 현대판타지 장편 소설

DONG-A MODERN FANTASY STORY

목차

6. 거대 소나무

"속도는 느린 것 같네요."

내 말에 노 씨 아저씨가 잠시 살펴보더니 말했다.

"그런 것 같습니다."

나무 종류는 속도가 느린 것이 특징인가 싶었다.

그러니 아주머니와 아이들이 나무를 피해 여기까지 도망쳐
올 수 있었던 것 같았다.

"그래도 가로수 괴물보다는 빠릅니다. 성인이 빠르게 걷는 정도
의 속도입니다. 대장님."

노 씨 아저씨가 이런 방면에는 나보다 뛰어났다.

"얼마나 걸릴까요?"

"여기까지 10분 정도면 도착할 것 같습니다."

"저기요. 이 사장님."

아주머니가 아주 절실한 표정으로 나를 불렀다.

무슨 일이 있나 싶은 생각으로 아주머니를 쳐다봤다.

"저는 어떻게 되도 상관없으니……. 우리 애들만 부탁해요. 두 분이서 애들을 업고 뛰시면……."

아주머니가 어떤 생각을 하는지 알 것 같았다.

저 멀리서 다가오는 나무 괴물의 속도가 느리다고 하지만 아이들 역시 걷는 속도가 느릴 것이다.

뛴다고 해도 아이들 체력이 얼마나 될까.

"엄마!"

여자아이가 갑자기 소리쳤다. 아주머니가 어떤 말을 하는지 알기에 이러는 것이겠지.

"수진아 잘 들어. 엄마도 뒤따라갈 거야. 걱정 안 해도 돼."

"걱정을 어떻게 안 해! 아저씨들 따라올 수 있어?"

"따라갈 수 있어. 엄마가 도착할 때까지 주영이 잘 돌보고 있으면 돼."

아주머니는 아주 비장한 표정으로 나에게 말했다.

"제발 부탁해요."

"엄마아아!"

여자아이가 아주머니의 팔을 잡았다. 그리고 남자아이는 분위기가 심상치 않다고 느꼈는지 울먹이기 시작했다.

"저기 분위기 깨서 미안한데요. 모두 같이 갈 방법이 있습니다. 아주머니."

"정말이요?"

"네. 하지만 빨리 가야 할 것 같네요. 저놈들 시선에서 벗어나야 안 따라올 것 같습니다."

이건 그냥 느낌이었다. 하지만 이런 느낌은 대부분 맞았다.

"진짜로 우리 모두를 데리고 가실 수 있어요?"

"네. 믿어 보세요."

나는 노 씨 아저씨에게 말했다.

"아저씨 운전하실 수 있죠?"

"있습니다만. 대장님이 안 하시고요?"

"네. 좌석이 좁아요."

주유차에 뒷좌석이 있는 것도 아니고 아이들까지 포함해서 5명이나 되는 인원이 다 탈 수는 없었다.

"그냥 무릎에 앉히면 되지 않을까요?"

"아니요. 중간에 길을 막는 차도 치워야 하잖아요. 주유차 위에 타고 가다가 차를 치울 생각이에요."

노 씨 아저씨는 내 생각과는 다른 것 같았다.

"그런 일이라면 제가 더 잘합니다. 차 위에 매달려서 빠르게 달려 보신 적 있으신가요?"

"아니요."

"거친 들판 위를 트럭 뒤에 타고 다닌 경험이 있습니다. 그러니

제가 위에 올라가겠습니다."

노진수는 이성필의 안전이 가장 우선되어야 한다고 생각했다.

자신은 싸우는 것밖에 못하지만 이성필은 아니었기 때문이었다.

그리고 노진수는 제정신을 차리고 난 후 자신의 존재 이유는 단 한 가지라고 생각했다.

이성필을 지키는 것.

"저기요. 누가 하시든 빨리 하시면 안 될까요?"

나와 노 씨 아저씨는 아주머니에게 고개를 돌렸다. 아주머니는 다급해 보이면서도 미안한 표정을 짓고 있었다.

"맞네요. 이렇게 실랑이하면서 보낼 시간이 없네요. 노 씨 아저씨, 제가 운전할게요."

"네. 대장님."

"여기서 기다려요."

나는 뛰어가서 주유차를 가지고 왔다.

조수석 문을 열며 소리쳤다.

"노 씨 아저씨, 애들 먼저요."

노 씨 아저씨는 기다렸다는 듯이 남자아이 먼저 번쩍 들어서 차에 태웠다. 여자아이는 자신이 올라탔다. 아주머니도 알아서 타는 것 같자 노 씨 아저씨는 주유차 위로 뛰어올랐다.

아주머니가 조수석 문을 닫는 것보다 빠르게 위에서 텅하는 소리가 들렸다.

"대장님! 출발하시죠!"

노 씨 아저씨의 말에 나는 운전석 창문을 내리고 소리쳤다.

"조심하세요."

나는 기어를 2단으로 놓고 액셀을 힘껏 밟았다.

주유차는 아쉽게도 수동으로 기어를 조작해야 했다.

부우웅 소리를 내며 주유차가 출발했다.

힐끗 옆을 보니 아이들과 아주머니는 신기한 듯한 표정을 지었다. 그럴 수밖에 없겠지. 자동차가 다 멈춘 줄 알았는데 움직이고 있으니.

도로 위의 버려진 차를 피해 계속 달렸다. 그런데 분명 차가 못 다닐 정도로 버려진 차로 막혀 있던 곳이 뚫려 있었다.

이유가 뭐든 잘됐다 싶었다. 이대로 주욱 달리면 늦어도 15분 안에 고물상에 도착할 수 있었다.

그런데 눈앞의 공간이 붉은색으로 보이는 곳이 나타났다. 섬뜩한 느낌이 들었다.

나도 모르게 브레이크를 밟았다.

끼이익.

후웅. 퍼석.

바로 앞에 바람 소리가 들릴 정도로 빠르게 나뭇가지가 떨어져 도로를 부쉈다. 브레이크를 밟지 않았다면 운전석이 있는 부분은 완전히 박살 났을 것 같았다.

"어이구. 아버지!"

"엄마!"

아주머니와 여자아이가 놀란 것 같았다. 남자아이는 겁에 질려 있었다. 그때 나뭇가지가 툭하고 떨어졌다. 그리고 노 씨 아저씨가 차 앞에 내려섰다. 급정거할 때 앞으로 날아가 나뭇가지를 벤 것 같았다.

"대장님, 뒤에!"

노 씨 아저씨가 가리키는 곳은 조수석 방향이었다.

조수석 사이드미러를 보니 그냥 가로수인 줄 알았던 것이 뿌리를 뽑아 움직이고 있었다.

"노 씨 아저씨, 조심해요!"

나뭇가지가 날아온 방향에서 다시 공격이 시작되는 것이 보였다.

노 씨 아저씨는 내 말에 바로 반응했다.

몸을 돌리는 순간 일본도로 날아오는 나뭇가지를 막았다.

아니 베었다. 너무 쉽게 나뭇가지가 잘라졌다. 아무래도 노 씨 아저씨도 까마귀를 잡으면서 더 힘이 강해진 것 같았다.

"가세요!"

나는 주저하지 않고 다시 기어를 넣은 다음 액셀을 밟았다.

덜컹거리며 잘린 나뭇가지를 넘었다.

노 씨 아저씨를 버리는 것이 아니었다. 머뭇거렸다가는 오히려 노 씨 아저씨에게 짐이 됐을 것이다.

가로수 괴물의 공격을 쉽게 막아 내는 것 같아 더 안심하고 액셀을 밟은 것이었다.

그래도 신경은 쓰였다. 사이드미러로 힐끗 봤다.

노 씨 아저씨가 빠르게 달려오는 것이 보였다.

그 뒤로 가로수 괴물 3마리가 쫓아왔다. 하지만 빠르게 달리는 노 씨 아저씨나 주유차를 따라잡을 수는 없었다.

순간 노 씨 아저씨가 사라졌다.

터엉.

사라진 것이 아니었다. 주유차 위에 올라탄 것 같았다.

나는 운전석 창밖을 향해 소리쳤다.

"괜찮으세요?"

"괜찮습니다!"

다행이다 싶었다. 이제 안전하게 가면 될 것 같았다. 하지만 그런 생각은 섣부른 판단이었다. 나는 다시 브레이크를 밟을 수밖에 없었다. 이번에는 급정거가 아니었다. 500m 정도 되는 거리에 가로수 괴물 3마리가 나타나 길을 막고 있었다.

노 씨 아저씨가 운전석 방향으로 내려왔다.

"저놈들 몰이 사냥하는 것 같습니다. 대장님."

내 생각도 노 씨 아저씨와 같았다.

앞에서 못 잡을 수 있다는 것을 대비해서 도망칠 길을 막은 것 같았다.

뒤로 빠져나갈 길도 없었다.

"아무래도 차를 버려야겠네요."

고물상까지는 얼마 안 남았다. 1km 정도였다. 눈으로 확인할 수 있는 거리였다.

하지만 주유차가 지나갈 틈이 없었다. 사람은 버려진 차 사이로 다닐 수 있었다.

"혹시라도 저놈들 따라오면 아저씨가 막아 주세요."

그런데 노 씨 아저씨는 나와 생각이 다른 것 같았다.

"저쪽을 뚫고 가면 어떻겠습니까?"

노 씨 아저씨가 가리키는 곳은 버려진 승용차 2대만 치우면 충분히 주유차가 지나갈 수 있을 것 같았다.

그리고 주유차가 꼭 차도만 달리라는 법은 없다.

사람이 다니는 인도가 텅 비어 있었다. 아슬아슬하게 주유차가 달릴 수 있는 넓이였다.

"괜찮을 것 같네요."

"그럼 길을 뚫겠습니다."

노 씨 아저씨가 달려가더니 있는 힘껏 버려진 승용차를 밀었다. 생각보다 쉽게 승용차가 옆으로 밀려났다.

두 번째 승용차도 노 씨 아저씨는 쉽게 밀어냈다.

나는 바로 주유차를 몰았다. 노 씨 아저씨를 태우고 인도를 질주하기 시작했다.

가로수 괴물들이 당황하는 것 같았다.

하지만 느린 놈들은 주유차를 따라잡거나 막지 못했다.

고물상까지는 금방이었다. 고물상 앞에 멈췄다. 노 씨 아저씨가 주유차 위에서 뛰어 문을 넘었다.

곧 노 씨 아저씨가 문을 열었고 주유차는 고물상 안으로 무사히 들어갈 수 있었다. 하지만 아직 문제가 있었다.

"대장님. 저놈들 이곳으로 오고 있습니다."

주유차에서 내렸다. 그리고 가로수 괴물들이 오는 것을 확인했다.

"저놈들 잡죠."

"알겠습니다."

고물상에 도착한 이상 상황을 바꿔었다. 이제 우리가 저놈들을 사냥할 차례였다. 시체를 청소해 주니 그냥 놔두려고 했었다. 하지만 고물상을 위협한다면 그냥 놔둘 수는 없었다.

"사장님!"

신세민과 이연희 그리고 정수가 뛰어왔다.

"세민아. 너는 차 안에 아주머니와 아이들 좀 챙겨. 연희 씨는 노 씨 아저씨 도울 준비 하고요."

정수가 나를 보고 있었다.

"정수는 세민이 도와주고."

"네. 대장님."

신세민이 조수석 문을 열고 내리는 아주머니와 아이들에게 다가갔다.

그리고 정수는 여자아이 앞에서 멈췄다.

"어? 수진아."

"정수야!"

정수의 얼굴이 빨개졌다. 이런 상황에서도 부끄러움을 느끼다니. 아직 어려서 그런가 싶었다. 뭐라 할 상황이 아니었다.

"노 씨 아저씨. 화염병 가지고 올게요."

"좋은 생각이십니다."

원래 가로수 괴물을 잡으려면 불을 붙인 다음에 잡는 것이 낫다. 다 아는 사실이다. 그런데 좋은 생각이라니.

나는 고개를 흔들며 노 씨 아저씨가 만들어 놓은 화염병이 있는 곳으로 뛰었다.

사무실 안에 10병 정도 있었다. 필요할 것 같아서 남겨 놓은 것이었다. 사무실에서 배낭 안에 화염병을 넣은 다음 나왔다.

노 씨 아저씨와 이연희는 문 앞에서 나를 기다리고 있었다.

아직도 느린 가로수 괴물은 고물상에서 100m 정도 떨어진 곳까지밖에 오지 못했다. 그것도 3마리뿐이었다. 저 멀리 3마리가 부지런히 오는 것도 보였다.

"가시죠."

"네. 대장님."

노 씨 아저씨와 이연희가 먼저 달렸다. 그 뒤를 내가 따라갔다. 그런데 뒤에서 세민이의 목소리가 들렸다.

"아주머니, 걱정하지 마세요. 우리 사장님이 저놈들 다 잡을 거예요. 그냥 구경만 하시면 된다니까요."

안에서 잘 챙기라니까 무슨 짓을 하는 것인지 모르겠다.

그런데 정수의 목소리도 들렸다.

"진짜야. 대장님이 있으면 저런 괴물들은 상대도 안 돼."

여자아이에게 하는 말 같았다.

목소리에 자신감? 뿌듯함? 그런 것이 있는 것 같았다. 뒤돌아서 뭐라 하기에는 노 씨 아저씨와 이연희가 너무 앞서 있었다.

거의 같이 도착해야 했다. 벌써 거리가 조금 벌어졌다.

노 씨 아저씨에게 배운 것을 사용해 볼 생각이었다. 발의 앞부분으로 바닥을 디디며 힘을 줬다. 주우욱 밀려나는 기분이 들더니 노 씨 아저씨와 이연희를 따라잡았다.

이제 가로수 괴물과의 거리는 20m정도였다.

"던집니다."

배낭에서 특수 화염병을 꺼내 각각 한 병씩 선물했다. 불은 붙이지 않았다. 가로수 괴물이 더 잘 타도록 묻혀 놓은 것이었다.

이제 불을 붙인 특수 화염병을 하나 던졌다. 가운데 놈에게 정확하게 맞았다. 불이 옆으로 옮겨붙는지 확인한 다음 다른 특수 화염병을 던질 생각이었다.

내 예상대로 가운데 놈이 몸부림치면서 불을 끄려고 했다. 불붙은 나뭇가지가 양옆의 놈들에게 닿았다.

양옆의 놈들은 놀라며 도망치려는 것 같았다. 하지만 늦었다. 불이 옮겨붙었다.

3마리 모두 불길에 휩싸이기 시작했다. 어떻게 해서든 불을 꺼 보려고 발버둥치는 것 같았다.

하지만 노 씨 아저씨의 특수 화염병은 절대 꺼지지 않았다. 서로 비비며 불붙은 것들을 떼어 내려 하지만 더 불길이 거세지기만 했다.

순식간에 나뭇가지들이 다 타 버렸다. 이제 가로수 괴물은 움직이지 않았다. 아직도 불타고 있었다.

그래도 내 눈에는 뿌리 부근의 붉은색 점이 보였다.

붉은색 점이 보인다는 것은 아직 죽지 않았다는 것이다.

"노 씨 아저씨, 왼쪽에 있는 놈 뿌리를 다 자르세요."

몸통만 불타고 있었기에 뿌리 부근을 자를 수 있을 것 같았다.

"알겠습니다."

노 씨 아저씨는 안 된다는 말도 안 하고 달려갔다.

"오빠. 저는 오른쪽 거 자를까요?"

"그렇게 해요."

이연희도 달려갔다.

두 사람은 빠르게 움직이며 가로수 괴물의 뿌리를 잘랐다. 그래서인지 불이 옮겨 붙지는 않았다.

뿌리가 다 잘린 2마리 가로수 괴물은 덩치가 작아지며 더 활활 타오르기 시작했다.

"가운데 놈은 노 씨 아저씨가 뿌리 자르세요."

노 씨 아저씨는 대답하지 않고 가운데 가로수 괴물의 뿌리를 자르기 시작했다. 뿌리가 다 잘리자 마지막 가로수 괴물도 덩치가 작아지며 불타올랐다.

"대장님! 저놈들 어떻게 할까요!"

노 씨 아저씨가 말하는 것은 도망치는 3마리 가로수 괴물이었다.

뒤늦게 따라오던 가로수 괴물 3마리가 몸을 돌려 필사적으로 도망치고 있었다.

"그냥 놔두죠."

지금은 저놈들 쫓을 때가 아니었다.

"알겠습니다."

노 씨 아저씨와 이연희가 돌아오는 것을 보며 나는 고물상으로 갔다. 그리고 노 씨 아저씨와 이연희가 도착하자마자 모두에게 말했다.

"지금부터 내가 됐다고 할 때까지 숨어 있어야 합니다."

거대한 나무가 안 쫓아온다는 확신이 들 때까지 그래야 할 것 같았다. 하지만 항상 그렇듯 안 좋은 예감은 너무 잘 맞는다.

"어? 대장님 꿀벌 친구들이 위험하대요!"

"꿀벌 친구들이? 왜?"

정수는 주유소가 있던 방향을 가리키며 말했다.

"저쪽에서 무서운 것이 오고 있대요."

"정확하게 무서운 것이 뭔지 알 수 있어?"

정수는 하늘을 향해 손짓했다. 그러자 높이 날고 있던 꿀벌 한 마리가 내려왔다.

그 꿀벌은 이리저리 움직이며 정수에게 무언가를 설명하는 것 같았다. 그런데 나도 그 움직임을 이해할 수 있었다.

"커다란 나무? 모두 부순다고?"

"네!"

주유소에서 봤던 그 나무가 분명했다.

"세민아! 문 닫아. 노 씨 아저씨 주유차 안쪽으로 옮겨 주세요. 정수는 아주머니와 아이들 숙소로 데리고 가!"

"오빠. 저는요?"

"정수하고 같이 가요."

"네."

모두 바쁘게 움직일 때 나는 사무실에서 망원경을 가지고 컨테이너 위로 올라갔다. 영화에서 나오는 것처럼 영상을 당겨 주는 그런 것은 아니다. 하지만 비싼 돈 주고 산 군용 망원경이었다.

주유소까지는 볼 수 있었다.

"대장님."

노 씨 아저씨였다. 나는 말없이 망원경을 노 씨 아저씨에게 넘겼다. 노 씨 아저씨는 망원경을 받아 주유소 방향을 보기 시작한 그에게 말했다.

"아까는 몰랐는데……. 옆에 가로등을 기준으로 높이를 생각하면……."

"15m 정도 되는군요."

아파트 한 층을 2.5m 정도라고 생각하면 최소 6층 정도 되는 높이었다.

"차선 2개를 조금 넘게 차지하고 있으니 지름은 6m 정도인 것 같습니다."

노 씨 아저씨가 담담하게 말해서 그렇지 엄청난 크기였다.

6층짜리 빌딩이 돌아다니는 것이다.

"계속 직진하고 있습니다. 주유소까지 얼마 안 남았군요."

얼마 안 남은 정도가 아니었다.

나무의 뿌리가 주유소 근처까지 와 있었다. 본체는 조금 더 뒤에 있기는 했다.

"파괴력이 대단한 것 같습니다. 버려진 차들이 마치 압착기에 들어간 것처럼 찌그러집니다."

"노 씨 아저씨는 저 나무가 아무런 목적 없이 움직인다고 생각하세요?"

"아직 모르겠……."

노 씨 아저씨는 뒷말을 하지 못했다.

주유소에 도착한 나무는 그대로 주변 건축물을 부수기 시작했기 때문이었다.

주유소도 예외는 아니었다.

몸을 틀어 수많은 나뭇가지를 휘둘렀다. 마치 머리카락을 휘두르는 것 같았다.

굳이 망원경으로 안 봐도 나무가 너무 커서 동작이 보였다.

노 씨 아저씨가 망원경을 내게 건넸다.

"보시죠. 한 방에 주유소가 날아갔습니다."

망원경을 받아 주유소를 봤다. 노 씨 아저씨의 말대로 주유소 건물이 사라졌다.

빗자루로 쓸어버린 것처럼 말끔했다.

나무는 거기서 멈추지 않았다. 마치 원한이라도 있는 듯 인간이 지은 건축물은 다 쓸어버렸다. 덕분에 움직이는 것이 느려졌다.

하지만 나무의 목적은 확실히 알 것 같았다.

"저놈 다 부수면서 움직이는 것 같죠?"

"아무래도 그런 것 같습니다. 뒤를 따르는 나무는 어떻습니까?"

망원경으로 뒤를 따르는 나무를 살폈다.

그것들 역시 근처에 있는 것은 모두 부수고 있었다.

"가로수 괴물들이 접근하네요."

도망친 놈들이 아니었다. 근처에 있던 가로수 괴물들이었다.

저놈들까지 합류하면 더 곤란해 질 것 같았다.

그런데 나무가 가로수 괴물을 그냥 밟아 버렸다.

한 번에 가로수 괴물 5마리 정도가 사라졌다.

"보셨어요?"

"정확히는 아니지만…… 다른 종은 공격하는 것 같습니다."

노 씨 아저씨의 말대로인 것 같았다.

6층짜리 건물 나무는 소나무인 것 같았다. 아니 소나무였다.

나무의 재질이나 나뭇가지 그리고 결정적으로 솔방울까지.

문제는 솔방울이 소형 자동차만 하다는 것이었다.

지금까지 괴물이 된 것들을 봐서는 저 솔방울도 무기로 사용될 것이 분명했다.

"여기를 그냥 지나가지는 않겠죠?"

내 희망을 말하는 것이었다. 아니란 것을 알면서도.

그리고 노 씨 아저씨에게 확인받고 싶었다.

"그러지는 않을 것 같습니다."

노 씨 아저씨의 말을 듣고 나는 저 거대 소나무의 약점을 찾아야 겠다는 생각을 했다.

망원경으로 거대 소나무를 샅샅이 살피기 시작했다.

뿌리부터 봤다. 하지만 뿌리 부분에는 붉은색 점이 없었다. 위로 천천히 올라갔다. 밑동 부분에도 없었다. 중간 부분에 약간 붉은색 점이 있었다. 그리고 꽉 다문 듯한 입도 발견했다.

그렇다면 눈도 있지 않을까? 그런 생각으로 망원경을 위로 올렸다. 그리고 거대 소나무와 눈이 딱 마주쳤다. 거대 소나무는 분명 나를 보고 있었다. 눈의 크기가 거대한 몸에 비해 너무 작아서 몰랐던 것이다.

약점도 찾았다. 눈과 눈 사이에 붉은색 점이 있었다.

하지만 그 크기가 장난이 아니었다. 대충 지름 50cm는 되는 것 같았다. 말이 지름 50cm지. 지금까지 봤던 붉은색 점과는 차원이 다른 크기였다. 저곳을 공략한다 해도 제대로 잡을 수 있을지 몰랐다.

더군다나 저 위치는 지상으로부터 10m 정도 위에 있었다. 올라가는 것도 문제였다. 나나 노 씨 아저씨가 하늘을 날지 못하는 한, 절대 도달할 수 없을 것 같았다. 거대 소나무가 가만히 있지 않을 테니까.

오싹.

거대 소나무의 눈이 약간 휘어졌다. 마치 '기다려라.'라고 말하는 것 같았다.

"아저씨."

"네. 대장님."

"저놈 껍질이 단단한지 확인해야 할 것 같아요."

노 씨 아저씨가 비장한 표정을 짓고 있었다. 직접 가서 확인하라고 한 줄 알았나 보다.

"소총 유효 사거리까지 가서 확인해 보죠."

"아! 네. 바로 가져오겠습니다."

현대에서 가장 강력한 무기는 총이다. 총알이 박힌다면 그나마 희망이 있었다. 노 씨 아저씨가 주유차에 실어 놓은 소총을 들고 왔다.

"어디까지 가면 될까요?"

"저기 사거리까지 가면 될 것 같습니다. 유효 사거리 안쪽인데다가 얼마나 효과가 있는지 확인이 가능합니다."

약 1km 정도 떨어진 곳이었다.

"가죠."

"네."

나와 노 씨 아저씨는 사무실 위에서 뛰어내려 고물상 밖으로 나간 다음 사거리를 향해 뛰었다.

다행인 것은 가로수 괴물의 영역이어서 그런지 다른 괴물은 보이지 않는다는 것이었다.

가로수 괴물은 도망쳤으니 현재는 안전했다.

사거리에 도착했다.

노 씨 아저씨는 바로 소총을 들어 자세를 잡았다.

"쏘겠습니다."

"잠시만요. 저기 눈 사이를 맞출 수 있나요?"

"눈이 있습니까?"

노 씨 아저씨는 눈을 발견하지 못한 것 같았다.

"지상에서부터 10m 정도 위에 눈이 있어요. 이걸로 확인 먼저 하세요."

망원경을 노 씨 아저씨에게 넘겨줬다. 노 씨 아저씨는 망원경으로 거대 소나무의 눈을 찾기 시작했다.

"확인했습니다."

다시 망원경을 내게 줬다.

"눈과 눈 사이를 맞추면 될까요?"

망원 렌즈도 없이 노 씨 아저씨가 맞출 수 있을까란 생각이 들었다. 하지만 없는 것을 어디서 구할 수도 없었다.

"네."

"망원경으로 탄착점 확인해 주십시오."

"그럴게요."

노 씨 아저씨는 천천히 총구를 거대 소나무를 향해 겨눴다.

그리고 노 씨 아저씨의 숨소리가 잦아들었다.

언제 쏘나 싶은 생각이 들 때.

타앙!

총 소리가 들리고 총알을 정확하게 붉은색 점을 맞췄다.

아니었다. 마치 철판에 맞은 것처럼 불꽃이 튀었다.

"이런. 총알이 박히지 않는 것 같습니다."

노 씨 아저씨도 불꽃을 본 것 같았다.

"그런 것 같네……."

나는 망원경으로 계속 거대 소나무를 보고 있었다. 그런데 거대 소나무의 눈과 또 마주쳤다.

"왜 그러십니까?"

"잠시만요?"

나는 대각선으로 뛰었다. 눈을 움직이지 않으면 볼 수 없는 각도였다. 그리고 망원경으로 거대 소나무의 눈을 확인했다.

거대 소나무는 정확하게 나를 보고 있었다. 그리고 몸을 약간 튼 것 같았다.

"대장님! 저놈 방향을 바꿨습니다."

뒤에서 노 씨 아저씨가 확인해 줬다. 나는 노 씨 아저씨를 향해 소리쳤다.

"내가 총 쏜 줄 아나 보네요."

내 말에 노 씨 아저씨는 반응하지 않았다. 대신 총 소리가 들렸다.

타앙.

거대 소나무의 몸에 총탄이 맞아 번쩍였다.

하지만 거대 소나무는 노 씨 아저씨를 보지 않았다.

마치 나만 보는 것 같았다. 나는 노 씨 아저씨가 있는 곳으로 달려갔다.

거대 소나무가 다시 방향을 틀었다.

확실했다. 저놈은 나를 원하고 있었다.

왜일까?

지금은 그런 고민을 할 때가 아니었다.

거대 소나무를 상대할 방법을 찾아야 했다.

"아저씨, 혹시 공포탄도 있던가요?"

"네. 있었습니다."

혹시나 해서 물어본 것인데 있다니 다행이었다.

"급하게 나와서 그런지 공포탄이 들어 있는 탄창도 있었습니다."

"불도 붙는지 확인해 보죠."

"공포탄으로요?"

"아니요. 화염병에 쇠막대를 꽂아서 쏘게요."

"아. 2차 세계 대전 때 사용했던 총류탄 말하시는 거군요."

"맞아요."

총류탄은 수류탄을 총으로 쏘는 것이다.

손으로 던지는 것보다 더 멀리 날아가는 장점이 있었다.

반대로 단점은 정확도가 떨어진다.

하지만 상관없었다. 6층 건물에 쏘면 어디든 맞을 테니까.

노 씨 아저씨의 사격 실력을 봐서는 무조건 맞출 수 있을 것 같았다.

"가죠."

"네."

빠르게 고물상으로 복귀했다. 그리고 노 씨 아저씨가 만든 화염병에 쇠막대기를 테이프로 묶었다. 쇠막대기는 훌륭하게 총구 안으로 들어갔다. 5개 정도 더 만든 다음 다시 사거리로 갔다.

거대 소나무는 조금 더 가까이 와 있었다.

"쏴 보죠."

첫 번째 화염병은 불을 붙이지 않았다. 노 씨 아저씨가 화염병을 꽂은 소총을 대각선으로 들더니 방아쇠를 당겼다.

타앙.

쇠막대기는 훌륭하게 거대 소나무의 머리 부분······. 그러니까 나뭇가지에 부딪혀 깨졌다.

"조금 높았습니다."

다시 소총에 화염병을 꽂았다. 그리고 쐈다. 이번에는 정확하게 눈과 눈 사이 붉은색 점이 있는 곳에 맞았다. 거대 소나무가 눈을 찌푸리는 것 같았다.

한 번을 더 쐈다. 비슷한 장소에 맞았다. 움직이는 물체인데도 꽤 정확하게 사격하는 것을 보니 노 씨 아저씨의 실력이 정말 뛰어난 것 같았다.

"이번에는 불붙일게요."

"네."

불을 붙인 화염병을 소총에 꽂았다.

노 씨 아저씨는 주저 없이 방아쇠를 당겼다.

불붙은 화염병은 눈과 눈 사이에 정확하게 맞았다.

화르륵 하며 불길이 치솟아 올랐다.

그러자 거대 소나무의 나뭇가지가 마구 흔들렸다.

괴로워하는 것 같았다. 나무는 역시 불이 통하는 것 같았다.

이대로 타 버렸으면 좋았겠지만.

역시 만만치 않았다.

거대 소나무가 나뭇가지로 불붙은 곳을 마구 내리쳤다.

눈과 눈 사이에 붙은 불은 곧 꺼졌다. 하지만 나뭇가지에 불이 옮겨붙었다.

"잘하면 그대로 타겠는데요?"

"그러게요. 역시 대장님이십니다."

행운인가 싶었다. 큰 피해 없이 끝나나 싶었다.

그런데 거대 소나무가 나뭇가지를 마구 흔들기 시작했다.

점점 빨라졌다. 그리고 불붙은 나뭇가지가 사방으로 날아가기 시작했다.

"피하죠."

불붙은 나뭇가지는 1km 정도 떨어진 사거리까지 날아왔다.

노 씨 아저씨와 나는 급하게 뒤로 빠졌다.

"하아. 꺼졌네요."

"그런 것 같습니다."

무엇이 문제일까?

"아무래도 화염병이 너무 적어서 그런 것 같지 않나요?"

"그런 것도 있기는 하지만……. 저 만한 덩치를 다 적실 화염병은……."

없겠지.

"주유차에 든 기름 사용해서 폭탄 만드는 것은요?"

"시간이 부족합니다. 저놈에게 효과가 있으려면 최소 드럼통 20개는 필요할 겁니다. 모자랄지도 모르고요."

어쩔 수 없나?

"대장님. 지금 무슨 생각을 하시는 겁니까?"

노 씨 아저씨가 내 표정을 읽을 것 같았다.

"아주 커다란 화염병이 있다면요?"

내 말에 노 씨 아저씨는 고개를 저었다.

"주유소는 파괴된 것 보시지 않으셨습니까."

"지하 탱크는 멀쩡할 수도 있어요."

"멀쩡하다 해도 어떻게 접근하실 건가요? 저놈은 지금까지 상대했던 놈들과 다릅니다."

"알아요. 그래서 해야죠. 도망칠 수는 없잖아요."

"도망이 아닙니다. 후퇴입니다. 저놈을 상대할 힘을 기르면 됩니다."

"어디서요? 자리 잡기도 힘들 것 같은데."

맨몸으로 도망가서 자리 잡으려면 시간이 걸린다.

간신히 자리 잡았는데 또 저런 놈이 나타난다면 원점이 된다.

"그리고 저놈 분명히 나를 노리고 있어요. 아까 봤잖아요."

"그래도 안 됩니다."

"그냥 시선만 끌어서 다른 곳으로 유인하는 사이 아저씨가 주유소를 폭탄으로 만들어 주세요."

"위험합니다. 대장님."

"도망만 다닐 거예요. 그리고 전 폭탄 못 만들어요."

노 씨 아저씨가 내 역할을 하려고 하는 것을 미리 차단한 것이었다.

"시간을 정해서 저놈 시선 끌다가 주유소로 갈게요."

노 씨 아저씨가 이를 악무는 것 같았다.

"아저씨가 허락 안 해도 전 합니다."

약간 허탈한 표정을 짓는 노 씨 아저씨.

"좋습니다. 대신 제가 챙겨 주는 것 다 가지고 가셔야 합니다."

"알았어요. 빨리 챙겨 줘요."

지금도 저 거대 소나무는 나를 향해 다가오고 있었다.

노 씨 아저씨와 고물상으로 돌아왔다. 그리고 노 씨 아저씨가 챙겨 주는 것을 받았다. 화염병 20개와 수류탄 하나. 그리고 K2 소총과 탄창 2개였다. 20발들이 탄창이니 소총에 있는 것까지 하면 60발이었다.

"소총은 왜요?"

"저놈만 위험한 것이 아닙니다. 만약 사람을 만나면 총만 한 것이 없습니다."

노 씨 아저씨의 말이 맞는 것 같았다. 어떤 능력이 있는지 모른다. 하지만 인간이라면 총을 보는 순간 움츠러들거나 피하려고 할 것 같았다.

"그런데 사람이 있을까요?"

"혹시 모르죠. 사람이 없다고 해도 시선을 돌리는 데는 최고입니다."

하기는 총소리가 워낙 크게 들리니 시선을 나에게 돌리기는 쉬울 것 같았다. 저 거대한 소나무는 굳이 시선을 끌지 않아도 될 것 같았지만.

화염병을 넣은 배낭을 메고 소총을 대각선으로 멘 다음 자전거를 찾았다. 그냥 달리는 것이 더 빠를 수도 있었다. 하지만 자전거를 이용할 생각이었다.

노 씨 아저씨가 내게 물었다.

"자전거를 타고 가시려고요?"

"체력을 최대한 아끼려고요. 그리고 저놈 방심하게 할 생각이기도 해요."

"방심이요?"

"네. 나중에 보세요."

"그런데 폭탄이 준비되면 어떻게 알릴까요?"

"총으로 신호 주세요. 단발로 3번이요."

"알겠습니다."

나는 자전거를 타고 고물상을 나섰다.

거대 소나무는 조금 더 가까워져 있었다.

거대 소나무를 향해 힘차게 자전거 페달을 밟았다.

생각보다 빠르게 자전거가 앞으로 나아갔다.

* * *

이성필이 자전거를 타고 달리는 것을 지켜보던 노진수는 깜짝
놀랐다.

거대 소나무에 그냥 돌진하는 것처럼 보였기 때문이었다.

속도도 장난이 아니었다. 전력을 다해 달리는 속도와 비슷했다.

순식간에 거대 소나무의 사정거리에 들어갔다.

거대 소나무가 머리를 숙이는 것이 보였다. 저대로 가다가는
거대 소나무의 나뭇가지에 깔릴 것 같았다.

자신도 모르게 뛰쳐나가려는 노진수는 멈출 수밖에 없었다.

이성필이 자전거 핸들을 옆으로 꺾었다. 자전거는 옆면으로
미끄러지다가 앞으로 튀어 나갔다. 거의 90도로 우회전한 것이었
다. 거대 소나무의 나뭇가지는 조금 전 이성필이 핸들을 꺾던
곳에 떨어졌다.

거대 소나무가 나뭇가지를 들어 올리더니 방향을 바꿨다.

노진수는 이성필이 무사하다는 것을 알 수 있었다.

그리고 이성필이 어느 방향으로 거대 소나무를 유인하는지도
알 것 같았다.

건물이나 집이 없는 도로만 있는 곳이었다.

노진수는 자신의 얼굴을 손바닥으로 짝짝 소리가 나게 쳤다.

"정신차려. 대장님을 믿어야지!"

걱정하는 마음에 이성필의 안전을 확인했다. 하지만 그 시간만큼 폭탄을 제조하는 시간이 늘어난다.

이성필이 괴물을 유인하는 시간이 늘어나는 것이었다.

"정수야! 연희야!"

노진수는 혼자 하는 것보다 다른 이의 도움을 받으면 더 빠르다는 판단을 했다.

숙소로 사용하는 컨테이너에서 김정수와 이연희가 튀어나왔다.

"정수는 네 친구들 이용해서 대장님이 안전하신지 확인해라."

"대장님이요? 어디 가셨는데요?"

정수는 불안한 표정을 지을 수밖에 없었다. 노진수의 표정이 안 좋았기 때문이었다.

"거대 소나무 유인하러 갔다. 저쪽 방향이다."

"진짜요?"

김정수는 여왕벌을 불렀다. 그냥 꿀벌보다는 여왕벌이 더 소통하기 쉬웠기 때문이었다.

"대장님 알지? 아이들에게 대장님을 살펴보라고 해. 만약에 위험하면……."

여왕벌은 정수의 다급한 마음을 아는지 바로 꿀벌들을 불러 모았다.

그리고 수백 마리의 꿀벌이 노진수가 가리킨 방향으로 날아갔다.

"연희는 나 좀 도와라. 빈 드럼통 4개 가져오고."

"빈 드럼통이요?"

이연희가 주위를 두리번거리자 컨테이너 숙소에 있던 신세민이 나왔다.

"그런 건 저에게 말해요. 연희 누나가 뭘 안다고. 드럼통 4개죠? 누나 따라와요."

"어. 그래."

신세민과 이연희가 가는 것을 보며 노진수는 질소 비료와 몇 가지 화약 약품을 준비하기 시작했다.

* * *

쿵 소리를 들으며 아슬아슬했다는 생각이 들었다.

어쩔 수 없었다. 거대 소나무의 공격 범위에 들어가야지만 개천 도로를 이용할 수 있었다.

그래서 최대한 빠르게 달리다가 개천 도로로 들어가는 골목에서 급커브를 틀었다.

이쪽으로 유인하려고 생각한 이유가 있었다.

평소 이쪽 도로에는 차가 그렇게 많이 다니지 않는다.

그리고 거의 산과 논 그리고 벌판과 개천만 있었다.

자전거로 빠르게 달릴 수 있었다.

어차피 건물 같은 것은 거대한 소나무에게 걸림돌이 되지 않았다. 오히려 내게 걸림돌이 될 가능성이 컸다.

뒤도 돌아보지 않고 개천가 도로를 달려 주유소 뒤의 샛길로 올라갔다. 그리고 멈춰서 거대 소나무가 어디쯤 있는지 확인했다.

예상대로 거대 소나무는 나를 향해 오고 있었다.

몇 개의 건물을 그대로 밟아서 무너뜨리고 있었다.

저 속도라면 내가 있는 곳까지 5분은 걸릴 것 같았다.

생각보다 안 위험한 것 같았다.

"어?"

내 생각이 틀렸다. 5분은커녕 10초 만에 저놈은 내가 있는 곳에 도착할 것 같았다.

뿌리로 땅을 박차고 날아올랐기 때문이었다.

무슨 용수철이 튀어 오르듯 날아오르는 6층짜리 건물이 보이는 것 같았다.

나는 있는 힘껏 자전거 페달을 밟았다.

쿠웅.

몸이 앞으로 쏠리는 것 같은 충격파가 느껴졌다.

후웅.

다리에 힘을 더 주며 페달을 더 강하게 밟았다.

사악.

등 뒤를 바로 쓸고 지나가는 듯한 소리와 느껴지는 바람.

바람 덕분에 자전거가 더 빨라졌다. 뒤를 돌아볼 생각은 하지도 않았다. 한 번 점프에 100m는 뛰는 것 같았기 때문이었다.

오싹.

등줄기가 서늘해졌다. 소리 때문이었다.

바사삭하는 무언가 바스라지는 소리.

거대 소나무의 무게 때문에 아스팔트가 부서지는 소리 같았다.

그렇다면 거대 소나무가 또 뛴 것이다.

더 힘껏 페달을 밟는 순간 바로 뒤에서 쿠웅 하는 소리와 충격파가 느껴졌다. 이번에는 진짜 가까웠던 것 같았다.

자전거가 휘청거렸다. 균형을 잃고 쓰러질 뻔했다.

더 빨리 달려야 할 것 같았다. 최대한 빠르게 페달을 밟는데 소리가 들렸다.

바사삭.

젠장. 100m는 못 벗어난 것 같은데.

* * *

"또 뭐 가지고 와요?"

"전선 있는 대로 가지고 와!"

노진수는 신세민과 이연희가 가져온 드럼통에 질소와 화약 약품을 조심스럽게 섞으며 말했다.

"알았어요. 누나!"

"그래."

이 드럼통에는 쇳조각 같은 것은 넣지 않을 생각이었다.

쇳조각은 폭발과 동시에 사방으로 날아가며 상처 입히는 것이 주된 목적이었다.

하지만 지금은 그런 것보다 폭발력이 더 강해야 했다.

주유소 상황이 어떤지 모르기 때문이었다.

대부분 지하에 주유 탱크가 있었다. 거대 소나무가 건물을 쓸어 버리면서 주유 탱크 부분이 어떻게 되었을지 모른다. 드럼통 폭탄이 주유 탱크가 있는 콘크리트를 파괴하고 폭발시켜야 할 수도 있었다.

드럼통에 경유까지 채우자 신세민과 이연희가 전선을 가지고 왔다.

"이 정도면 돼요?"

"적당하네."

주유소가 폭발하면 최소 1km는 떨어져 있어야 했다.

신세민과 이연희가 가져온 전선은 1km가 넘는 것 같았다.

"어어! 대장님 위험해요!"

김정수의 목소리였다. 신세민은 김정수의 말을 듣고 소리쳤다.

"왜 그래!"

"나무가 뛰었어요!"

김정수는 사무실 컨테이너 위에 올라가 있었다. 벌의 보고를 받으면서 동시에 망원경으로 이성필을 살피는 중이었다.

"뛰어? 진짜?"

신세민은 사무실 컨테이너 위로 올라갔다.

그리고 볼 수 있었다. 진짜로 거대 소나무가 뛰는 것을.

"우앗!"

신세민은 이성필이 아슬아슬하게 거대 소나무를 피하는 것을 보며 자신도 모르게 소리 질렀다.

굳이 망원경으로 안 봐도 알 수 있었다.

자전거를 타고 앞으로 튀어 나가는 작은 물체가 이성필이라는 것은 짐작할 수 있었다.

"아!"

김정수가 망연자실하며 소리를 냈다.

신세민은 이성필이 듣지 못한다는 것을 알면서도 그냥 소리쳤다.

"사장님! 더 빨리 달려요! 또 뛰어요!"

김정수과 신세민은 이성필이 거대 소나무를 피하지 못할 것으로 생각했다. 그런데 그들의 생각은 틀렸다.

"미쳤네. 우리 사장님 미쳤어. 하하."

김정수는 아무런 말도 못 했다. 신세민은 넋이 나간 것처럼 웃었다.

* * *

급브레이크를 잡으며 발을 땅에 댔다. 발을 축으로 자전거의 방향을 180도 돌렸다.

거대 소나무가 뛰었다면 내가 앞으로 달려 나가는 위치를 예상했을 것이다.

앞으로 달렸다가는 절대 못 피한다.

그래서 반대로 달릴 생각을 했다.

거대 소나무는 앞으로 나는 뒤로.

도박이지만 해야만 했다.

나는 다시 뒤로 있는 힘껏 페달을 밟았다.

도박은 성공한 것 같았다. 뒤에서 쿠웅 소리와 함께 충격파가 느껴졌다.

당황하는 놈의 모습을 보고 싶었지만 그럴 수 없었다.

잠시라도 멈추면 놈의 사정거리 안에 들어올 것이 분명했기 때문이었다.

그런데 앞에 놈을 따라오던 소나무들이 보였다.

가로수 괴물도 그랬듯이 이놈들도 지능이 있는 것 같았다.

방어벽을 쌓듯이 내가 통과하지 못하도록 막으려 움직이고 있었다. 가로수 괴물보다도 약간 더 큰 소나무들이 촘촘하게 서 버리면 통과할 수가 없을 것 같았다.

하지만 거리가 꽤 있어서 내가 도착하기 전에 방어벽은 완성될 것 같았다. 옆으로도 못 간다.

논과 일반 임야 같은 비포장도로만 존재했기 때문이었다.

그래도 달렸다.

뒤에서 쿠웅 소리가 또 들렸다. 이번에는 충격파가 느껴지지 않았다. 조금 멀리 떨어져 있다는 증거였다.

소나무들이 만든 방벽이 얼마 안 남았을 때 나는 뒤를 힐끗 봤다.

후웅.

아슬아슬하게 거대 소나무의 나뭇가지가 자전거 뒤를 지나갔다.

거대 소나무에 비하면 작은 나뭇가지처럼 보였다.

하지만 두께가 얇은 통신주와 비슷했다.

지름이 50cm는 넘어가는.

거대 소나무가 허리를 숙여 공격할 범위 안에 곧 들어갈 것 같았다.

소나무 방벽을 10m쯤 남겨 두고 나는 자전거를 박차고 옆으로 뛰었다.

자전거가 소나무 방벽에 부딪치는 소리를 들으며 논을 이용해 소나무 방벽 옆으로 뛰기 시작했다.

방벽을 만든 소나무들은 당황하는 것 같았다. 몸을 돌리려다가 서로의 나뭇가지가 부딪치고 엉켰기 때문이었다.

그리고 약간의 도박도 성공한 것 같았다.

거대 소나무가 공격을 안 하고 있었다. 아니 못 하는 것이 분명했다. 방벽을 만든 소나무와 내가 너무 가까이 있었기 때문이었다.

무리 지어 이동하는 놈들이었다.

거대 소나무는 대장이나 어미 같은 존재일 것이고.

같은 종족을 그냥 죽여 버리지는 않을 것이란 생각을 했었다.

그런데 갑자기 이런 생각이 들었다.

'기회다.'

거대 소나무가 함부로 공격하지 못한다는 것을 확인했다.

나뭇가지가 서로 엉켜 제대로 움직이지 못하는 소나무들 사이로 뛰어든다면 거대 소나무는 이러지도 못하고 저러지도 못할 것 같았다.

나는 그대로 몸을 틀어 소나무들 사이로 뛰어들었다. 나뭇가지로 공격하는 놈들이었다. 그런데 나뭇가지가 엉켜 있다. 이보다 더 안전할 수가 없었다.

그리고 소나무들의 약점인 붉은색 점은 모두 눈과 눈 사이에 있었다. K2 소총을 가장 가까이 있는 소나무의 붉은색 점에 겨눴다.

타다당.

힘이 강해져서 그런지 총을 쏘는데도 총구가 위로 올라가지 않았다.

'키에익.'

거대 소나무와는 다르게 총알이 박혔다. 거리가 가까워서 그런지도 모른다. 어쨌든 총이 통한다는 사실이 중요했다.

그리고 붉은색 점의 크기가 작아지면서 색이 옅어진다는 것도.

순간 작아지고 색이 옅어진 붉은색 점에 손을 대고 싶어졌다. 아니 마음속 깊은 곳에서 손을 대라고 말하고 있었다.

충분하다고.

나는 그 목소리에 이끌려 소나무의 붉은색 점에 손을 댔다.

내 몸에서 에너지가 쑤욱 빠져나갔다.

생각보다 너무 많이 빠져나가는 것 같았다.

망했구나 생각할 때 소나무가 작아지기 시작했다. 그리고 몸에서 빠져나간 것보다 더 많은 에너지가 내 몸으로 들어오는 것 같았다. 희열까지 느껴진다.

정신 차려!

내 자신에게 소리치는 것이었다.

지금 나는 괴물이 된 소나무들 사이에 있다는 것을 잊지 않으려고 했다. 쾌락에 빠져 잊는 순간 죽을 수 있었다.

그리고 한 마리가 죽었으니 엉킨 나뭇가지가 풀렸을 수도 있었다. 그래서 빠르게 확인했다. 하지만 다행히도 죽은 소나무의 나뭇가지는 다른 놈들과 엉켜 있었다.

후우웅.

엄청난 바람과 함께 들리는 소리.

내 예상이 틀린 것 같았다.

거대 소나무는 자신의 종족과 함께 나를 나뭇가지로 쓸어버렸다.

"커억!"

주변의 소나무가 내 몸을 짓눌렀다.

몸이 붕 뜨는 것을 느꼈다.

탕. 탕. 탕.

세 번의 총 소리.

이대로 죽을 수는 없었다.

나는 내 몸을 누르는 소나무의 붉은색 점이 작아지는 것을 볼 수 있었다. 그대로 손을 뻗었다. 소나무의 붉은색 점이 사라지며 내 몸으로 에너지가 들어왔다.

* * *

이성필, 아니 대장님이 위험하다는 것을 알면서도 노진수는 폭탄 제조에 집중했다.

이성필이 위험을 무릅 쓰고 시간을 벌어 주고 있었다.

그 위험을 빨리 끝내려면 폭탄 제조가 빨리 끝나야 했다.

"아저씨! 사장님 도와줘야 할 것 같아요!"

신세민이 소리쳐도 노진수는 듣지 않았다. 아니 애써 외면했다.

노진수의 임무만이 우선이었던 경험이 그것을 가능하게 했다.

동료가 죽어 가도 다른 동료를 위해서 해야 할 일을 했었다.

다시는 기억하고 싶지 않은 경험이었다.

하지만 지금은 이성필을 위해서 기억하기 싫은 경험도 꺼내는 중이었다.

"아저씨! 그거 할 때가 아닌 것 같아요. 저라도 오빠 도우러 갈게요."

이연희가 움직이려 하자 노진수는 낮고 무거운 목소리로 말했다.

"네가 가면 대장님을 돕는 것이 아니야. 대장님의 계획대로 하려면 이 폭탄을 옮겨야 해. 나 혼자서는 다 못 옮겨!"

드럼통 폭탄은 모두 4개.

한 손에 하나씩 들고 간다 해도 2개가 최대였다.

힘이 강해져서 충분히 무거운 드럼통 폭탄을 한 손에 1개씩 들 수 있었다.

주유차를 이용하는 것은 안 됐다.

폭발 여파로 주유차가 파손되거나 폭발할 수 있었다.

이성필이 어렵게 구해 온 주유차를 망가뜨릴 수는 없었다.

그리고 이리저리 버려진 차들 사이로 가는 것보다 힘이 강해진 자신과 이연희가 인도를 이용해 뛰는 것이 더 빨랐다.

직선으로 가면 되기 때문이었다.

"그래도……."

"대장님을 돕고 싶다면 내 말을 들어라. 지금 네가 가 봤자 도움이 안 된다."

이연희는 노진수의 말이 맞는다고 생각하면서도 마음은 그렇지 못했다.

"오히려 대장님에게 방해가 될 거다."

단호한 노진수의 말에 이연희는 이성필을 도우려는 마음을 애써 눌렀다.

"그럼 어떻게 하면 돼요?"

"나를 방해하지 않으면 된다."

이연희는 입술을 깨물었다. 자신이 노진수를 방해하고 있다는 것을 알았기 때문이었다.

그렇다고 그냥 노진수가 폭탄을 만들 때까지 마냥 기다릴 생각은 없었다.

조용히 움직여 고물상 밖으로 나갔다.

그렇다고 멀리 가는 것은 아니었다. 고물상 주변에 폭탄을 옮길 때 위험한 것이 있는지 확인하기 위해서였다.

위험한 것이 없는 것을 확인하고 돌아온 이연희는 노진수가 드럼통 4개의 뚜껑을 닫는 것을 볼 수 있었다.

"끝났어요?"

"2개 들어라."

노진수는 소총을 메고 양손에 드럼통을 하나씩 들었다.

이연희도 드럼통을 어렵지 않게 하나씩 잡았다.

"정수야!"

"네. 아저씨."

"너는 전선하고 배터리 가지고 따라와라."

1km가 넘는 전선을 쉽게 가져올 수 있는 사람은 정수뿐이었다.

신세민은 일반인이었으니까.

정수는 노진수가 준비한 배터리는 배낭에 넣어 메고 전선은 질질 끌고 갈 준비를 했다.

"연희는 잘 들어라. 절대 떨어뜨려서는 안 된다. 큰 충격을 받아서도 안 되고."

이연희는 자신도 모르게 침을 꿀꺽 삼켰다.

들기가 애매해서 그냥 끌고 갈 생각이었던 것이다.

"가자."

이연희는 노진수가 든 것처럼 드럼통을 양쪽 어깨에 올리고 떨어지지 않게 손으로 잡았다.

균형이 맞지 않지만 힘으로 균형을 맞출 수 있었다.

노진수가 앞장서고 그 뒤를 이연희가 이를 악물고 뛰었다.

정수는 자신이 할 수 있는 최대한의 힘을 내며 전선을 질질 끌고 따라갔다.

신세민은 그냥 있을 수밖에 없었다. 자신이 도움이 되지 않는다는 것을 잘 알기 때문이었다. 그냥 망원경으로 이성필과 노진수 일행을 살피며 응원할 뿐이었다.

노진수와 이연희는 주유소에 도착했다.

김정수는 아직이었다.

"일단 내려 놔라."

노진수는 말끔하게 날아가 버린 주유소를 탐색하기 시작했다.

기름 탱크가 있는 곳에 폭탄을 제대로 설치해야 폭발력을 극대화할 수 있기 때문이었다.

노진수는 곧 기름 탱크가 있는 곳을 찾을 수 있었다.

정확하게 말하자면 기름 탱크와 연결된 파이프였다.

살짝 튀어나와 휘어져 있었다.

"그거 이쪽으로 가지고 와라."

이연희가 드럼통을 가지고 왔다. 노진수도 드럼통을 옮겼다. 드럼통의 위치를 잡기 시작했다.

이성필이 유인한 방향으로 폭발력이 집중되도록 하는 것이었다.

"헉헉. 아저씨! 전선이요."

"마침 잘 왔다."

노진수는 김정수가 가져온 전선 일부를 잘라 드럼통 위에 튀어나온 두 개의 쇠꼬챙이에 연결했다.

이 쇠꼬챙이는 드럼통 폭탄을 폭발시키는 뇌관 역할을 하는 것이었다.

전류가 흐르면 드럼통 안의 쇠꼬챙이에 연결된 종이 감긴 구리선에 불이 붙는다.

경유에 불이 옮겨가는 순간 폭발하는 것이었다.

4개의 드럼통에 전선을 연결한 다음 노진수는 이연희와 김정수에게 말했다.

"이 선을 가지고 고물상 방향으로 최대한 가라."

"아저씨는요?"

"나는 대장님에게 신호를 보낸 다음 갈 거다. 총 소리가 세 번 들리면 멈춰라."

"알았어요."

이연희와 김정수가 전선을 끌고 다시 고물상 방향으로 갔다.

뭉쳤던 전선이 풀리기 시작했다. 그것을 보며 노진수는 전선이 움직이지 않도록 고정했다. 전선이 움직이면서 드럼통 폭탄에 연결된 선도 움직이면 안 되기 때문이었다.

그리고 혹시라도 끊어진 부분이 없나 살피기 시작했다.

역시 중간에 끊어진 부분이 있었다. 고물상에 있던 것이니 제대로 된 전선이 아니었다.

끊어진 전선을 연결하고 이연희와 김정수가 전선을 끌고 갈 때 꼬이지 않게 풀었다.

전선이 거의 다 풀렸을 때쯤 노진수는 소총을 들었다.

미리 신호를 보내야 이성필이 더 빨리 거대 소나무를 유인해 돌아오게 할 생각이었다.

소총을 하늘로 들어 한 발씩 끊어서 세 발을 쐈다.

그리고 이성필이 거대 소나무를 유인해 간 방향을 봤다.

이성필과 함께 갈 것인지 아니면 미리 가서 드럼통 폭탄을 폭파할 준비를 할 것인지 결정하기 위해서였다.

그런데 주유소 방향으로 괴물로 보이는 소나무들이 엉켜서 날아오는 것이 보였다.

* * *

괴물이 된 소나무에게서 에너지를 흡수하자 짓눌려 몸이 부서질 듯한 통증이 사라졌다.

하지만 아직도 소나무 사이에 끼어 있는 것은 변함없었다.

그리고 하늘을 날고 있다는 것도.

자신의 종족은 공격 안 할 줄 안 내 예상이 틀리다니.

지나간 것은 지나간 것이고 지금 이 상황에서는 정신을 더 차려야 했다.

몸이 회복되니 주변 상황을 살필 여유가 있었다.

괴물 소나무들은 정신을 못 차리는 것 같았다.

거대 소나무의 한 방에 허리 부근이 부러진 놈도 있었다. 하지만 아직 살아 있었다. 몇 놈은 아예 절반이 부서져 죽은 것 같았다.

아이러니하게도 괴물 소나무 덕분에 죽지 않았다.

이놈들이 충격을 어느 정도 막아 줬기 때문인 것 같았다.

언제까지 어디로 날아갈지 모른다. 그렇다고 그냥 이 안에 있을 수는 없었다.

분명히 총 소리를 들었다.

노 씨 아저씨가 주유소에 폭탄 설치를 끝냈다는 신호였다.

나는 괴물 소나무들 사이에서 빠져나가야겠다고 생각했다.

그 전에 허리 부근이 부러진 놈의 눈과 눈 사이에 있는 붉은색 점에 손을 댔다.

상처 입은 놈이라 붉은색 점의 크기가 작았다. 색도 엷었고.

몸에서 에너지가 빠져나가고 다시 에너지가 들어왔다.

빠져나간 에너지보다 더 많이 들어오는 것을 확실했다.

몸도 더 움직이기 편해졌다.

소총은 어디 갔는지 안 보였다. 아무래도 부서진 것 같았다.

배낭에 넣어 놓은 화염병은 써 보지도 못하고 다 깨졌다.

등 뒤에 있는 소나무에 양손을 댔다.

죽은 소나무를 발로 박차고 나가기 위해서는 추진력이 필요했기 때문이었다.

있는 힘껏 손을 밀며 발로 죽은 소나무를 찼다.

죽은 소나무에게서 에너지를 더 얻어서 그런지 아니면 죽어서인지 모르겠지만, 소나무가 너무 쉽게 부서졌다.

그대로 한 번 더 힘을 줘서 손바닥을 밀었다. 바람이 느껴지며 나는 괴물 소나무들 안에서 나올 수 있었다.

아래로 떨어지는 것을 더 느끼며 재빠르게 주변을 살폈다. 그리고 노 씨 아저씨를 발견하는 순간 몸이 땅에 부딪혔다.

"으윽."

그렇게 많이 아프지는 않았다. 조금 놀란 정도의 충격이었다.

쿠웅.

조금 떨어진 곳에 엉킨 소나무들이 떨어졌다.

"대장님!"

노 씨 아저씨가 뛰어왔다. 주유소와 몇 미터 떨어지지 않은 곳 같았다.

"아저씨."

"괜찮으십니까?"

"네. 괜찮아요. 폭탄은요?"

"설치했습니다. 뇌관만 연결하면 됩니다."

"저놈을 유인하기만 하면 되네요."

아직 멀리 있는 거대 소나무를 가리켰다. 하지만 문제가 있었다. 그냥 느리게 걸어오면 폭탄을 정확하게 터뜨릴 수 있었다.

거대 소나무 53

하지만 거대 소나무는 걸어오지 않았다. 거대 소나무가 뛰는 것이 보였다. 한 번에 100m 정도를 뛴다.

"저렇게 접근하면 폭탄을 폭발시킬 타이밍이 맞지 않습니다. 대장님."

맞는 말이었다.

거대 소나무가 주유소 옆에 서 있을 때 터뜨려야 했다.

하지만 날아오다시피 하는 저놈을 주유소 옆에 서 있게 할 수 없을 것 같았다.

더군다나 4번 정도 뛰면 주유소에 도착할 것 같았다.

쿠웅.

땅이 울리고 다시 거대 소나무가 뛰는 것이 보였다.

그런데 조금 이상했다.

"아저씨 저놈 화난 것 같지 않아요?"

"네?"

"눈꼬리가 올라가고 입은 꽉 문 데다가 나뭇가지가 마구 흔들리는 것이 마치 화가 난 것처럼 안 보이냐고요?"

"저는 잘……. 이러고 있을 때가 아닙니다."

노진수는 계획은 실패했다고 생각했다.

"계획은 포기하시고 도망치는 것이……."

나는 고개를 저었다.

"저렇게 뛰는 놈에게서요?"

"그래도 그 방법 밖에는 없습니다."

"아니요. 잘하면 방법이 생길 것 같아요. 저를 믿고 폭파 준비해 주세요."

노진수는 자신도 모르게 소리쳤다.

"대장님!"

"저를 믿어요."

사실 거짓말이다. 그래서 노 씨 아저씨가 이렇게 화를 내는 것일지도 몰랐다.

"주유소 옆에 서 있다가 저놈이 떨어지기 직전에 피할 거예요. 그것을 보고 폭발시켜요."

"안 됩니다."

"가요. 저놈 또 뛰었어요. 한 번만 더 뛰면 여기까지 와요!"

노 씨 아저씨는 이를 악 물더니 몸을 돌려 뛰어가면서 소리쳤다.

"만약…… 다치시거나…… 하면…… 가만히 안 둘 겁니다."

"네. 그러세요."

노 씨 아저씨는 나를 가만히 둘 수밖에 없을 것이다.

살아 있어야 가만히 두지 않을 수 있다.

저 거대 소나무는 나를 집요하게 쫓았다. 그리고 분명 화가 나 있다. 노 씨 아저씨에게는 안 보일지 몰라도 내게는 보인다.

아니, 느껴진다.

이것 역시 내가 지니게 된 능력 중 하나이지 않을까 하는 생각이 들었다.

그건 그렇고 조금 더 뒤로 물러나야 주유소와 가까워진다.

그렇다고 너무 가까이 가면 거대 소나무가 주유소에 있는 폭탄을 건드릴 수 있었다. 적절한 거리를 생각해야 했다.

거대 소나무가 착지하고 또 뛰려는 것 같았다.

그리고 나는 거대 소나무가 화가 났다는 것을 확실히 알았다.

저놈의 눈이 나를 노려보고 있었다. 같은 종족을 아무렇지 않게 생각하며 공격한 것이 아닌 것 같았다. 아니면 내가 너무 잘 도망 다녀서 약 올라서 그런 것일지도.

나는 뒤로 돌아 조금 뛰었다.

바사삭.

거대 소나무와 좀 가까워서 그런지 바닥이 부서지는 소리가 들렸다. 나는 소리를 듣자마자 멈췄다.

내 위로 거대 소나무가 떨어질 것이다. 그리고 노 씨 아저씨는 폭탄을 폭발시킬 것이다.

거대 소나무가 죽을지 모르지만, 심각한 상처를 입을 것은 확실했다.

그림자가 어리기 시작했다. 거대 소나무에게 납작하게 눌리기 직전이었다.

"모두 잘 살아남았으면 해요."

큰 소리로 말하지 않았다. 며칠 동안이었지만 잘 버틴 것 같았다.

이런 말도 안 되는 괴물이 나타날 줄은 몰랐다.

나는 눈을 감았다. 내가 아무리 능력이 있고 힘이 강해졌다고 하지만 6층 건물에 깔리면 살아남을 수 없었다.

후웅.

바람이 내 몸을 스친다. 나는 눈을 떴다. 바람이 스쳐?

쿠웅.

땅이 흔들리고 충격파가 내 몸을 덮쳤다.

거대 소나무는 내 머리 위로 떨어지지 않았다.

나는 거대 소나무가 떨어진 곳을 확인했다. 거대 소나무는 나를 지나쳐 주유소가 있던 자리에 정확하게 떨어졌다.

"젠장."

거대 소나무가 주유소에 설치한 드럼통 폭탄을 깔아뭉갠 것 같았다.

거대 소나무는 몸을 돌렸다. 그리고 정확하게 나를 바라봤다.

거대 소나무의 입이 움직였다.

[잘도 도망 다녔구나. 이제 끝이다. 내 아이들을 공격하게 한 네놈을 먹고 힘을 더 얻어 인간들을 먹을 것이다.]

거대 소나무의 입 모양의 의미를 너무 잘 알아들었다.

그리고 휘발유 냄새가 갑자기 진하게 났다.

문득 생각나는 것이 있었다.

밀폐된 곳에 담겨 있던 휘발유나 경우 같은 기름이 작은 구멍을 통해 새어나올 때가 있다.

그때는 작은 불씨 하나만으로도 불이 붙거나 폭발이 일어난다.

작은 알갱이로 대기 중에 퍼지기 때문이었다.

나는 웃으며 거대 소나무에게 말했다.

"오늘은 아닌 것 같네."

주머니에 마지막으로 남은 하나의 무기.

수류탄을 꺼냈다. 그리고 핀을 뽑고 냅다 던지면서 뒤로 뛰었다.

수류탄이 터지는 것은 약 4초에서 5초 후다.

잘만 하면 주유소 폭발에서 살아남을 수 있을지도 모른다.

어쩌면 불이 붙어 죽을지도.

그런데 나뭇가지가 엉킨 소나무가 보였다. 내가 탈출한 소나무들이었다. 본능적으로 엉킨 소나무를 향해 뛰었다.

저 안에 들어가면.

어쩌면 불길을 피할 수 있을 것 같았다.

거리는 대충 2번 정도 뛰면 될 것 같았다.

아무것도 없이 불길을 뒤집어쓰는 것보다 괴물이 되어 버린 소나무를 방패막이로 쓰는 것이 나을 것이다.

바사삭.

놈이 뛰어오르려는 것 같았다. 하지만 그것을 확인할 여유가 없었다. 결과는 운에 맡기는 수밖에 없었다.

발끝에 힘을 줘서 땅을 박차며, 양팔로 얼굴을 가리며 엉킨 소나무를 향해 뛰었다. 내가 빠져나온 구멍이 보였기 때문이었다.

엉킨 소나무들 사이로 무사히 들어온 순간.

쫘광!

엄청난 굉음이 들렸다.

나는 아직 엉킨 소나무들 안에 안착하지 않았다. 뛰어 들어온

관성을 이용해 소나무를 반대편으로 밀었다.

뚫린 구멍이 주유소를 향해 있었기 때문이었다.

굴려서 구멍을 막아야 했다.

이제 내가 할 수 있는 일은 다 했다. 어떤 결과가 나올지 모르겠다.

거대 소나무가 뛰어올라 나를 깔아뭉개거나.

구멍을 통해 불길이 들어와 나를 태워 죽이거나.

거대 소나무가 폭발을 피하지 못했거나…….

* * *

노진수는 있는 힘껏 달려 이연희와 김정수가 있는 곳까지 갔다.

"정수야, 배터리."

"여기요."

김정수는 자동차 배터리를 이미 꺼내 놓고 있었다.

노진수는 자동차 배터리 한쪽에 전선을 연결했다. 이제 한쪽 전선을 다른 쪽에 대기만 하면 드럼통 폭탄은 터진다.

"아저씨! 오빠는요?"

이연희는 이성필과 노진수가 만나는 것을 봤다.

그런데 노진수 혼자만 온 것 때문에 묻고 있었다.

하지만 노진수는 이연희의 물음에 대답하지 않았다.

"뛴다."

거대 소나무가 뛰는 것을 말할 뿐이었다.

노진수도 알고 있었다. 이성필이 살아날 가능성은 거의 없다는 것. 만약, 이성필이 죽는다면 남은 생은 저 거대 소나무를 죽이기 위해 살아갈 생각이었다.

어떻게 해서든. 무슨 방법을 써서라도.

복수를 위한 힘을 기를 수 있다면 살인자에 악마라는 손가락질을 받는다고 해도.

"오빠 안 위험해요?"

쿠웅.

1km 정도 떨어진 곳까지 진동이 울렸다.

그리고 노진수는 망연자실한 표정을 지을 수밖에 없었다.

"왜? 왜……."

거대 소나무가 주유소 위에 정확하게 떨어졌다.

그 충격에 드럼통 폭탄이 터졌어야 했다. 그런데 터지지 않았다.

노진수는 전선을 자동차 배터리에 댔다.

하지만 드럼통 폭탄은 터지지 않았다.

"안 돼!"

노진수는 자신도 모르게 거대 소나무를 향해 뛰쳐나갔다.

아직 이성필이 살아 있기 때문이었다.

그리고 폭탄이 터지지 않는다면 지금까지 이성필이 한 일들이 모두 허사가 되기 때문이기도 했다.

"여기야! 여기! 여기를 봐!"

노진수는 거대 소나무를 향해 뛰면서 팔을 마구 흔들면서 소리쳤다. 거대 소나무가 자신에게 신경 쓰는 순간 이성필이 도망갈 시간을 벌기 위해서였다. 그리고 주유소에 가서 직접 드럼통 폭탄을 터뜨릴 생각이기도 했다.

하지만 노진수의 모든 행동은 부질없었다. 거대 소나무는 노진수를 신경도 쓰지 않았다.

순간 거대 소나무가 뛰어오르려는 것이 보였다.

뿌리의 움직임이 땅을 있는 힘껏 내리누르고 있었다.

"여길 보라고!"

노진수는 '제발 조금만 더.'란 생각으로 있는 힘껏 뛰었다. 이제 얼마 안 남았기 때문이었다.

하지만 거대 소나무가 위로 뛰었다. 그리고 주유소가 폭발했다.

노진수는 주유소가 폭발하면서 생긴 충격파에 의해 뒤로 날아갔다. 하지만 눈은 계속 거대 소나무를 보고 있었다.

그리고 웃을 수밖에 없었다. 거대 소나무의 뿌리 3분의 1쯤이 파괴되었기 때문이었다. 그뿐만 아니었다. 불이 붙었다.

거대 소나무는 기괴한 소리를 내면서 북쪽으로 날아갔다.

거대 소나무가 원하는 방향은 분명 아니었다.

* * *

다행히도 구멍은 땅을 향했다. 불길이 이 안으로 들어올 가능성은 적었다.

하지만 아직 안심할 단계는 아닌 것 같았다.

부웅 뜨는 느낌이 났기 때문이었다.

아무래도 폭발의 폭풍이 엉킨 소나무들을 날려 버린 것 같았다.

곧 땅에 떨어지는 느낌이 나고 뜨거워지기 시작했다.

다행이었다.

엉킨 소나무들이 예상대로 폭발과 불길을 막아 주고 있었다.

그런데 문득 드는 생각이 있었다.

엉킨 소나무들 사이에 두고 온 배낭이 보였기 때문이었다.

화염병이 깨져서 그냥 두고 온 배낭.

저 배낭에 불이 붙으면 안에서 그냥 불탈 것 같았다.

꼭 이런 안 좋은 생각을 하면 왜 이렇게 잘 맞는 것인지 모르겠다.

엉킨 소나무의 나뭇가지가 불타면서 안쪽으로 불이 번지고 있었다.

이 안에서 나갈 구멍은 바닥에 있었다.

힘을 줘서 소나무를 흔들어 보지만 무언가에 걸린 것처럼 움직이지 않았다.

이대로 가다가는 통구이가 될 것 같았다.

괴물이 되어 버려 단단한 소나무를 손으로 부술 수는 없었다.

그렇다면.

가장 가까이 있는 소나무의 눈과 눈 사이에 있는 붉은색 점을 찾아야 했다.

하지만 내가 있는 방향으로는 얼굴이 없었다.

옆으로 살짝 틀어진 소나무 하나뿐이었다.

나는 필사적으로 손을 비집고 넣었다.

눈과 눈 사이의 붉은색 점이 손에 닿기를 바라면서.

붉은색 점이 손에 닿기 전에 뜨거움이 느껴졌다.

불길이 손에 닿은 것 같았다.

손에 화상을 입어도 어쩔 수 없었다. 이를 악물고 계속 더듬었다.

찾았다.

몸 안에서 에너지가 빠져나가는 것이 느껴졌다.

다시 에너지가 들어오면 괴물이었던 소나무는 평범한 소나무로 돌아온다.

드디어 에너지가 들어오기 시작했다.

그런데 이상했다. 평소와는 달랐다.

전에는 에너지가 들어오면서 쾌감 비슷한 것이 느껴졌다.

하지만 지금은 뜨거웠다.

불길 속에 있어서 착각한 것인가 싶었다.

그런데 착각이 아니었다. 손을 타고 들어오는 뜨거움은 점점 더 심해졌다.

손을 떼고 싶었다. 하지만 그럴 수 없었다.

손을 떼는 순간 불타 죽을 테니까.

이렇게 죽으나 저렇게 죽으나 똑같다는 생각으로 참았다.

이내 뜨거운 에너지가 들어오는 것이 사라졌다.

"으윽."

손을 뺐다. 그런데 손은 화상을 입지 않았다.

어쩌면 에너지를 흡수하면서 다시 회복한 것일지도 모른다. 지금까지 그래 왔으니까.

몸 안은 아직도 뜨거웠다.

이제 평범한 소나무를 뜯어내면 될 것 같았다. 틈으로 손을 넣어 있는 힘껏 뜯었다. 생각대로 쉽게 뜯어졌다.

"젠장. 산 넘어 산이네."

뜯어내면 나갈 구멍이 생길 줄 알았다. 그런데 아직도 소나무가 있었다.

하지만 아직 포기할 생각은 없었다.

소나무 틈으로 불길과 하늘이 살짝 보이는 것이 이것만 해결하면 나갈 수 있을 것 같았다.

더군다나 이번에는 그동안의 고생을 보상해 주려는 것인지 소나무의 얼굴이 앞에 있었다.

그대로 손을 눈과 눈 사이의 붉은색 점에 댔다.

몸 안의 에너지가 쑤욱 빠져나갔다. 그리고 생각보다 빠르게 다시 에너지가 들어오기 시작했다.

그런데 나도 모르게 짜증이 났다.

"아. 진짜."

뜨거워도 너무 뜨거웠다. 몸 안으로 들어오는 에너지가 너무 뜨거웠다. 방금 전보다 2배는 더 뜨거운 것 같았다.

더군다나 등 뒤가 더 뜨겁다?

"앗! 뜨거!"

내부로 불이 옮겨 붙은 것을 몰랐다. 그리고 내 옷에 불이 붙은 것도. 조금만 더 참으면 소나무의 에너지를 다 흡수할 수 있다는 생각으로 참았다.

그리고 에너지 흡수가 끝났다. 있는 힘껏 소나무를 주먹으로 쳤다.

팡 소리와 함께 튕겨 나가는 소나무. 뚫린 것이다. 그대로 난 밖으로 나갔다.

"아앗."

그리고 바닥에 몸을 뒹굴었다. 등에 붙은 불을 끄기 위해서였다. 하지만 불은 꺼지지 않았다.

노 씨 아저씨가 만든 특수 화염병이라는 생각이 났다.

다 타 버릴 때까지 꺼지지 않는다.

"대장님 옷을 벗으세요!"

노 씨 아저씨 목소리였다.

나는 불붙은 상의를 잡아 뜯었다. 벗는 것보다 빠르다.

다행히도 바지에는 불이 붙지 않은 것 같았다.

"대장님!"

나는 뒤를 돌아봤다. 노 씨 아저씨가 서 있었다.

"아저씨가 여기 있다는 것은 그놈이 죽은 건가요?"

나는 기대하는 마음으로 물었다. 하지만 노 씨 아저씨는 고개를 저었다.

"안 죽었습니다."

"네?"

엄청난 폭발에도 죽지 않았다니 놀랐다.

"그러면 그놈 어디 있어요? 죽지 않았는데 노 씨 아저씨는 어떻게 여기 올 수 있었어요?"

"직접 보시는 것이 나을 것 같습니다. 이쪽입니다."

노 씨 아저씨가 주유소 방향을 가리키며 갔다. 나는 노 씨 아저씨의 뒤를 따라갔다.

그리고 주유소 사거리에서 거대 소나무가 왔던 방향의 도로를 보고 어떻게 된 일인지 알 수 있었다.

불타는 6층짜리 거대 소나무가 거의 구르는 것처럼 도망가고 있었다.

그럴 수밖에 없는 것이 뿌리의 3분의 1가량이 사라지고 없었기 때문이었다.

뿌리가 없으니 제대로 서지 못하는 것 같았다.

몸을 기울여서 머리 부근의 나뭇가지로 몸을 지탱하며 굴러가고 있었다.

"접근하기 힘들겠네요."

"네. 불길이 강합니다."

이대로 쫓아가서 거대 소나무를 끝내고 싶었다.

하지만 활활 타오르는 불길을 뚫고 거대 소나무를 죽일 수는 없었다.

지금 거대 소나무를 어떻게 할 방법이 없다면 미련 없이 포기하는 것도 나은 것 같았다.

거대 소나무가 우리를 공격할 수도 없으니까.

"아깝네요. 저놈 정말 튼튼하네요. 그 폭발에도 멀쩡하다니."

내가 보기에는 멀쩡한 것이나 다름없었다. 시간이 걸리겠지만, 저놈은 다시 회복할 것이 분명했다.

"네. 조금 아깝습니다. 뛰지만 않았어도 더 큰 피해를 입었을 겁니다."

"그래요?"

"네. 주유소가 폭발할 때 저놈 뛰는 중이었습니다. 공중에서 폭발을 맞은 거죠."

진짜 아까운 것 같았다. 뛰기 전에 폭발했다면 뿌리가 다 날아갔을 수도 있었다.

그러면 아예 움직이지도 못하고 불탔을 텐데.

거대 소나무가 점점 더 멀어졌다. 굴러가니 속도가 꽤 빠른 것 같았다.

"후우."

이제 안전하다는 생각이 들자 나도 모르게 숨을 내쉬며 갈바닥에 털썩 주저앉았다.

긴장이 풀린 것이다.

"괜찮으십니까?"

"아니요. 일어날 힘도 없어요."

사실 힘은 있다. 하지만 일어나기 싫었다. 이건 정신적인 문제였다.

"잠시만 이대로 있을게요."

"그렇게 하세요."

노진수는 이성필이 왜 이렇게 하는지 이해할 수 있었다.

자신 역시 극도의 긴장 상태에서 벗어나면 무기력감을 느끼곤 했었다.

훈련과 실전을 반복하면 어느 정도 익숙해지긴 했다.

하지만 죽을지도 모르는 상황은 익숙해질 수 없는 일이기도 했다.

그냥 견디는 것일 뿐.

"오빠!"

"대장님!"

이연희와 김정수가 달려오고 있었다.

나는 어색하게 웃으며 무사하다는 표시로 손을 흔들었다.

이연희와 김정수가 내 앞에 도착했다.

"괜찮아요? 어디 다친 데는 없어요?"

"괜찮은 것 같아요. 등이 약간 뜨거웠지만."

"대장님, 등 아파요?"

김정수가 내 등으로 가더니 말했다.

"상처가 없는데요?"

"금방 나았나 보네."

아무 생각 없이 말했다가 문득 이상하다는 생각이 들었다.

상처는 에너지를 흡수한 다음 급속도로 낫는다.

그런데 내가 빠져나왔을 때 옷에 불이 붙어 있었다.

등에 화상을 입었어야 했다.

"아저씨. 등에 화상 자국 없어요?"

노 씨 아저씨가 내 등을 확인했다.

"없습니다. 매끈합니다."

그리고 보니 불타는 주유소 근처인데 뜨겁다는 생각이 안 들었다. 그냥 따뜻하다는 느낌 정도였다.

"아저씨, 혹시 안 뜨거운가요?"

"무슨 말이신지?"

"저 주유소 열기가 안 뜨겁냐고요."

"뜨겁습니다. 바람의 방향이 바뀌기 전에 벗어나는 것도 좋을 것 같습니다. 유독 가스는 별로 안 좋습니다."

"잠시만요."

나는 이연희와 김정수에게 물었다.

"두 사람은 안 뜨거워?"

"당연히 뜨겁죠."

"저도 뜨거워요."

내 몸에 변화가 있었던 것 같았다. 의심 가는 것은 소나무의 에너지를 흡수하면서 느꼈던 열기였다.

자연스럽게 아직도 불타는 엉킨 소나무들을 바라봤다.

거대 소나무 69

"실험해 볼 것이 있어요."

나는 일어나서 불타는 소나무들을 향해 걸어갔다.

불이 꺼지면 저 소나무들은 다시 회복할 것이다.

어차피 에너지를 다 흡수하는 것이 낫다.

나는 불타는 소나무들 바로 앞까지 갔다. 하지만 못 견딜 정도의
뜨거운 열기를 느낄 수는 없었다.

"위험합니다."

노 씨 아저씨가 경고했다. 하지만 나는 두렵지 않았다. 바로
앞에 있는데도 약간 뜨거울 정도의 열기만 느껴졌기 때문이었다.

나는 불길을 향해 손을 뻗었다.

"대장님!"

"오빠!"

"어어어?"

노 씨 아저씨와 이연희가 뛰어왔다. 그리고 나는 웃으며 말했다.

"새로운 능력 같네요."

내 손은 불타지 않고 있었다.

7. 성민 병원의 사람들

"앗."

"왜 그러십니까!"

내가 손을 떼는 것을 본 노 씨 아저씨가 걱정하는 눈빛으로 묻고 있었다.

"하하. 아예 불타지 않는 것은 아닌가 보네요. 한 10초 정도?"

불타지 않는다면 거대 소나무를 쫓아가 마무리를 지을 수 있지 않을까 생각했었다.

그런데 완벽한 능력은 아닌 것 같았다.

뜨거운 것은 느껴지지 않지만 직접 불에 닿는 것은 10초 정도가 한계인 것 같았다.

하지만 회복력은 더 빨라졌다.

그 잠깐 사이에 화상을 입어 일그러진 피부가 금방 회복됐다.

나는 다시 불에 손을 넣었다.

"대장님 왜!"

정수의 목소리였다. 노 씨 아저씨와 이연희는 내가 왜 이런 행동을 하는 것인지 아는 것 같았다.

나는 손이 다시 뜨거워지기 시작할 때 손을 뗐다.

"10초 정도가 한계인가 보네요."

노 씨 아저씨는 내게 더 가까이 다가왔다. 그리고 불에 넣었던 손을 봤다.

"그래도 대단한 능력을 얻으신 것 같습니다. 10초면 상황을 뒤바꿀 그런 시간입니다."

노 씨 아저씨의 말이 맞겠지.

하지만 그런 상황은 안 왔으면 하는 마음이었다.

"불 꺼질 때까지 기다렸다가 나머지 나무들 처리하죠."

불타는 소나무 괴물을 그냥 놔두고 갈 생각은 없었다.

"그렇게 하시죠."

"나머지는 노 씨 아저씨하고 이연희 씨 그리고 정수가 골고루 나눠서 처리했으면 해요."

"아닙니다. 가장 고생하신 분이 대장님이시니 대장님이 이것들 처리하시는 것이 낫습니다."

"맞아요. 오빠가 깔려 죽는 줄 알았다니까요. 그런 고생을 한 오빠가 이것들의 힘을 다 흡수하는 것이 나아요."

이연희의 말에 정수는 내가 왜 소나무 괴물을 처리하라고 했는지 이해하는 것 같았다.

"아! 그럼 당연히 대장님이 흡수하셔야죠."

"아니. 내 생각은 달라."

내 말에 세 사람은 궁금한 듯한 표정을 지으며 나의 다음 말을 기다리는 것 같았다.

"나 혼자만 강해지는 것은 의미가 없다고 생각하거든. 정수의 경우는 더 강해지면 친구들을 더 많이 만들 수 있지 않아?"

정수는 고개를 끄덕였다.

"더 많은 친구를 만들면 고물상 지키는 데 도움이 될 거야."

나는 정수에게서 고개를 돌려 노 씨 아저씨와 이연희를 보며 말했다.

"두 사람도 같은 이유에요."

"그래도 대장님이 흡수하시는 것이 낫습니다."

"저도요."

나는 조금 답답했다.

"두 사람이 나를 위하는 마음은 알겠어요. 하지만 오늘 같은 일이 또 일어나면 어떨 것 같아요?"

내 말에 노 씨 아저씨의 표정이 굳어졌다.

그냥 다 같이 힘을 나누어 갖자는 생각으로 말한 것이었다. 그런데 저런 표정을 지을 줄은 몰랐다.

"또 무력함을 느끼게 되겠지요."

노진수는 주유소가 폭발하기 직전의 감정이 되살아났다.

제발 자신을 보라고 소리치며 달리던 때의.

이성필을 살릴 수 있으면 자신이 대신 죽고 싶었었다.

그런데 결국, 또 이성필이 모든 것을 해결했다.

그렇다고 이성필의 생각에 동의하는 것은 아니었다.

"그래서 대장님이 힘을 더 흡수해야 한다고 생각합니다."

"하아. 아직도 제 말을 이해하지 못하시는 것 같은데요. 그러니까……."

노 씨 아저씨는 내 말을 끊었다.

"이해합니다. 그래도 대장님의 힘이 더 강해지는 것이 낫습니다. 이런 일이 또 일어나면 대장님이 강해야 생존 확률이 높아지니까요."

나는 답답했다. 그래서인지 목소리가 커졌다.

"그럼 노 씨 아저씨는 죽어도 된다는 건가요?"

"네."

"……."

순간 할 말이 없었다. 노 씨 아저씨가 너무 당연하게 대답했기 때문이었다. 주저함도 없었다.

"그렇다고 쉽게 죽을 생각은 없습니다. 힘이 필요하다면 이연희와 주변을 돌아다니면서 사냥을 하겠습니다."

"저도 아저씨 말에 한 표요. 아저씨하고 같이 다니면 쉽게 힘을 얻을 수 있을 것 같아요."

이연희까지 노 씨 아저씨의 의견에 동의하고 있었다.

그러자 정수도 생각이 바뀐 것 같은 표정을 짓고 있었다.

"그럼 이렇게 하죠. 불타는 놈들이 10마리 정도인 것 같으니까. 내가 4마리, 나머지는 세 명이서 공평하게 나누는 것으로요."

더는 다른 의견을 받지 않겠다는 의지를 단호한 말투로 보였다.

하지만 내 어설픈 계략은 노 씨 아저씨에게 들통 나고 말았다.

"정확하게 13마리입니다. 대장님이……."

이번에는 내가 노 씨 아저씨의 말을 끊었다.

"이건 부탁이 아닙니다. 대장으로서 하는 명령입니다."

명령이라는 말에 노 씨 아저씨와 이연희 그리고 정수가 움찔하는 것 같았다. 그리고 노 씨 아저씨는 고개를 숙였다.

"명령이시라면 따르겠습니다."

"저도 이렇게까지 말하고 싶지 않았어요."

"괜찮습니다. 대장님이 하시고 싶은 대로 하시면 됩니다. 그럼 먼저 시작하시죠."

괜히 미안한 마음에 아직 불타고 있는 소나무에게 몸을 돌렸다. 그리고 눈과 눈 사이의 붉은색 점에 손을 댔다. 몸 안에서 에너지가 빠져나가기 시작했다. 그리고 곧 다시 뜨거운 기운과 함께 에너지가 들어왔다. 이제는 뜨거운 것을 어느 정도 참을 만했다.

한 마리를 흡수한 다음 세 명에게 말했다.

"눈과 눈 사이를 공격하면 더 쉽게 흡수할 수 있어요."

노 씨 아저씨와 이연희는 자신의 무기를 내게 내밀고 있었다.

"하하. 전 필요가 없네요."

애써 웃으며 나머지 3마리의 에너지를 흡수하기 시작했다.

3마리의 에너지를 흡수하고 이연희가 소나무의 에너지를 흡수하기 시작했다. 그녀는 나와 다르게 검으로 눈과 눈 사이를 찔렀다. 한 번에 소나무를 죽일 수는 없었다.

10번 정도 찌르자 붉은색 점이 사라지며 죽었다.

이연희가 몸을 살짝 떠는 것이 보였다.

그리고 2마리를 더 죽이고 에너지를 흡수했을 때 그녀는 무엇인가 달라졌다.

확실하게 느낄 수 있었다. 마치 달콤한 향이 나는 것 같았다. 그녀의 에너지를 빼앗아야 할 것 같은 생각이 들기 시작했다.

"대장님!"

노 씨 아저씨의 목소리에 나는 정신을 차렸다.

어느새 내 손이 이연희의 목을 향해 뻗고 있었다.

이연희는 내가 왜 이러는지 몰라 당황한 표정을 짓고 있었다.

"아. 미안요."

"오빠. 제 목이 좀 길고 이쁘기는 한데요. 갑자기 그러면……."

"그게 아니라."

이연희에게 어떻게 설명할 수 있을까.

그녀를 죽이고 싶은 생각이 들었다는 것을.

문득 이런 생각이 들었다.

도망친 거대 소나무도 나에게서 이런 달콤한 향을 맡은 것이 아닐까?

"그런데 오빠. 혹시 향수 뿌렸어요?"

"아니요."

"그런데 왜 이렇게 달콤한 향이 오빠에게서 나죠?"

나도 모르게 한 발자국 뒤로 물러났다.

이연희도 나를 죽이고 싶은 생각이 드는 것이 아닐까 싶었기 때문이었다.

"왜 뒤로 가요?"

이연희의 어리둥절한 표정과 말투에서 그녀가 나를 죽이려 하지 않는다는 것을 느낄 수 있었다.

하지만 연기를 하는 것이라면? 그런데 정수가 옆에 와서 말했다.

"누나, 대장님에게서 아무 냄새도 안 나는데요?"

"안 나?"

정수와 이연희가 나에게서 향이 난다 안 난다 다툼 비슷하게 하기 시작했다.

"누나. 대장님이 아무리 좋아도……. 좀."

"어린 것이……."

"저 안 어려요."

"중학생이면 어리지."

"저 고등학생이에요!"

"어? 진짜?"

정수는 키와 덩치가 좀 작기는 했다. 아마 할머니와 어렵게 살아서 제대로 영양 섭취를 하지 못해서 그런 것일지도 모른다.

둘의 다툼보다 난 내가 느꼈던 것을 이연희도 느꼈는지가 중요하다는 생각을 했다.

"연희 씨."

"네. 오빠."

"그냥 달콤한 향만 나요? 다른 생각은 안 들어요?"

이연희의 얼굴이 빨갛게 변했다.

"그게……. 그러니까……."

이 반응은 부끄러워하는 것이 분명했다. 왜 부끄러워하는지 모르겠지만, 확실하게 알아야 했다. 그래서 다시 물었다.

"어떤 생각이 들었는데요?"

내 질문에 이연희는 고개를 숙이며 작게 말했다.

"안기고……."

뒷말이 잘 들리지 않았다.

"뭐라고요?"

"나중에 말하면 안 될까요?"

"지금 말해 줬으면 해요."

이연희가 고개를 들었다. 약간 원망하는 듯한 그런 눈빛으로 나를 쳐다봤다. 그리고 크게 소리쳤다.

"안기고 싶었다고요!"

"……."

이번에는 내가 얼굴이 빨개졌다.

"아. 네. 미안해요."

이연희는 삐친 듯이 몸을 돌렸다. 노 씨 아저씨가 웃으며 소나무에 다가가 일본도로 눈과 눈 사이를 베기 시작했다.

노 씨 아저씨도 3마리를 죽였다. 하지만 이연희와 같이 달콤한 향이 나지는 않았다.

마지막으로 정수가 노 씨 아저씨의 도움을 받아 3마리를 죽였다. 정수도 달콤한 향은 나지 않았다. 내 생각에는 일정한 기준을 넘어야 향이 나는 것 같았다.

그런데 쇠맛이 느껴지기 시작했다.

아니. 피비린내인 것 같았다.

"오빠. 저기 사람들이 있어요."

이연희의 말에 고개를 돌렸다. 어디서 나타났는지 모를 수십 명이 우리를 향해 다가오고 있었다.

* * *

성민 병원. 근처의 유일한 대형 병원이었다.

병상만 700여 개였다. 진료 과목도 31개나 됐다.

성민 병원에서 일하는 직원 숫자만 1,500명 정도였다.

하지만 지금은 약 200명 정도만 성민 병원에 남아 있었다.

모든 것이 정지한 그 날. 미친놈처럼 사람이 사람을 죽이는 일이 일어났을 때 직원 대부분은 병원을 떠났다.

가족에게 돌아가기 위해서였다.

남은 것은 살인자들과 소수의 의사와 간호사뿐이었다.

아이러니하게도 살아남은 의사 중 대부분이 외과의였다. 특히나 전자기기가 멈춰 수술 중에 사망한 환자를 집도했던 의사 김수호는 의도하지 않게 살인자처럼 눈이 빨갛게 변했다.

그리고 자신을 죽이려 하던 이들을 어쩔 수 없이 죽이면서 힘이 강해졌다. 하지만 김수호도 어쩔 수 없는 사람이 있었다.

자신의 환자였던 조직 폭력배 이강수. 살인죄로 체포되는 과정에서 다리와 배에 상처를 입어 수술까지 했다.

그런데 그가 새빨개진 눈으로 사람들을 휘어잡았다. 그에게 거역하면 본보기로 죽이기까지 했다.

하지만 김수호를 중심으로 살아남은 의료진은 함부로 대하지 않았다. 자신을 살려 준 김수호에게 은혜를 갚기 위해서라는 말을 했다. 그렇지만 김수호를 비롯한 의료진은 그 말을 믿지 않았다. 그가 도망가지 못하게 지켰던 경찰을 죽이는 모습을 봤기 때문이었다. 자신을 따르지 않는 경찰은 필요 없다는 말을 하면서.

그 조직 폭력배 이강수가 고르고 고른 부하 50명을 데리고 밖으로 나갔다. 그리고 그것을 김수호와 천칠수 병원장은 옥상에서 지켜보고 있었다.

"김 과장. 이대로 도망치는 것이 낫지 않을까?"

김수호는 고개를 저었다.

"어디로 도망갑니까. 이강수가 죽인 사람만 최소 수백 명입니다. 일부러 병실을 돌아다니면서 숨어 있던 사람까지 찾아내 죽인 놈이에요."

"그래도 기회는 지금뿐이지 않나. 이강수가 저들을 죽이고 더 강해지면 기회조차 없을 거야."

"그건 조금 더 지켜보는 것이 나을 것 같습니다. 더 확실한 기회가 올 때까지요."

김수호는 이강수를 죽여야만 그 기회가 온다는 말은 하지 않았다.

"그때가 올까? 점점 더 우리 의료진이 필요 없어지는데……."

모두 이강수가 의료진을 살려 두는 이유는 치료 때문이라고 짐작하고 있었다.

하지만 사람을 죽이면 상처가 빨리 낫는 것을 알게 됐다.

힘이 강해진 사람이나 이상한 괴물이 되어 버린 것들을 죽여도 상처가 빨리 나았다.

이강수는 거의 재생 수준으로 상처가 나아 버렸다.

의료진이 필요 없다는 판단이 들면 이강수는 고민도 하지 않고 죽일 사람이었다.

"확실한 기회가 올 겁니다. 원장님."

"방법이 있나?"

김수호의 말에서 천칠수 원장은 그가 이강수를 죽이려는 것을 눈치챘다.

"뭔가?"

천칠수 원장은 기대하면서 물었다. 하지만 김수호는 말해 주지 않았다. 아직 천칠수 원장을 믿지 못했기 때문이었다.

그 누구도 죽이지 않아 일반인과 같은 힘만 있는 천칠수 원장이 이강수를 몰래 만나 무릎까지 꿇으면서 애원하는 것을 봤기 때문이었다.

살기 위해서 어쩔 수 없었다는 것은 이해했다.

하지만 그렇다고 믿을 수 있는 것은 아니었다. 성민 병원 출신이 아니라 낙하산처럼 외부에서 와 원장이 된 그는, 진료도 보지 않으면서 철저하게 병원을 회사처럼 운영했었다.

이익이 되는 것과 이익이 되지 않는 것을 구분하면서.

"무엇인지 말 좀……."

천칠수 원장은 김수호에게 더 말하지 못했다.

믿을 수 없는 장면이 보였기 때문이었다.

* * *

"대장님!"

노진수는 다가오는 이들에게서 진득한 살기를 느꼈다.

더군다나 가운데 있는 한 놈은 더 진한 살기를 내뿜고 있었다.

사람을 많이 죽여 본 놈이라는 것을 알 수 있었다.

"노 씨 아저씨, 저들에게서 도망칠 수 있을까요? 한 50명쯤 되어 보이는데."

노진수는 일본도를 들고 고개를 좌우로 꺾은 다음 말했다.

"상대가 인간이라면 도망갈 필요는 없습니다. 대장님."

너무나도 자신 있게 말하는 노 씨 아저씨를 보며 나는 결정했다.

"하시고 싶은 대로 하세요."

내 말이 끝나는 동시에 노 씨 아저씨는 땅을 박차고 다가오는 이들을 향해 뛰었다.

나는 저들을 살려 둘 생각이 없었다. 저들 역시 나와 같은 생각이겠지만.

* * *

이강수는 조금 흥분한 상태였다. 거대한 소나무가 병원을 향해 오지 않기를 바랐던 마음은 사라진 지 오래였다.

어떻게 했는지 모르겠지만, 주유소에서 주유 트럭을 타고 간 놈들이 주유소를 폭파한 것이 분명했다.

처음에는 부하 중 한 명이 주유소에서 누군가 트럭을 타고 갔다는 말을 믿지 않았다. 하지만 건물이나 마찬가지인 거대 소나무를 함정에 빠뜨리고 물리쳤다. 주유소를 잘 아는 사람만이 할 수 있다고 생각했다.

만약, 이성필 일행이 거대 소나무를 쓰러뜨리고 힘을 얻었다면 조용히 있었을 것이다. 수백 명을 죽인 자신보다 거대 소나무 하나가 더 많은 힘을 줄 것을 알고 있었으니까.

그런 추측을 한 것은 이강수 역시 병원 근처의 괴물을 잡았기 때문이었다. 거대 소나무를 잡지 못한 이성필 일행이 절대로 자신을 이기지 못하리라 생각하고 있었다.

모든 면에서 그랬다.

병원이라는 특수한 곳에서 자신은 수백 명을 죽이고 힘을 키웠다. 근처에 대규모로 사람이 모일 만한 곳이 없었다. 당연히 이성필 일행 중 그 누구도 자신보다 힘이 강하지 않을 것이 분명했다.

또한, 적게는 10명 이상부터 많게는 수십 명을 죽인 부하들이 50명이나 있었다. 그중에는 자신과 같은 조직의 부하도 있었다. 싸움 좀 한다는 놈들이었다.

이성필 일행을 죽였을 때 맛볼 그 짜릿함.

더군다나 유난히 한 명에게 눈길이 갔다. 마치 그를 자신이 꼭 죽여야 할 것 같은 느낌까지 들었다.

그런데 한 명이 자신들을 향해 뛰어오는 것이 보였다.

좀 빠르기는 했다. 하지만 한 명이 50명을 당해 낼 수 없다고 생각했다. 아무리 강하다 해도 머릿수에서 밀리면 절대 이길 수 없다는 것을 조직 폭력배 생활을 하면서 깨달았기 때문이었다.

"태웅아!"

"네. 형님."

"애들 데리고 마중 좀 나가 주라."

자신과 같은 조직이면서 직속 후배인 김태웅.

권투 선수 출신으로 주먹만으로는 이강수도 이기기 힘들었다.

그리고 김태웅도 힘을 얻게 되면서 더 강해졌다.

사람이라면 절대 할 수 없는 방향 전환과 파괴력이 생겼기 때문이었다.

김태웅은 손에 쇠로 만든 너클을 끼고 달려오는 노진수를 향해 뛰었다. 그 뒤를 10명이 따라갔다. 김태웅 부하들이었다.

하지만 이강수는 곧 자신의 예상과 다른 상황이 벌어지는 것을 보게 됐다.

* * *

노진수는 다가오는 사람들과 가까워지면서 더 진하게 피비린내를 느낄 수 있었다. 수없이 많은 죽음을 본 사람만이 알 수 있는 본능이었다. 그리고 살인에 대한 광기마저 보였다.

이성필은 이들이 이런 사람이라는 것을 알고 자신에게 마음대로 하라고 한 것일까?

노진수는 그런 의문을 떠올리다가 머릿속에서 지웠다. 저들 중 일부가 달려왔기 때문이었다. 지금은 전투에 집중할 때였다. 다른 생각을 하면 실수가 생긴다.

그 실수는 곧 죽음이었다.

"후우."

이제 몇 걸음만 뛰면 저들과 부딪친다.

심호흡으로 마음을 가라앉혔다. 저들은 죽여야 할 대상 그 이상도 그 이하도 아니다.

빠르게 다가오는 이들의 숫자를 먼저 파악했다.

11명. 가운데 있는 놈이 가장 실력이 좋다는 것을 한눈에 알 수 있었다. 여유가 있어 보였다.

그리고 저놈은 마지막에 나서거나 기회를 노릴 것이 분명했다.

약간 뒤처지기 시작했으니까.

* * *

"오빠! 저도 노 씨 아저씨 도울까요?"

"연희 씨가 그러고 싶으면 그래도 돼요."

사실 노 씨 아저씨 혼자서 50명이나 되는 저들을 상대할 수 있을지 걱정이 되기는 했다.

그렇다고 이연희에게 가서 도우라는 말을 할 수는 없었다.

그 선택은 이연희가 해야 하는 것이다.

내가 강제할 생각은 없었다.

그렇다고 지켜만 볼 생각은 없었다.

"정수야."

"네. 대장님."

"벌 친구들 모두 불러 줄래?"

"네!"

정수는 살짝 팔을 들었다. 그러자 근처에 있던 거대 꿀벌 한 마리가 날아왔다.

"친구들 모두 모아서 데려와 줘."

거대 꿀벌은 정수 앞에서 춤을 추더니 날아갔다.

"바로 온대요."

"그럼 저는 노 씨 아저씨 도우러 갈게요."

"그래요. 나는 걱정하지 말고."

이연희는 검을 꽉 쥐더니 노 씨 아저씨 뒤를 따라 뛰었다.

그러자 정수가 내게 물었다.

"대장님. 친구들 오면 어떻게 해요?"

"어떻게 하기는 저놈들 공격해야지. 뒤에서."

"네."

저들의 뒤를 공격해 혼란을 유도할 생각이었다. 그렇게 되면 노 씨 아저씨와 이연희를 공격하는 숫자가 줄어들 테니까.

"어? 저놈들 노 씨 아저씨를 향해 달려와요."

11명 정도 되는 이들이 노 씨 아저씨를 먼저 상대하려는 것 같았다.

서로의 거리가 좀 있기는 하지만, 속도가 빨라 금방 만날 것이다.

이연희가 조금 늦게 출발해서 도울 수는 없을 것 같았다.

하지만 도울 필요가 없을 것 같았다.

노 씨 아저씨가 왜 인간이 상대라면 문제없다고 했는지 알 것 같았다.

* * *

앞으로 두 걸음! 두 걸음만 뛰면 맨 앞의 놈과 부딪친다.

식칼을 든 놈이었다. 저놈도 대충 거리를 짐작하고 준비하고 있었다. 인간이라면 누구나 저런 행동을 한다.

노진수는 발끝에 힘을 줬다. 순간적으로 튀어 나가는 노진수였다.

두 걸음이 한 걸음 반. 아니. 거의 한 걸음 정도로 줄어들었다.

전혀 예상하지 못한 상대는 눈을 크게 떴다. 어느새 노진수가 앞에 와 있었기 때문이었다.

그리고 손에 든 식칼을 무의식적으로 휘두르려 했다.

하지만 그럴 수 없었다.

"아악! 내 팔⋯⋯."

식칼을 든 팔이 잘렸기 때문이었다. 노진수는 그의 팔을 자르고 아무렇지 않게 옆으로 자세를 낮춰 일본도를 휘둘렀다.

서걱.

"아아악!"

두 놈의 다리가 잘렸다.

노진수는 확인도 하지 않고 낮은 자세에서 땅을 박차며 오른쪽으로 뛰면서 아래에서 위로 일본도를 올렸다.

서걱.

또 한 놈의 배를 갈랐다. 일부러 죽이지는 않았다.

"어어어어."

배를 움켜쥐고 쓰러졌다.

쓰러지는 놈을 방패삼아 왼쪽으로 돌면서 일본도를 짧게 끊어서 두 번 내리 그었다.

"으윽."

"악!"

두 놈의 어깨가 잘렸다. 완전히 잘린 것은 아니었다. 팔이 덜렁거릴 정도였다.

"여섯!"

노진수는 일부러 소리를 냈다. 이들이 살인자라 해도 동료가 이렇게 당하는 공포심은 처음 느낄 것이기 때문이었다.

일부러 죽이지 않았다. 여섯 명의 비명과 신음이 남은 이들에게 곧 자신도 이렇게 될 수 있다는 공포감을 느끼게 하기 위해서였다.

노진수의 예상대로 남은 네 명은 주춤거리며 노진수를 공격하지 않았다. 그렇다고 그냥 가만히 있을 노진수가 아니었다. 이런 상황을 유도했으니 결과를 내야 했다.

어떻게 할지 몰라 당황하는 네 명에게 빠르게 접근해 일본도를 휘둘렀다. 네 명은 피하려고 했지만, 노진수가 너무 빨랐다.

모두 팔과 다리에 치명적이 상처를 입고 쓰러질 수밖에 없었다.

그때 노진수는 왼쪽으로 뛰었다. 빠르게 오른쪽으로 접근해 주먹을 휘두른 놈이 있었기 때문이었다. 김태웅이었다.

"아저씨, 반응이 좋네."

김태웅은 가볍게 뛰면서 노진수를 노려보고 있었다.

하지만 노진수는 그가 긴장했다는 것을 알았다.

"너도 반응이 좋아야 할 거야."

노진수가 먼저 움직였다.

김태웅은 스텝을 밟으며 노진수의 옆으로 돌았다.

카앙.

노진수가 휘두르는 일본도를 김태웅이 주먹으로 쳐 냈다.

전혀 예상하지 못한 각도로 휘두른 것인데도.

두 사람은 다시 마주 봤다.

김태웅은 노진수에게 접근해야만 했다. 거리가 있으면 아무래도 일본도를 든 노진수가 유리했으니까.

노진수 역시 김태웅의 의도를 알고 있었다. 누구나 예상할 수 있는 상황이었다.

김태웅이 앞으로 뛰어 나갔다. 노진수는 일본도를 휘둘렀고.

캉. 까앙. 카아앙. 캉⋯⋯.

순식간에 10번의 공격과 방어가 이루어졌다.

노진수는 김태웅의 동체 시력이 좋다는 것을 알았다.

힘을 얻으면서 더 좋아진 것일지도 모른다는 생각을 했다.

두 사람의 거리는 전혀 좁혀지지 않았다.

그런데 김태웅이 씨익 웃으며 말했다.

"아저씨. 그게 최선이면 안 될 거야."

말이 끝나는 동시에 김태웅의 움직임이 빨라졌다.

앞으로 튀어 나가는 듯했다가 옆으로 움직였다. 다시 정면으로 돌아왔다. 어느새 노진수의 몸 앞에 있었다.

어느 방향으로 접근하는지 혼란스럽게 하는 방식. 김태웅이 가장 잘하는 기술이었다. 상대방은 '어. 어.' 하다가 이 기술에 당하고 만다. 더군다나 힘을 얻게 된 이후에는 순간적으로 인간이 낼 수 없는 속도로 움직일 수 있었다.

아주 짧은 시간이지만, 그 정도로 충분했다.

노진수만 아니었다면.

뿌직.

"으윽."

노진수가 김태웅의 뻗는 주먹을 살짝 피하면서 반대로 노진수의 품에 들어가 어깨와 팔을 이용해 노진수의 뻗은 팔을 부러뜨린 것이었다.

그리고 일본도가 김태웅의 목에 닿아 있었다.

"눈은 너만 좋은 것이 아니야. 그리고 경험이 다르다."

노진수는 김태웅 정도의 실력자를 많이 만나 봤다. 특히나 권투 좀 했다는 놈들의 방식은 너무나 잘 알고 있었다.

인파이터의 방식. 빠른 움직임으로 상대방을 혼란시켜 접근한 다음 공격하는 것.

접근에 성공하면 대부분 머리를 노렸었다. 제대로 들어가면 기절하거나 머리가 흔들려서 제대로 움직이지 못하기 때문이었다.

가끔 명치 같은 급소를 노리기도 하지만, 김태웅의 눈과 몸짓은 머리를 노리고 있었다.

그래서 노진수는 대응하기가 쉬웠다.

"잠…… 잠까……."

사악.

노진수의 몸이 뒤로 빠졌다. 당연히 일본도는 김태웅의 목을 그었다. 오른팔이 부러졌기 때문에 왼팔로 목을 잡아 지혈해 보려고 하지만 가능할 리가 없었다.

* * *

김태웅과 10명의 부하가 순식간에 쓰러지는 것을 본 이강수는 입술을 깨물었다. 노진수가 전문가라는 것을 알았기 때문이었다.

그것도 차원이 다른 전문가였다. 사람을 베고 죽이는 것에 조금의 주저함도 없었다. 그리고 간결한 움직임과 동작은 예술을 보는 것 같았다.

그렇다고 해서 두렵지는 않았다. 자신 역시 전문가라고 생각했기 때문이었다. 그리고 수백 명을 죽이면서 얻게 된 힘이 더 자신감을 갖게 했다. 노진수와 싸우면 비등하게 싸울 수 있을 것 같았다.

하지만 노진수와 일대일로 싸울 생각은 없었다.

"뭐하고 있어! 죽여!"

이강수의 말에 남은 40여 명이 일제히 노진수를 향해 달려갔다.

* * *

"와아아!"

소리를 지르며 달려오는 40여 명을 보며 노진수는 다시 호흡을 가다듬었다. 쉽지 않은 전투가 될 것이 분명했기 때문이었다.

지금부터는 상처를 입으면 상대방을 죽일 생각이었다.

아무리 실력이 뛰어나다고 해도 상처 없이 40여 명이나 되는 이들을 상대할 수 없었다. 예전에는 상처를 입을 것 같으면 최대한 치명적이지 않은 곳으로 유도하며 싸워야 했다. 하지만 지금은 상대방을 죽이면 상처가 회복된다.

"아저씨!"

이연희의 목소리에 노진수는 인상을 쓰며 말했다.

"대장님 곁에 있어야지."

"도와주러 왔는데도 뭐라 해요?"

"내가 왜 같이 가자고 안 했는지 이해하지 못하니……."

노진수는 제대로 전투를 해 본 적이 없는 이성필의 곁에 이연희가 있었으면 했다.

"대장님에게 돌아가!"

"그러기가 힘들 것 같은데요."

이미 40여 명이 두 사람을 둘러싸고 있었다.

노진수가 김태웅과 10명을 어떻게 쓰러트렸는지 봤기 때문에 무턱대고 덤비지 않았다.

성민 병원의 사람들 95

하지만 계속 바라만 보고 있을 수는 없었다.

"뭣들 해! 죽이라니까!"

이강수의 목소리에 40여 명은 일제히 사방에서 달려들기 시작했다. 그들의 손에는 쇠파이프부터 날카로운 식칼까지 무기가 될 만한 것을 들고 있었다.

"등을 대라."

이연희는 노진수의 말대로 했다.

"너는 막는 것에만 주력하면 된다."

"그럴게요."

카강.

노진수는 바로 날아오는 쇠파이프 2개를 일본도로 쳐 내면서 공격했다. 하지만 한 명의 팔에만 상처를 입힐 수 있었다. 공격하자마자 뒤로 빠졌기 때문이었다.

그리고 옆에서 달려드는 놈들. 노진수는 일본도로 오른쪽 놈의 목을 찌른 다음 바로 빼서 반대편으로 휘둘렀다. 옆에서 다가오던 놈들은 피하지 못했다.

두 명이 쓰러졌다. 이연희도 한 명을 쓰러뜨리고 3명의 공격을 훌륭하게 막아 내고 있었다.

이연희 때문에 움직임이 더 어렵다고 느낀 노진수는 소리쳤다.

"떨어져서 싸운다. 죽지 마라."

"안 죽어요."

노진수는 등을 떼면서 앞으로 튀어 나갔다.

노진수의 앞에 있던 이들은 어어 하는 사이 일본도에 베였다.

순식간에 3명이 쓰러졌다. 하지만 남은 이들은 동료가 쓰러지는 것도 아랑곳하지 않고 노진수를 공격했다.

모두 피할 수는 없었다.

바로 앞의 놈을 잡으면서 몸을 돌렸다. 다른 놈들의 공격 대부분이 인질처럼 잡은 놈의 몸에 맞았다.

노진수는 당황하는 놈들을 그냥 두지 않았다. 인질로 잡은 놈의 목을 그으면서 세 명의 한꺼번에 베었다.

그때 노진수의 눈에 이연희를 향해 접근하는 한 사람이 보였다.

"조심해!"

"아악!"

노진수의 경고가 늦었다. 하지만 노진수의 경고 덕분에 죽지는 않았다. 허벅지와 옆구리에 상처를 입었을 뿐이었다.

양손에 긴 사시미를 든 놈. 가장 피비린내가 많이 나는 놈이었다.

"이런. 한 번에 죽일 수 있었는데."

혀를 날름거린 이강수는 씨익 웃더니 말했다.

"기다려. 도저히 참을 수 없어서 저기 먼저 다녀올 테니까."

이강수가 가리키는 곳은 이성필이 있는 곳이었다.

노진수는 불같이 화를 내며 소리쳤다.

"멈춰!"

하지만 이강수는 이성필을 향해 움직였다.

노진수가 이강수를 따라가려고 했지만 그럴 수 없었다.

노진수의 앞을 가로막는 이들 때문이었다.

그리고 이연희와 거리를 두면서 견제하는 이들.

계속 피를 흘리는 이연희가 언제까지 버틸지 모른다.

하지만 이연희는 노진수의 관심 밖이었다. 어떻게 해서든 이강수를 막아야 했다.

이성필은 절대 이강수를 막을 수 없다고 생각했다.

그런데 노진수는 더 절망적인 것을 볼 수밖에 없었다.

이강수가 빨라도 너무 빨랐기 때문이었다. 자신이 전력으로 달려도 절대 따라잡을 수 없는 속도였다.

"안 돼! 으윽."

노진수는 무리해서 이강수를 따라가려 하다가 빈틈이 생겼다. 칼이 팔 부근을 베고 지나갔다.

노진수는 상처 따위는 상관없었다. 무조건 이성필에게 가야 했다. 하지만 이강수는 벌써 이성필에게 도착해 있었다. 그리고 이성필을 품에 안는 듯한 행동을 하고 있었다.

노진수는 분노를 막을 수 없었다.

"으아아아!"

자신이 상처 입든 말든 상관하지 않고 주변의 모든 이들을 베어 넘기며 이성필을 향해 달렸다. 그런데 이성필을 사시미로 찌른 이강수가 괴성을 지르며 무릎을 꿇는 것이 보였다.

이강수의 머리에는 이성필의 손이 올라가 있었다.

　　　　　　　　　　　* * *

　노 씨 아저씨의 활약은 대단해 보였다.

　무슨 액션 영화를 보는 것 같았다. 액션 영화보다도 더 실감이
났다. 바로 눈앞에서 일어나는 일이니까.

　얼마 걸리지도 않아 11명을 처리한 노 씨 아저씨에게 이연희가
도착했다.

　그리고 남은 놈들이 노 씨 아저씨와 이연희를 향해 달려들었다.

　그래도 두 사람이라면 충분히 상대할 수 있을 것 같았다.

　그런데 뒤늦게 느릿느릿하게 걷던 한 놈.

　매우 불쾌하고 피 냄새가 진하게 나는 놈이었다.

　그놈의 움직임이 갑자기 빨라졌다.

　멀리서 보나까 간신히 알아볼 수 있을 정도였다. 가까이 있었다면
언제 움직였을지 모를 것 같았다.

　"연희 씨!"

　나는 그놈이 이연희를 노린다는 것을 알았다.

　그놈이 움직이는 일직선상에 이연희가 있었다.

　어느새 그놈의 양손에 들린 무언가가 빛에 반사되어 번쩍였다.

　그리고 이연희의 옆에 잠시 멈췄다가 떨어졌다.

　정확하게 말하자면 스쳐 지나간 것 같았다.

　"정수야. 친구들은?"

　"아직요."

모두 모아 오라고 해서 그런지 거대 꿀벌은 아직 도착하지 않았다.

그놈이 나를 봤다. 순간 알 수 있었다. 저놈은 이연희를 노린 것이 아니었다. 나를 노리고 있었다.

내가 저놈을 꼭 죽여야만 할 것 같은 느낌을 받은 것처럼.

저놈과 나 사이의 일직선 위에 이연희가 있었을 뿐이었다.

이연희가 주저앉는 것이 보였다.

그리고 노 씨 아저씨와 저놈이 잠시 서로를 바라본 것 같았다.

"어?"

노 씨 아저씨와 대화하나 싶은 그때 그놈은 어느새 나를 향해 뛰고 있었다. 내 손에는 아무런 무기가 없었다.

피해야 할까? 그런 생각을 할 때 그놈은 내 앞에 있었다.

푸욱.

"사장님!"

당황한 정수의 목소리가 들렸지만, 대답할 수 없었다.

몸 안에 무언가 들어오는 느낌은 정말 이상했다.

불쾌하고 끈적하며 뜨겁기까지 했다.

그리고 더 기분이 나쁜 것은 나를 찌른 놈의 목소리였다.

"느낌이 이상하지? 표정이 좋네. 크큭. 난 이런 표정이 좋더라."

"사장님 놔줘!"

정수가 달려들려고 하는 것 같았다.

"정수야! 오지 마. 명령이야."

"꼬마야 도망가. 그래야 내가 쫓아가서 죽이는 재미가 있지."

정수에게 말하면서 손에 더 힘을 주고 있었다.

이제는 고통이 확실하게 느껴졌다. 신음을 참을 수가 없었다.

"으윽."

"그래. 이 소리야. 내가 이래서 한 번에 죽이지 않는다니까."

제정신이 아닌 놈이 분명했다.

사람 죽이는 것을 재미로 하는 놈.

아니 어쩌면 힘을 얻게 되면서 억눌러 왔던 것을 그대로 터뜨린 것일지도 모른다.

왜냐. 나 역시 나를 찌른 이놈을 무척이나 죽이고 싶다는 생각이 점점 더 커지고 있었기 때문이었다.

그리고 보였다. 이놈의 붉은색 점이. 내 배를 찌르느라 약간 낮은 자세로 있는 놈의 정수리에 커다란 붉은색 점이 있었다.

"조금 더 느껴 보라고."

놈이 더 힘을 준다. 고통이 느껴지는 순간 나는 놈의 정수리에 손을 댔다.

어차피 놈이 죽나 내가 죽나 둘 중 하나로 결판이 나야 했다.

"뭐 어쩌려고? 내 힘을 당해 낼 수 있을 것 같아? 자동차도 맨손으로 뜯어 버리는 내 힘…… 뭐야…… 놔!"

"너 같으면 놓겠냐?"

지금까지 약 올리듯 말하는 놈에게 나 역시 약 올리듯 말하고 싶었다.

"놔!"

나는 남은 한 손으로 놈의 팔을 잡았다.

"내가 너보다 힘이 약한 것은 맞겠지. 하지만 그렇게 약하지 않아."

절대로 놈의 팔을 놔서는 안 된다는 생각으로 온 힘을 다했다. 그리고 놈의 정수리에도 집중했다.

"놔! 뜨거워! 뜨겁다고!"

내 손이 뜨거울 리가 없다고 생각하는 그때 놈의 머리카락이 타기 시작했다. 그리고 놈의 붉은색 점은 작아지기 시작했다. 그런데 여태까지 봤던 속도가 아니었다.

붉은색 점이 더 빨리 사라지고 있었다.

"아아악!"

놈은 결국, 비명을 지르며 무릎을 꿇었다.

* * *

이강수가 비명을 지르며 무릎 꿇는 것을 본 노진수는 뛰는 것을 멈췄다.

노진수가 멈추자 그를 공격하던 이들은 당황했다.

그래서인지 공격도 멈췄다.

노진수는 피식 웃으며 중얼거렸다.

"빠르게 정리하고 대장님에게 가야겠네."

노진수의 눈이 번들거렸다.

이성필이 위험하지 않는다는 것을 알게 된 것이었다.

누가 봐도 이성필과 이강수의 모습은 이성필이 이강수를 제압한 것이었다.

지금도 이강수는 비명을 지르고 있었다. 반면에 이성필은 인상을 쓰고 있었지만, 아무렇지 않은 것 같았다.

"이연희!"

노진수는 이연희를 부른 다음 그녀의 대답도 듣지 않고 소리쳤다.

"지금부터 최선을 다해 다 죽여라. 너를 구해 줄 생각은 없다."

노진수는 바로 움직였다.

자신의 분노를 일본도에 담았다.

최소한의 움직임? 가장 효율적인 동선? 그딴 것은 필요 없었다.

바로 앞에 쇠파이프를 든 놈에게 일본도를 위에서 아래로 그었다.

"어어?"

본능적으로 쇠파이프를 들어 막지만.

사악.

노진수의 일본도는 쇠파이프와 사람을 그냥 지나갔다.

그리고 갈라지는 쇠파이프와 사람.

노진수는 가장 위험하다고 생각하던 놈이 이성필의 손에 잡혔으니 더는 힘을 아낄 필요가 없었다. 있는 힘을 다해서 죽이기 시작했다. 하지만 그렇다고 이연희를 진짜 놔둘 생각은 아니었다.

적을 처리하면서도 힐끔 이연희를 살폈다. 이연희도 처음에는 조금 어려운 상황처럼 보였다. 하지만 곧 한두 명씩 처리하며 다시 본 실력을 내기 시작한 것을 확인했다.

이연희의 몸이 회복됐다면 노진수는 더는 그녀를 걱정할 필요가 없었다.

이들 중에는 이연희를 죽일 만한 실력을 지닌 사람이 없었으니까.

* * *

고통 때문에 주저앉아 비명을 지른다고 해서 놈이 가만히 있는 것은 아니었다. 오히려 벗어나려고 더 발버둥 치기 때문에 내 상처가 더 커지고 있었다.

하지만 그것을 내색할 수는 없었다. 반대로 태연한 척 연기를 했다.

"조금 전 비아냥거리던 말투는 어디 갔지?"

"으아아아……."

비명을 지르면서도 눈은 점점 더 공포에 빠지는 것이 보였다. 두려움 그리고 간절함.

그리고 놈은 고통을 참아 내며 간신히 말하고 있었다.

"그……냥…… 죽여."

살려 달라고 말할 줄 알았다. 그런데 죽이라니.

"깔끔하게 죽여."

고통이 익숙해지는 것인가? 말을 더듬지 않고 있었다.

놈의 말에 갑자기 생각나는 것이 있었다. 놈이 나를 찌르며 했던 말들. 그냥 단숨에 내 목을 베거나 심장을 찔렀다면 나는 그대로 죽었을 것이다. 놈은 상대방의 고통을 즐기는 정신병자였다.

"너는 깔끔하게 죽였어?"

붉은색 점이 점점 더 작아지고 있었다. 그리고 놈의 몸에서 힘도 빠지고 있었다.

몸부림쳐도 크게 움직일 수가 없었다.

하지만 나도 사실 한계가 오는 것 같았다. 피를 너무 많이 흘린 것인가?

놈의 붉은색 점이 사라지는 것이 빠를까?

아니면 내가 쓰러지는 것이 빠를까?

뿌득.

나에게 잡힌 놈의 팔이 부서지는 소리였다. 뼈가 완전히 으스러진 것 같았다. 하지만 놈은 비명조차 지르지 않았다.

머리가 타고 있으니 팔의 고통 따위는 느껴지지 않겠지.

확실한 것은 붉은색 점이 작아질수록 놈의 힘도 약해진다는 것이었다.

나는 내 몸에 박힌 칼을 빼냈다. 그리고 놈의 머리를 놓지 않은 상태에서 다른 손을 가져가 상처에 댔다. 상처 주변에도 붉은색 점이 보였다.

그 점들이 옅어지면서 흐르는 피가 줄어들기 시작했다.

하지만 완전히 치료하지 않았다.

아직 놈의 붉은색 점이 사라지지 않았기 때문이었다.

기회가 있을 때 확실하게 하는 것이 낫다.

놈이 달아나거나 회복하면 다시는 이런 기회가 없을 것 같았기 때문이었다.

나는 제발 내 몸의 에너지가 떨어지기 전에 놈의 머리에서 붉은색 점을 사라지기를 바라면서 집중했다.

그리고 놈의 붉은색 점이 아주 작게 변했다.

색도 옅어지기 시작했다.

그러자 놈이 다시 소리치기 시작했다.

"뜨거워! 뜨겁다고!"

부서진 팔과 다른 팔로 나를 마구 쳤다. 하지만 하나도 아프지 않았다. 그냥 아기가 가볍게 툭툭 치는 느낌이 들었다.

드디어 놈의 붉은색 점이 사라졌다. 동시에 내 몸 안으로 엄청난 에너지가 들어오는 것을 느낄 수 있었다. 지금까지 느꼈던 쾌감은 장난처럼 느껴질 정도로 온몸이 짜릿했다.

나도 모르게 하늘을 향해 고개를 들며 소리쳤다.

"으아아아아!"

고통 때문에 소리치는 것이 아닌 희열과 기쁨에 찬 소리였다.

마치 맹수가 자신의 위엄을 포효하듯이.

털썩.

놈이 쓰러지는 소리였다. 나도 모르게 놈의 머리를 놔준 것 같았다.

이제는 머리를 놔줘도 상관없었다. 고개를 숙여 쓰러진 놈을 봤다. 놈의 눈은 보통 사람과 똑같았다. 그리고 머리에는 내 손 모양 그대로 화상 자국이 있었다.

아직 죽지 않았다. 침을 질질 흘리면서 고통스러워하고 있었다.

"계속 고통 속에 살아라."

나는 놈을 내 손으로 죽일 생각이 없었다.

어떤 경우에는 죽음이 평화를 주는 행위 같다는 생각 때문이었다. 아무런 힘도 없는 일반인처럼 된 놈이 얼마나 살 수 있을까? 더군다나 팔도 으스러지고 머리에 화상까지 입은 상황에서. 굳이 내가 아니더라도 괴물들이 알아서 죽일 것이 분명했다.

"대장님."

나는 정수에게 몸을 돌렸다.

"미안. 걱정했지."

정수는 울먹이고 있었다. 그리고 엄청난 숫자의 거대 꿀벌이 정수의 뒤에 있었다.

"죄송해요."

"뭐가 죄송해."

"진짜 저는요……. 그러니까 저는요……."

나는 정수의 머리를 헝클어뜨리며 말했다.

"괜찮아. 자 봐. 상처 없이 매끈하잖아."

놈의 힘을 흡수해서 그런지 내 상처는 어느새 매끈하게 나아 있었다.

정수를 다독이며 고개를 돌려 노 씨 아저씨와 이연희를 봤다.
그쪽도 정리가 끝난 것 같았다. 서 있는 사람은 노 씨 아저씨와
이연희뿐이었다.

노 씨 아저씨와 이연희는 나에게 달려왔다.

"대장님. 괜찮으십니까?"

"보시다시피 괜찮아요."

말은 그렇게 했어도 사실 괜찮지 않았다.

몸은 괜찮아도 정신적인 면에서 괜찮지 않은 것이었다.

이연희에게서 더 달콤한 향기가 나고 있었다.

그리고 노 씨 아저씨에게서는 피비린내가 났다.

그냥 몸에 튄 피 때문이 아니었다.

두 사람을 죽이고 힘을 얻고 싶은 그런 충동이 일어나는 것이었다.

나는 손을 들어 뒷목을 마사지하듯 만졌다.

충동을 참느라 뒷목이 뻣뻣해지는 것 같았기 때문이었다.

그런데 딱딱했던 뒷목이 풀어지면서 그 충동이 줄어들고 있었다.

그리고 이연희에게 나는 달콤한 향이 그냥 좋게만 느껴졌다.

노 씨 아저씨의 피비린내가 역겹지 않았다.

"두 사람 힘이 더 강해졌겠네요."

내 말에 노 씨 아저씨는 고개를 끄덕였다.

이연희는 내게 더 다가오더니 말했다.

"오빠도 더 좋은 향이 나요."

나도 모르게 흠칫하며 한 발자국 뒤로 물러섰다.

이연희의 눈빛이 너무 반짝이는 것 같았기 때문이었다.

마치 간식 달라는 고양이의 반짝이는 눈처럼.

그 간식이 좀 엉뚱하게 느껴지는 것이 문제이긴 했다.

"왜 그래요?"

"남녀칠세부동석이란 말 들어 봤어요?"

"오빠는 지금 이런 상황에 그런 말이 나와요? 그리고 그런 말이 안 통한 지가 언제인데…… 꼰대."

"꼰대?"

"바보."

나는 최대한 억울하다는 표정으로 노 씨 아저씨를 봤다.

노 씨 아저씨는 고개를 돌렸다. 이연희 말이 맞는다는 것 같았다.

그래도 정수는 아니겠지란 생각으로 정수를 봤다.

"대장님. 요즘 초등학생들도 그런 생각은 안 해요. 얼마나 자유로운데요."

"뭐가 자유로워?"

정수가 한숨을 크게 내쉬면서 고개를 젓고 있었다.

"대장님도 큰일이네."

"뭐가?"

"누나도 큰일이고."

정수의 말에 이연희가 손뼉 치며 말했다.

"그지? 내가 왜 그러는지 모르겠지만…… 네 말대로 나도 큰

일이다."

어째 내 편은 아무도 없는 것 같았다.

"돌아가죠. 세민이가 밥은 해 놨나 모르겠네."

신세민은 내 편을 들어 주기를 바라는 마음이었다.

노 씨 아저씨는 웃으며 말했다.

"네. 대장님. 고생 많으셨습니다."

노 씨 아저씨의 말에 이연희와 정수도 한마디 보탰다.

"오빠. 진짜……. 고생했어요. 그리고 고마워요."

"저도 고마워요. 대장님."

"흠. 갑시다."

그래도 아무도 죽지 않고 끝났으니 다행인 것 같았다.

갑자기 나타나 우리를 공격한 놈들은 고물상에 가서 의논할 생각이었다.

* * *

이성필 일행이 고물상으로 간 뒤 성심 병원에서 20여 명이 나왔다. 그리고 이강수 일당이 죽었는지 안 죽었는지 확인하기 시작했다.

하지만 2명은 이강수가 있는 곳으로 갔다. 김수호 외과 과장과 천칠수 병원장이었다.

"믿을 수가 없군. 이강수를 이기다니."

천칠수 병원장의 말에 김수호 외과 과장은 덤덤하게 대답했다.

"그러게요."

"어떻게 할 건가?"

"뭐를 말입니까?"

"이강수 말이야."

이강수는 아직 죽지 않았다.

"고민이네요."

김수호 외과 과장의 말에 천칠수는 손에 든 골프채를 들어 올렸다.

"원장님!"

김수호 외과 과장이 말리기도 전에 천칠수 원장의 골프채는 아래로 떨어졌다. 이강수의 머리를 향해서.

퍼억.

이강수의 머리를 부순 천칠수 원장은 얼굴에 튄 피를 닦으면서 말했다.

"나를 막으려고 했다면 얼마든지 막을 수 있었겠지. 하지만 소리만 친 것은 김 과장도 이강수를 죽이고 싶었던 거잖아."

김수호는 자신의 마음을 확실히 알았다.

그래서 고개를 끄덕였다.

"그런 것 같네요."

"흐음."

천칠수 원장이 무언가에 취한 듯한 행동을 했다.

기분이 좋은지 몸을 살짝 떨기까지.

김수호는 천칠수 원장이 왜 이러는지 알고 있었다.

"이런 기분이군. 사람을 죽이고 힘을 얻는다는 것이."

"그 힘에 취하지 않았으면 합니다."

"안 취할 걸세."

천칠수 원장이 힘에 취하지 않는다고 했지만, 김수호는 그 말을 쉽게 믿지 않았다.

힘을 더 얻고 싶은 충동을 항상 느끼고 있었기 때문이었다.

그것을 참는 것뿐이었다.

"그나저나 저 사람들 어떻게 할 생각인가?"

김수호는 어이없는 표정을 지었다.

어떻게 하다니.

뭐를?

"지금 이강수를 잡은 사람들 말하는 건가요?"

"그럼 누구를 이야기하겠나?"

천칠수 원장은 너무나도 당연하다는 듯한 표정으로 말하고 있었다.

"이강수를 잡은 사람들을 어떻게 할 거냐고 묻는 것이 맞습니까?"

김수호는 다시 묻고 있었다. 천칠수 원장이 어떤 생각을 하는지 도저히 모르기 때문이었다.

"맞네."

"어떻게 하다니요. 저 사람들이 그냥 조용히 우리를 건드리지 않기를 바라는 것 이상 어떤 것을 할 수 있다고 묻는 겁니까."

천칠수 원장은 고개를 흔들었다.

김수호의 생각이 마음에 안 들기 때문이었다.

"김 과장. 잘 생각해 봐. 우리가 가진 장점이 뭔가?"

김수호는 그래도 이해가 되지 않았다.

김수호의 표정을 본 천칠수 원장은 답답했다. 그리고 그 심정을 그대로 보이며 말했다.

"우리가 숫자가 더 많아."

"숫자가 많다고 해서 유리하지 않습니다."

"쯧. 누가 싸우자고 말하는 건가?"

"그럼 뭔가요?"

"병원에 있는 약품 그리고 의술과 노동력."

천칠수 원장은 아직도 모르겠냐는 듯한 표정으로 김수호를 쳐다봤다.

김수호는 아무런 말도 안 했다. 그러자 천칠수 원장은 김수호를 가르쳐야 한다는 생각으로 말했다.

"봐 봐. 의술만 뛰어나면 뭐 하나. 운영과 협상이라는 것을 못 해 봤으니 그럴 수도 있겠지. 잘 듣게. 딱 봐도 저 사람들은 소수야. 저들을 떠받들면서 방패막이로 사용해야지."

김수호도 천칠수 원장의 말 중 일부는 맞는다고 생각했다.

가장 강했던 이강수를 저들이 잡았기 때문이었다.

최소 이강수와 비슷한 힘을 지녔다고 볼 수밖에 없었다.

그 말은 곧 병원에 있는 그 누구보다 강하다는 것과 같았다.

하지만 우려되는 것이 있었다.

"저 사람들이 이강수보다 더할 수도 있습니다. 원장님."

천칠수 원장은 씨익 웃으면서 말했다.

"아닐 거야. 이강수보다 더했다면 병원으로 왔겠지. 이강수가 어디에서 나타났는지 몰랐을까?"

김수호는 아니라고 생각했다.

조금만 생각해 보면 이렇게 많은 인원이 한꺼번에 머물 가장 가까운 장소는 병원인 것을 알 수 있었다.

방향도 병원 쪽에서 나타났으니.

"이강수처럼 사람을 죽이는 것을 재미있어 하는 사이코가 아니란 말이지."

이 의견 역시 김수호도 같은 생각이었다.

"저 사람들이 함부로 사람을 죽이지 않는다면 분명 의료 기술이 필요할 거야. 안 그렇게 생각하나?"

김수호는 어느 정도는 일리가 있다고 생각했다.

"그래도 저나 원장님이 결정할 일은 아니라고 생각합니다."

천칠수 원장은 마음에 기분 나쁘다는 것을 감추지 않았다.

"왜? 김 과장이나 내가 결정할 일이 아니라고 생각하나?"

"우리의 안전을 저 사람들에게 맡기는 일 아닙니까."

"맞아. 하지만 이런 때일수록 누군가 앞장서서 사람들을 이끌어야지. 그게 김 과장과 내가 되어야 하고."

"아니요. 이런 때일수록 사람들의 의견을 들어 보고 결정해야 한다고 생각합니다. 원장님 혼자서 저 사람들에게 가 보시는 것은 말리지 않겠습니다. 이제 힘도 생겼잖아요."

김수호는 더는 말하지 않고 병원 방향으로 걸어갔다.

사람들과 합류해 병원으로 돌아갈 생각이었다.

"김 과장!"

천칠수는 다급하게 따라가며 김수호를 설득하려 했다. 하지만 김수호는 대꾸도 하지 않았다.

* * *

고물상으로 무사히 돌아오자마자 신세민에게 들은 소리는 걱정이 아니었다.

"사장님! 옷은 어디다 버리고 왔어요? 옷도 몇 벌 없으면서."

순간 가슴속 어디선가 욱하고 올라오는 것이 있었다.

"야. 다치지 않았냐고 묻는 것이 먼저 아니야?"

"부러워서 그래요. 부러워서."

"뭐가!"

"매끈한 빨래판 근육이요!"

"내가 만들고 싶어서 만든 거냐? 그냥 만들어진 거지."

힘을 더 얻게 되면서 몸이 더 변화하는 것 같았다. 마치 필요 없는 지방은 사라지고 생존에 필요한 근육이 더 많아지는 것 같았다.

"기다려 봐요."

신세민이 몸을 휙 돌리더니 사무실로 들어가서 상의 하나를
가지고 왔다.

"이거라도 입어요."

"야. 이건……."

"뭐 눈에 띄는 것이 그것밖에 없어서. 그래도 가장 아끼는 것
중 하나니까……."

신세민이 가장 아끼는 옷이었다. 여자 친구가 생기거나 소개팅이
있으면 입고 나가려고 산 것이었다.

"무사히 돌아왔으니 됐죠."

신세민은 삐친 듯이 고개를 휙 돌렸다.

그것을 본 노 씨 아저씨가 웃으면서 신세민에게 다가갔다.

"너도 일관성 있게 대장님 좋아한다."

"누가 누구를 좋아해요!"

"대장님 배고프다는데?"

신세민이 고개를 다시 돌려 나를 봤다.

"뭐 먹고 싶은데요!"

"열심히 뛰었으면 고기지."

"고기 좋죠. 빨리 준비할 테니까 옷이나 제대로 입고 있어요.
누나 앞에서 뭐 하는 짓인지."

"야! 너 지금 뭐라고 했냐?"

신세민은 창고가 있는 컨테이너로 도망치듯 가 버렸다.

그리고 생각해 보니 이연희 앞에서 계속 윗몸을 노출한 상태로 있는 것은 아닌 것 같았다.

신세민이 준 옷을 빨리 입었다.

"하아. 세민이 저거……. 좋았는데."

나는 고개를 절레절레 흔들며 이연희에게 말했다.

"연희 씨도 세민이 좀 도와줘요."

"그럴게요."

이연희는 무언가 아쉬운 표정으로 창고로 걸어갔다.

"대장님, 저는요?"

"정수는 친구들에게 근처 정찰 좀 하라고 하고 네 친구에게 가 봐."

숙소로 사용하는 컨테이너 창문에 우리를 쳐다보는 이들이 있었다. 주유소에서 데려온 정인 갈비 사장님과 애들이었다. 그중 딸은 정수의 친구인 것 같았다.

마침 숙소 컨테이너 문이 열렸다. 정인 갈비 사장님이 나와 나에게 다가왔다.

"저기 사장님……. 정말 고마워요."

앞에 오자마자 허리를 깊숙하게 숙였다.

"아닙니다."

허리를 편 정인 갈비 사장님은 조심스럽게 말했다.

"식사 준비하는 것 같던데요. 제가 도와도 될까요?"

"저야 환영이죠."

내가 이렇게 좋아하는 이유가 있었다.

정인 갈비 식당의 음식 대부분을 앞에 있는 사장님이 직접 했기 때문이었다.

싸고 맛있는 점심 뷔페를 운영하기 위해서인 것 같았다.

어쨌든 정인 갈비 식당의 음식 맛은 좋았다.

"정수야. 사장님 도와드려."

"네. 대장님."

정수도 좋은 것 같았다.

"사장님, 이쪽으로 오세요."

"그래. 정수라고?"

"네. 김정수요."

"우리 수진이하고는 같은 반이니?"

"아니요. 1학년 때 같은 반이었어요."

"그래? 친한가 보구나."

"그렇게 친하지는 않았고요. 수진이가 인기가 많아서요."

"내가 듣기로는 아닌 것 같던데."

같은 나이의 딸이 있어서 그런지 아주머니는 정수와 대화를 스스럼없이 나누고 있었다.

숙소 컨테이너에서 아주머니의 딸과 아들이 슬며시 나와 창고로 가는 것이 보였다.

그것을 보며 나는 노 씨 아저씨에게 말했다.

"그놈들 병원 쪽에서 온 것 같던데요."

"그런 것 같습니다. 고물상에 거의 도착할 때쯤 병원 쪽에서 사람들이 움직이더군요."

"그걸 봤어요?"

"네."

나는 짐작만 했지 살펴볼 생각은 안 했었다. 그리고 분명 노 씨 아저씨는 뒤를 제대로 돌아보지 않았다. 이것도 기술인가 싶었다.

"아까 그놈 같은 사람이 또 있을까요?"

"모르겠습니다."

조금은 두려웠다. 사람이 고통받으며 죽는 것을 좋아하는 놈이 아니었다면 이렇게 돌아올 수 없었다.

"살펴보고 올까요?"

"아니요. 혹시 그런 놈이 또 있다면 위험해요. 정수 친구들에게 정찰시키고 혹시 모를 상황을 대비해서 아저씨가 부비트랩 같은 것을 더 만들어 주세요."

아무래도 부비트랩은 괴물보다는 사람에게 더 효과가 있을 것 같았다.

"그렇게 하겠습니다. 그런데 저도 그렇지만 저것을 더 많이 심는 것은 어떨까요?"

노 씨 아저씨가 가리키는 곳에는 아름드리나무로 커 버린 방울토마토였다.

"그것도 좋은 방법이네요. 수십 명이 달려와도 저 녀석이 막을 수 있을 테니까요."

방울토마토뿐만이 아니었다.

고추나무 같은 경우는 최루탄은 비교도 안 될 정도로 매웠다.

매워서 눈을 못 뜨는 이들에게 산성액이 담긴 방울토마토 열매로 공격하면 효과가 좋을 것 같았다.

"오늘 고생하셨어요."

"제가 고생한 것이 뭐가 있나요. 대장님이 다 하셨는데."

이건 노진수의 솔직한 마음이었다.

결정적인 일은 이성필이 다 했으니까.

"오늘은 더는 일이 없겠죠?"

"……."

노진수는 대답할 수 없었다. 어떤 일이 벌어질지 모르는 상황이어서 그랬다.

"그냥 없기를 바라자고요. 좀 쉬었다가 밥이나 먹죠."

"네. 대장님."

진짜 또 무슨 일이 일어난다면 이번에는 그냥 도망치고 싶었다.

사무실로 들어가서 간이침대에 누웠다.

* * *

"사장님! 사장님!"

"어어!?"

"왜 이렇게 땀을 흘리세요?"

신세민 덕분에 악몽에서 깨어났다.

"그러게."

"안 좋은 꿈이라도 꿨어요?"

"기분 나쁜 꿈을 꿨어."

"피곤해서 그럴 거예요. 나와요. 다들 기다려요."

"알았어."

신세민에게 대답하고 나서도 나는 바로 일어날 수 없었다.

꿈에서 몇 번이나 거대 소나무에게 깔려 죽었다. 그뿐만 아니었다. 내 몸에 칼을 쑤셔 박은 그놈을 죽이지 못하고 내가 죽는 경우도 있었다. 아마도 긴장이 풀려서 이런 악몽을 꾼 것 같았다.

"안 나와요?"

"나간다!"

사무실 밖으로 나가니 빈 드럼통에 나무를 넣어 불을 지피고 위에 석쇠를 올려 고기를 굽고 있었다.

옆에는 대충 플라스틱 상자로 앉을 자리를 만들어 놨다.

식탁 대용으로 넓은 탁자도 하나 만들어 놨다.

좀 오래 깊은 잠에 빠졌었던 것 같았다. 밖에서 뚝딱거리는 소리가 들렸을 텐데도 듣지 못했다.

원래는 좀 예민해서 소리가 나면 잠에서 잘 깬다.

"먼저들 먹고 있지 그랬어요."

내 말에 아주머니가 먼저 반응했다.

"어떻게 그래요. 어느 곳이나 가장을 먼저 생각해야 해요. 어서 와서 앉아요. 차돌 된장찌개도 했어요."

"대장님 빨리 오세요. 냄새 정말 좋아요."

정수가 침을 삼키고 있었다. 이연희는 밥을 그릇에 담고 있었고.

"무슨 캠핑 온 것 같네요."

그냥 풍경만 보면 그렇게 생각될 정도였다.

"그러게요."

아주머니는 어색하게 웃으며 대답했다.

나는 팔을 걷어붙이면서 말했다.

"고기는 제가 굽죠."

그러자 신세민이 내 앞을 막으며 말했다.

"어딜요. 오늘 실컷 고생한 사장님은 그냥 앉아서 드시기만 하세요."

"적응 안 되게 왜 그러나?"

"배려해 줘도 난리야."

"그러니까."

신세민은 약간 어두운 표정으로 말했다.

"정수하고 아저씨에게 다 들었어요. 몇 번이나 죽을 뻔했다면서요?"

표정들을 보니 아주머니와 아이들도 들은 것 같았다.

"오늘 하루쯤은 대접받아도 되니까 그냥 앉아서 드시기나

하세요."

"그래요. 사장님."

아주머니까지 내 팔을 잡아끌었다.

"그럼 그럴까요?"

나는 못 이기는 척 빈 자리에 앉았다. 정수가 밥과 국을 가져왔다.

"정수야. 친구들에게 주변 정찰하라고 했니?"

"네. 근처에 아무도 없다고 몇 분 전에 확인했어요."

"그래, 잘했다."

"헤헤."

정수가 웃으면서 또 밥과 국을 옮기러 갔다. 그리고 고기 굽는
냄새가 퍼지기 시작했다.

고기가 구워지기를 기다리며 한 명씩 살폈다.

모두 표정이 좋았다. 아주머니와 함께 온 아이들 역시 표정이
밝았다. 정수와 함께 이것저것 돕고 있었다.

평소였다면 쉽게 볼 수 있는 그냥 그저 그런 모습이었을 것이다.

하지만 지금은 이런 모습을 쉽게 볼 수 없는 상황이었다.

소소한 기쁨과 행복이 느껴졌다.

이런 소소한 기쁨과 행복을 지키고 싶다는 마음도 생겼다.

"자. 고기 갑니다."

"세민 씨. 그런데 고기 너무 많지 않아요?"

"많기는요. 사장님하고 정수…… 아니다 나만 빼고 너무 잘
먹어요. 아줌마도 깜짝 놀라실 걸요?"

"그래도 20kg이 넘는데."

"모자랄지도 몰라요."

고기 냄새를 맡으니 배가 고파졌다. 생각해 보니 오늘 제대로 먹은 적이 없었다.

"세민아. 대충 가져와라. 먹자."

"네. 사장님."

신세민이 고기를 가져오고 모두 자리에 앉았다. 그리고 나를 쳐다봤다.

"왜?"

내가 묻자 신세민이 투덜거리듯 말했다.

"사장님이 먼저 먹어야 먹죠."

나는 어이가 없었다.

"조선 시대도 아니고 무슨 말이야."

"나는 몰라요."

신세민이 옆에 앉은 아주머니 눈치를 봤다.

하지만 아주머니 대신 노 씨 아저씨가 말했다.

"맞습니다. 맹수 무리도 가장 강한 리더가 먼저 먹어야 나머지가 먹습니다. 드시죠."

그냥 먹으라고 해도 내 말을 안 들을 것 같았다.

그냥 빨리 먹는 것이 낫겠지.

바로 수저를 들어 차돌 된장찌개를 맛 봤다.

"카아. 역시 맛있네요."

아주머니가 흐뭇하게 웃었다.

"다들 드세요."

내 말이 끝나기도 전에 다들 바쁘게 수저와 젓가락을 움직이기 시작했다. 그리고 신세민은 고기 굽느라 더 바빴다. 나와 노 씨 아저씨, 이연희 그리고 정수가 엄청나게 먹어 댔기 때문이었다.

밥과 국은 물론 추가로 가져 온 고기 10kg을 다 먹었다.

진짜 오래간만에 밥다운 밥을 먹은 것 같았다.

그래서 슬쩍 욕심이 났다. 아주머니에게 말했다.

"앞으로 여기 계시면서 밥을 해 주시면 안 될까요?"

"그렇지 않아도 제가 먼저 말하려고 했는데요. 도와주신 은혜 밥하는 것으로라도 갚을게요."

"은혜라니요."

"은혜죠. 그리고 이렇게 먹으면 식자재가 감당 안 될 것 같은데요."

"또 마트 같은 곳을 가 봐야죠. 채소나 과일은 문제없습니다."

"고기는요?"

사실 고기가 문제이기는 했다.

"없으면 없는 대로 살아야죠."

"그럼 우리 가게에 있는 고기하고 식자재 가져오는 것은 어때요?"

"네?"

"이상한 일이 벌어졌던 날 낮에 식자재 들어온 날이었거든요. 고기만 해도 종류별로 냉장고에 200kg 있어요."

다른 것은 몰라도 고기는 못 참지.

더군다나 길 건너서 조금만 가면 되는 곳이었다.

정인 갈비 식당 점심 뷔페를 이용하는 사람은 하루에도 수백 명 이상이었다. 거기에 저녁에는 고기 장사까지 하니 고기를 많이 들여다 놓는 것은 당연했다.

그런데 신세민이 고개를 갸웃거리며 물었다.

"아주머니. 그게 벌써 3일이나 됐는데 냉장고 안의 고기가 멀쩡할 까요?"

"그런가요?"

아주머니는 괜한 말을 꺼냈다는 것처럼 미안해하는 표정을 지었다. 그런 아주머니에게 내가 물었다.

"고기가 냉장고에만 있어요? 아니면 냉동실에도 있어요?"

"숙성용은 냉장고에 넣어 놓고 나머지는 그날 쓸 것 이외에는 냉동고에 넣어 둬요."

갈비는 숙성하느라 일반 냉장고에 넣는 것 같았다.

"냉동실이 아니라 냉동고죠?"

"네. 냉동고요."

"최소 영하 10도겠네요."

"네. 영하 15도 정도 맞춰 놔요."

"그럼 안 상했을 수도 있겠네요."

단단하게 얼어 버린 200kg의 고기가 외부와의 열 차단이 된 냉동고 안에서 금방 녹아 버리지는 않는다.

"대장님. 제가 가서 확인해 보고 오죠."

노 씨 아저씨라면 금방 다녀올 수 있었다. 뛰어가서 확인하고 돌아오는 데 10분이면 충분했다.

"그래 주실래요?"

"네. 확인하고 오겠습니다."

노 씨 아저씨는 바로 정인 갈비 식당으로 갔다.

"그럼 우리는 먹은 것 치우죠."

사람이 늘어나니 설거짓거리도 많아졌다.

그릇도 있는 것 없는 것 다 찾아서 가져와 식사했다.

정인 갈비 식당에서 그릇과 수저 같은 것도 더 가져와야 할 것 같았다.

"이런 일은 나하고 아이들이 할 테니 사장님은 쉬고 계세요."

아주머니가 내 등을 떠밀었다.

"그래도……."

"괜찮아요. 그냥 얻어먹고 지낼 수는 없잖아요."

"그럼. 부탁드릴게요."

"부탁이라니요. 당연히 해야 할 일인데."

나는 사무실로 들어갔다. 그런데 몇 분 되지도 않아 신세민이 사무실로 왔다.

"사장님. 문제가 좀 있는데요."

"뭐가?"

"물이 안 나오는데 설거지를 어떻게 해요?"

건물 같은 경우 수돗물은 대부분 물탱크에 물을 저장했다가 사용한다.

하지만 고물상의 경우 물탱크가 없었다.

"그렇다고 생수로 씻어요? 먹을 물도 모자랄 텐데?"

"그러네. 양수기로 물을 끌어와야겠다."

마실 물이 아니라면 고물상 뒤편에 흐르는 개천에서 물을 얼마든지 끌어다 쓸 수 있었다.

물론, 양수가기 작동되어야지만 편하게 끌어다 쓸 수 있었다.

"고쳐 놓은 것 있어요?"

"고쳐 놓은 것은 있기는 한데……."

고물상에 고장 난 양수기를 팔기도 했다. 나는 그것을 고칠 수 있으면 고쳐서 중고로 팔았다.

양수기도 받아 준다는 소문이 나서 그런지 꽤 많이 가져왔었다.

"다시 봐야겠지."

"그럼 개천에 연결할 호스 준비할게요."

"그래."

나는 신세민과 함께 사무실을 나섰다. 마침 노 씨 아저씨가 돌아왔다.

"대장님."

"고기 어때요?"

"아직 얼어 있었습니다. 상하지도 않은 것 같고요."

"누가 들어오지 않았었나 보네요."

"네. 누가 침입한 흔적은 없었습니다."

다행인 것 같았다. 대부분 마트나 편의점 같은 곳을 털 생각을 하지 식당을 털 생각은 안 한 것 같았다.

"그럼 이연희 씨하고 같이 가서 고기하고 그릇 같은 것을 챙겨 와 주실래요?"

"네. 멀쩡하다 싶은 것은 다 챙겨 오겠습니다."

노 씨 아저씨는 이연희와 함께 카트를 챙겨서 정인 갈비 식당으로 갈 준비를 했다.

나는 고물상 한쪽에 놔 둔 양수기가 있는 곳으로 갔다.

양수기는 크게 두 종류였다. 엔진식 양수기와 전기식 양수기다. 엔진식 양수기는 기름을 넣어서 자체적으로 물을 흡입하는 방식이었다. 그리고 일반 휘발유를 넣는 방식과 엔진오일을 섞어서 넣는 방식도 있었다.

가장 간단한 일반 휘발유를 넣는 방식의 엔진식 양수기를 찾았다. 팔려고 고쳐 놓은 것이었다.

역시 양수기 여기저기에 붉은색 점이 있었다. 저 점이 사라지지 않으면 가동되지 않겠지. 혹시나 싶어 가동해 봤다. 하지만 역시나 가동되지 않았다.

양수기의 붉은색 점에 손을 댔다. 대형 양수기가 아니다 보니 붉은색 점도 그렇게 크지 않았다. 순식간에 붉은색 점이 사라졌다.

몸에서 빠져나가는 에너지도 얼마 되지 않는 것 같았다.

처음에는 이 정도 붉은색 점을 없애는 데도 에너지를 많이 사용했었다. 아마 지금은 내가 지닌 에너지가 많아서겠지.

붉은색 점을 다 없앤 다음 양수기의 시동을 걸어 봤다.

털털털털.

"역시 사장님."

"벌써 호스 개천에 연결했어?"

"정수 도움 좀 받았어요. 정수가 나보다 힘이 세더라고요."

하기는 정수는 평범한 성인보다 힘이 훨씬 강했다.

"잘했네. 위험할 수도 있었는데."

"위험했죠."

"왜?"

"사장님은 제 머리만 한 개구리 보셨어요?"

아차 싶었다. 개천에도 괴물이 있을 수 있다는 것을 생각하지 못했다. 잠시 느낀 평화 때문인 건가?

"정수가 잡았어?"

"아니요. 아방토가 잡았어요."

"아방토?"

나는 신세민이 말하는 아방토가 무엇인지 궁금했다.

"제 부하요."

신세민이 가리키는 것은 아름드리 방울토마토 나무였다.

아름드리 방울토마토 나무는 원래 있던 자리에 뿌리를 다시 집어넣는 중이었다.

"야!"

"왜요! 부하니까 당연히 나를 보호해야죠."

"그게 아니라 뒷담 부쉈잖아!"

아방토를 개천가로 데려가기 위해서 담장을 부순 것 같았다.

"정수가 꿀벌로 감시 잘 한다고 했어요. 그리고 아방토도 신경 써서 지킬 거고요."

"하아. 가끔 너를 보면 정말 미친다."

"안 미쳤잖아요."

"미칠 것 같다고!"

신세민은 머리를 긁적이며 말했다.

"다시 고쳐 놓을게요."

"아니다. 어차피 부순 것 잘했다."

"네?"

"고물상 안에서 채소나 과일을 더 많이 키울 수는 없잖아."

사실 개천가 근처 언덕에 채소나 과일을 키울 생각이었다.

"제가 선견지명이 있다니까요."

"선견지명 같은 소리 하고 있네. 이거나 옮겨 놔. 나는 물통 될 만한 것을 가져 갈 테니까."

"네. 사장님."

신세민이 양수기를 들고 담장 있는 곳으로 갔다.

나는 개천물을 끌어다 담을 저수조를 찾았다. 건물 철거 때 버려졌던 파란색의 저수조가 2개 있었다.

그중 1개에 물을 뺄 수 있는 꼭지를 설치한 다음 가져갔다.

그사이 신세민은 양수기에 호스를 연결해 물을 제대로 끌어오는지 시험하고 있었다.

물은 잘 나오고 있었다.

양수기에서 나오는 물을 통에 받아 정수와 정수 친구가 설거지를 위해 가져가는 것이 보였다.

"세민아 여기에 호스 연결해라."

"네."

신세민은 잠시 양수기를 끄고 호스를 더 연결해 저수조 안에 넣었다. 그리고 다시 양수기를 켰다.

물이 콸콸 차는 소리를 들으며 아무래도 이 개천 물을 그냥 사용할 수 없다고 생각했다.

"세민아. 잠시 양수기 꺼 봐."

양수기를 끈 신세민은 나를 쳐다봤다.

"왜 그래요?"

"개천 물을 그냥 사용하면 안 좋을 것 같아서."

"아주머니가 가라앉힌 다음 윗물만 사용한다고 하시던데요?"

거의 흙탕물 같은 것을 사용하기 위해서는 괜찮은 방법이긴 했다. 하지만 더 좋은 방법이 있었다.

과학 지식이 조금만 있으면 되는 방법이었다.

하지만 힘이 필요한 방법이기도 했다.

마침 노 씨 아저씨와 이연희가 카트를 끌고 돌아왔다.

고기만 가져온 것이 아니었다. 상하지 않은 채소도 가져 온 것 같았다.

"아저씨 그거 냉동고에 넣고 저 좀 도와주세요."

"네. 대장님."

나는 고기와 채소 같은 것을 같이 옮겼다. 이연희까지 세 명이 함께 옮기니 몇 분 걸리지도 않았다.

"어떤 것을 도와드리면 될까요?"

"저기 개천가에서 작은 돌멩이하고 큰 돌멩이 좀 가져다주세요. 이 저수조 안에 채울 겁니다."

노 씨 아저씨는 내 의도를 바로 이해했다.

"아. 정수 장치 만드시려는 거군요."

"네."

"모래도 필요할 텐데요."

"모래는 제가 직접 가져오려고요."

"알겠습니다."

나는 마대 자루와 삽을 챙겼다. 노 씨 아저씨 역시 마대 자루를 챙겼다.

문득 좋은 생각이 났다.

"아저씨."

"네."

"그냥 커다란 돌을 가져와서 망치로 부수는 것은 어때요? 작은 돌 담아서 오는 것보다 빠를 것 같은데요."

"그렇네요."

나는 모래를 담으러 가고 노 씨 아저씨는 자신보다 더 큰 바위를 아무렇지 않게 들고 고물상 안으로 옮겼다. 그리고 오함마라고 불리는 벽을 부수는 큰 망치로 돌을 부쉈다.

내가 모래를 담으면 정수와 신세민이 날랐다.

어느 정도 준비가 되자 나는 저수조에 연결한 꼭지를 분리했다. 그리고 깨끗한 면수건을 꼭지 안쪽을 돌돌 말아서 둘러쌌다.

다시 꼭지를 연결하고 방수 테이프로 물이 새지 않게 꼼꼼하게 마무리까지 했다.

"자. 집어넣자."

먼저 모래를 넣었다. 그리고 노 씨 아저씨가 부순 돌멩이를 넣었다. 노 씨 아저씨는 말하지 않아도 알아서 돌멩이의 크기를 다르게 부쉈다.

약간 작은 돌멩이와 큰 돌멩이로 구분한 것이었다.

더 많은 층으로 나누어 이물질을 제거하면 좋겠지만, 이 정도만 해도 그냥 씻는 물 정도는 할 수 있었다.

"세민아. 양수기 다시 틀어."

"네."

양수기가 털털거리며 가동되고 저수조 안에 물이 채워지기 시작했다.

어느 정도 채워지자 나는 꼭지를 열었다. 그러자 깨끗한 물이 나오기 시작했다.

아주 콸콸 나오는 것은 아니었다. 하지만 그렇다고 아주 졸졸 나오는 것도 아니었다.

"우와. 대장님 신기해요."

정수가 다가와서 손으로 물을 받아서 마시려고 했다.

"정수야. 그거 마시면 안 돼!"

어느새 아주머니가 와 있었다. 아주머니 옆에는 여자아이와
남자아이도 있었다.

"아줌마가 끓여 줄게."

"그냥 마셔 보려고 한 건데요."

"안 돼."

"깨끗해 보이는데……."

나는 정수를 보며 말했다.

"마실 수 있는 물 만드는 법 알려 줄까?"

정수는 눈을 반짝였다.

"네!"

"그럼 근처에서 나무 좀 잘라 올래? 생나무여야 해."

"생나무요?"

"어. 살아 있는 나무."

"괴물이요?"

"아니. 그냥 나무."

"네."

정수가 주변을 두리번거렸다. 그러자 노 씨 아저씨가 웃으며
정수에게 갔다.

"내가 도와주마. 요 앞에 괴물이 되지 않은 가로수가 있는 것 같더구나."

"네."

노 씨 아저씨와 정수가 도로변에 가로수를 통째로 뽑아 왔다.

"대장님 어느 정도 크기로 자를까요?"

"하하. 한 이 정도요?"

지름 20cm 정도면 충분했다. 높이는 30cm 정도였다. 그것을 팔로 표현했다. 그러자 노 씨 아저씨는 일본도로 금방 만들었다. 그것의 껍질을 벗기면서 말했다.

"세민아. 사무실에서 20L 빈 생수통 좀 가져와."

신세민은 사무실로 갔다.

"정수는 숙소에서 빈 2L 생수병 가져오고."

"네!"

둘은 바로 가져왔다.

나는 나무에 20L 생수통을 꽂을 구멍을 팠다. 쓰러지지만 않으면 된다.

그리고 나무 아랫부분에 깨끗한 비닐을 감쌌다.

"세민아. 저기 각목 좀 가져와라."

각목을 땅에 박고 나무를 고정했다.

"자. 여기에 저수조 물을 담고."

20L 생수통에 저수조 물을 담은 다음에 파 놓은 구멍에 꽂았다.

"그리고 비닐을 뜯어서 입구를 생수병에 놓으면 마실 수 있는 물이 만들어진다."

"우와. 진짜요?"

"그래. 과학적으로도 증명된 거야. 나무가 대장균도 99% 제거하거든."

"몰랐어요."

"단, 살아 있는 나무여야만 해."

"그럼 이걸로 계속 물을 만들면 되겠네요?"

나는 고개를 흔들었다.

"아니야. 실험해 보니까 지름 4cm 정도 나무로 정수할 수 있는 물은 4L라고 하더라고. 이건 대충 지름이 20cm니까 20L 물통 하나 정수할 수 있지."

"대장님. 그런데 너무 물이 적게 떨어지는데요?"

비닐에서 물이 똑똑 떨어지기 시작했다.

"그럴 수밖에 없어. 나무 세포막이 좋지 않은 것은 다 걸러내고 깨끗한 물만 통과시키거든."

"아!"

정수가 이해했다는 듯 고개를 끄덕였다.

그리고 아주머니가 다가와 나무 정수 장치를 보더니 말했다.

"사장님. 정말 못 하시는 것이 없네요."

"그냥 이것저것 관심이 많아서요."

서바이벌 지식 중 하나였다.

"사장님 만난 것이 얼마나 큰 행운인지……."

"네?"

"저하고 아이들 여기서 열심히 사장님 도울게요. 그러니 염치없지만……."

정인 갈비 사장인 김정인은 말을 끝까지 하지 못했다.

처음 이성필을 만났을 때 했던 행동과 말. 그리고 주유소에서 이곳까지 데려와 보호해 준 것이 미안해서였다.

그녀는 마실 수 있는 물이 풍족하다는 것이 얼마나 중요한지 잘 알고 있었다.

그것을 이성필은 금방 해결했다.

자신과 아이들이 생존하려면 이성필에게 의지하는 것이 최선이라는 생각을 했다.

"그냥 맛있는 밥만 해 주세요. 그러면 됩니다."

이성필의 말에 김정인은 고개를 숙였다.

"고마워요. 지금은 그 말밖에 할 수가 없네요."

"그렇게 고마워하지 않으셔도 됩니다. 사실 세민이가 요리를 못하거든요."

"사장님!"

"왜? 맞는 말이잖아. 맨날 라면이나 먹기 쉬운 고기만 하잖아."

신세민은 할 말이 없어 보였다.

"자. 대충 정리하죠. 또 하루가 끝나네요."

해가 지고 있었다.

8. 투표

　해가 지고 나와 노 씨 아저씨 그리고 세민이는 사무실에서
자기로 했다. 아주머니와 아이들 그리고 이연희와 정수는 숙소에서
자고, 불침번은 필요 없었다. 거대 꿀벌이 고물상 주위를 날아다니
며 지키기 때문이었다.

　간이침대에 누워 계속 말을 하던 신세민은 어느새 코까지 골아
대며 잠들었다. 그리고 노 씨 아저씨가 일어나는 소리가 들렸다.

"어디 가시게요?"

　내 말에 조용히 나가려던 노 씨 아저씨는 멈췄다.

"잠시 주변 정찰 좀 하려고 합니다."

　주변 정찰이라.

거대 꿀벌이 촘촘하게 지키고 있는데 굳이 정찰할 필요가 없었다.

나는 노 씨 아저씨가 다른 생각을 하고 있다고 생각했다.

"잠시 나가서 이야기해요."

안에서 대화하다 보면 신세민이 깰 것 같았다.

아무렇지 않은 척해도 신세민 역시 꽤 힘든 하루였을 것이다.

나는 일어나서 노 씨 아저씨와 밖으로 나갔다.

사무실 컨테이너에서 조금 떨어진 곳으로 갔다.

"혹시 낮에 만났던 이들에게 가 볼 생각이에요?"

내 질문에 노 씨 아저씨는 조금 머뭇거리다가 대답했다.

"네. 아무래도 규모와 능력 등을 알아보는 것이 나을 것 같습니다."

"위험하지 않을까요?"

"단순 정찰이니 위험하지 않습니다."

"진짜 안 위험하죠?"

사실 노 씨 아저씨가 안 갔으면 하는 마음이었다.

하지만 이성적으로 보면 노 씨 아저씨가 정찰 가는 것이 맞았다.

적을 아는 것은 기본이니까.

현재는 나와 함께 고물상에 있는 사람을 제외하고는 모두 적이라고 생각할 수밖에 없었다.

"위험하다는 판단이 서면 무조건 빠져나오겠습니다."

노진수는 이성필에게 안심하라는 듯 말한 것뿐이었다.

절대 위험할 일이 없다고 생각했다.

수많은 작전을 통해 쌓은 경험이 그의 자신감이었다.

"알겠어요. 대신 아저씨 돌아올 때까지 안 자고 기다릴 거예요."

"그냥 주무셔도 됩니다."

"이건 제 고집입니다."

노진수는 이성필의 이런 배려가 좋았다. 그래서 더 이성필을 따르는 것 같았다.

"최대한 빠르게 돌아오겠습니다."

"네. 기다릴게요."

노 씨 아저씨는 일본도를 내게 내밀었다.

"이건 왜요?"

"일본도는 너무 눈에 띕니다."

"그럼 무기가 없잖아요."

노 씨 아저씨는 허리춤에서 날카롭게 보이는 단도 비슷한 것을 여러 개 꺼냈다.

"그건 언제 만들었어요?"

"드럼통 폭탄 만들 때 남은 쇳조각입니다."

적당한 크기라 숨기기도 좋고 던지기도 좋은 것 같았다.

"단순 정찰 임무이니 이것만으로 충분합니다. 그리고 필요할 때는 적의 무기를 빼앗아 사용할 수도 있습니다."

노 씨 아저씨 능력이라면 충분히 그럴 수 있었다.

"알았어요. 맡아 가지고 있을게요."

"그럼 다녀오겠습니다."

"네."

노 씨 아저씨는 가볍게 고물상 문을 넘어 사라졌다.

사무실 안에 들어가서 기다리기는 좀 그랬다.

어떻게 할까 고민하다가 고물상 안을 돌아다니기 시작했다.

여기저기 쌓아 놓은 것이 많았다. 아무래도 조만간 정리도 좀 해야 할 것 같았다.

그런데 숙소 컨테이너 문이 열리는 것이 보였다.

어둡긴 하지만 달빛에 적응된 눈은 문이 열리고 누군가 나오는 것쯤은 확인할 수 있었다.

정수는 아니었다. 아주머니도 아니고.

여자아이였다. 그리고 곧 정수가 나왔다.

두 사람의 목소리가 들렸다. 나도 모르게 고물 뒤로 몸을 숨겼다.

데이트하는 것 같았기 때문이었다.

* * *

이수진은 잠이 오지 않았다. 옆에 누운 동생 이주명은 아무런 걱정도 없는 것처럼 잠들어 있었다.

이제 10살이니 그런 것이라고 이해하면서도 부러웠다.

엄마도 잠이 든 것 같았다. 억지로라도 잠을 자야 한다는 말을 했다. 이수진은 엄마가 대단하다고 생각했다.

군인인 아빠가 벌어오는 돈으로 자신과 동생을 제대로 키울 수 없다고 생각해 식당을 시작했다고 들었다.

가끔은 엄마가 여장부 같다는 생각도 했다.

군인인 아빠가 꼼짝도 못 하는 일이 많았기 때문이었다.

하지만 지금은 아빠가 걱정되면서도 그리웠다.

아무리 엄마가 여장부라 해도 남자인 아빠가 옆에 있는 것과는 다르기 때문이었다.

다시는 아빠를 볼 수 없을지도 모른다는 생각에 갑자기 눈물이 나오려고 했다.

이 안에서 울 수는 없다는 생각에 울음을 참으며 조심스럽게 일어나 밖으로 나갔다.

그런데 잠든 줄 알았던 김정수가 일어났다. 사실 김정수는 이수진 때문에 잠을 제대로 잘 수 없었다. 설렜기 때문이었다.

이수진은 학교에서 인기가 많았다. 예쁜 얼굴에 성격도 좋은 데다가 성적도 괜찮았다. 운동도 꽤 잘했다. 인기 없을 수가 없는 그런 사람이었다.

김정수도 조금은 그런 이수진을 좋아하고 있었다. 하지만 고아에 할머니와 단, 둘이 사는 자신은 이수진을 감히 쳐다보지 못할 대상으로 생각했었다.

아무리 깨끗하게 세탁해서 옷을 입는다 해도 낡은 것은 감출 수 없었다. 그리고 할머니와 둘이 산다는 것이 알려지자 왕따도 당하고 있었다. 모든 것에서 비교가 될 수밖에 없었다.

그래도 지금은 이수진에게 가 봐야 할 것 같았다. 걱정이 되기 때문이었다.

김정수도 조용히 이수진의 뒤를 따라 나갔다. 그리고 문 앞에 서 있는 이수진을 발견했다. 놀랄 수도 있다는 생각에 발소리를 냈다. 그러자 이수진이 뒤를 돌아봤다.

"정수구나."

"안 놀라네."

"어. 나올 때 너 일어나는 소리 들리더라."

"귀도 밝네."

"내가 좀 밝지."

"그런데 울었어?"

"넌 눈이 밝냐?"

"그냥 네 눈이 반짝여서. 예쁘네."

"풋."

이수진은 자신도 모르게 웃었다.

"너 이런 말도 할 줄 알아? 1학년 때는 말도 잘 안 하고 다녀서 몰랐네."

김정수와 이수진은 1학년 때 같은 반이었다. 하지만 김정수는 상처받기 싫어서 같은 반 친구들과 대화를 하지 않았다.

"안에 잠 깰라. 저쪽 가서 이야기할래?"

김정수가 가리키는 곳은 아방토가 있는 곳이었다.

이수진은 조금 겁먹은 표정으로 말했다.

"거긴……. 좀 무서운데……."

"괜찮아. 아방토는 우리를 지켜 주거든. 대장님 부하야."

"대장님이면 여기 사장님?"

"어."

이수진은 이성필을 떠올렸다. 엄마가 다치고 어린 동생과 어떻게 해야 할지 모르는 상황에 도움을 줬었다.

그리고 주유소에서도 자신들을 버리지 않았다.

안 그런 척하면서도 은근 챙겨 주는 그런 모습에 믿음이 갔다.

"그래."

김정수가 앞장섰다.

이수진은 바로 뒤에서 따라갔다.

곧 아방토 밑에 도착했다. 이성필이 숨어 있는 곳과 더 가까워진 것을 두 사람은 몰랐다.

아방토 밑에서 김정수와 이수진은 무슨 말을 해야 할지 몰랐다.

그 덕분에 어색한 침묵만 흘렀다.

이 분위기를 먼저 깬 것은 이수진이었다.

"너 할머니하고 같이 살지 않아? 할머니는?"

"돌아가셨어."

너무 담담하게 말하는 김정수를 보며 이수진은 어쩔 줄 몰랐다.

"미안해."

"괜찮아."

"여기 사장님은 어떻게 만나게 된 거야?"

"대장님은 예전부터 알고 있었어. 할머니하고 나에게 도움을 많이 주셨거든."

"그래?"

"어. 할머니가 항상 그랬어. 우리가 끼니 안 거르는 것은 대장님 덕분이라고……. 커서 대장님 은혜 갚아야 한다고……."

"그랬구나."

이수진은 김정수가 눈을 반짝이며 말하는 것을 보며 왜인지 모르게 가슴이 뛰는 것 같았다.

강한 열망 같은 것이 느껴졌기 때문이었다.

무언가를 꼭 이루고 말겠다는 그런 감정까지 느껴졌다.

"그런데 더 큰 은혜를 입었어."

"더 큰 은혜? 뭔데?"

"대장님이 할머니 원수를 갚아 줬거든."

"진짜? 어떻게?"

김정수는 이성필을 마트에서 만난 이야기를 이수진에게 해 줬다. 이야기를 다 들은 이수진은 자신도 모르게 손뼉을 치며 놀라워했다.

"신기하네. 여기 사장님은 어떻게 그런 능력을 가지게 된 거야?"

"내가 알기로는 보석같이 생긴 돌멩이를 만진 다음 생긴 것 같아."

이수진은 김정수의 말에 생각나는 것이 있었다.

"혹시 주황색 돌이야?"

"그건 몰라. 나는 초록색 돌이었어. 할머니가 주셨거든."

"너도 돌을 만지고 능력이 생긴 거야?"

"어."

이수진은 주머니에서 주황색 돌을 꺼냈다.

"혹시 이것과 비슷해?"

김정수는 이수진이 꺼낸 돌을 보고 깜짝 놀랐다.

"맞아. 그거야. 자세히 보면 안에 실 같은 것이 있을 거야."

김정수는 이수진의 손에 들린 돌을 자세히 봤다. 하지만 너무 어두워서 잘 보이지 않았다.

"안 보이네."

"아니야. 있어. 아빠가 이거 줄 때 내가 빛에 비춰 봤거든. 안에 실 같은 것이 있었어."

"그래? 너희 아빠가 이 돌 어디서 가져온 건지 알려 줬어?"

"어. 부대 근처 마을 입구 큰 소나무가 있는데 그 밑에서 발견했대. 최소 수백 년은 된 소나무야. 나도 본 적이 있어."

문득 정수는 낮에 물리친 거대 소나무를 떠올렸다.

하지만 고개를 저었다. 소나무가 돌에서 능력을 얻을 수 없다고 생각했기 때문이었다.

"정수야. 이 돌로 능력을 어떻게 얻는데?"

"그게."

김정수는 이수진이 돌에서 능력을 얻는 것이 싫었다.

이수진이 달라질 것 같았기 때문이었다.

김정수 자신도 달라졌다. 이성필에게 말하지 않은 것이 있었다.

돌에서 능력을 얻게 된 후 사람을 공격하고 싶은 생각이 들었다. 하지만 할머니 때문에 그럴 수 없었다.

벌의 말을 알아듣고 친구들을 움직일 수 있다는 것을 알게 되면서 더 그런 생각이 커졌다.

그리고 할머니가 거대 장미에게 죽었을 때는 미칠 것 같았다.

거대 장미 역시 죽이고 싶었기 때문이었다.

이성필이 거대 장미를 죽였을 때도 사실 이성필을 죽이고 싶었다.

하지만 할머니의 원수를 갚아 줬다는 생각과 할머니가 이성필을 의지하라는 유언 때문에 그럴 수 없었다.

이성필이 깨어나고 자신을 받아 줬을 때 무언가 바뀌었다.

더는 이성필을 죽이고 싶은 생각이 들지 않았다.

오히려 이성필을 의지하고 더 돕고 싶다는 생각이 들 뿐이었다.

"그냥 능력 안 얻으면 안 될까?"

"왜?"

"능력을 얻으면 평범한 사람이 아니게 되거든."

"능력을 얻었으면 당연한 거 아니야?"

김정수는 이수진에게 어떻게 설명해야 할지 몰랐다.

사람을 죽이고 싶어 하는 그런 감정을.

"나도 능력을 얻어서 강해지고 싶어. 아빠를 만날 때까지 엄마하고 주영이를 지켜야 하거든."

"수진아. 그냥 능력만 얻는 것이 아니야."

"뭐가 또 있어?"

"하아. 그게 말로 설명할 수가 없어."

"정수야……. 난 진짜 간절해. 네가 안 도와준다면 나 혼자서라도 방법을 알아낼 거야. 먹어 보면 알겠지."

이수진이 돌을 먹으려 하자 정수는 깜짝 놀랐다.

막으려는 순간 이성필의 목소리가 들렸다.

* * *

정수와 수진이의 대화를 들으면서 그냥 미소가 지어졌다.

수진이의 이름을 확실하게 머리에 새겼다.

그리고 중간에 소나무 이야기가 나왔을 때는 낮에 만난 거대 소나무가 확실한 것 같았다.

또한, 수진이가 돌을 가졌다는 것을 알았다.

내가 지녔던 돌은 파란색이었다. 정수는 내 기억으로는 초록색이었다. 주황색은 어떤 능력이 있을까?

수진이가 능력을 얻고 싶어 하는 마음은 이해가 됐다.

정수가 말리는 것은 조금 이상했다. 저 나이 때는 자신이 좋아하는 사람이 더 좋게 되기를 바라는 것 아닌가 싶었기 때문이었다.

정수가 수진이를 좋아하는 것이 보였다. 말투나 행동에서 드러난다.

수진이가 돌을 먹겠다고 하는 말이 들렸다. 돌을 먹으면 어떻게 될지 모른다. 나나 정수가 돌에서 능력을 얻은 방법이 아닌 다른 방법이니까.

지금 확실하게 안전한 방법은 돌에 피를 묻히는 것이었다.

이대로 수진이가 돌을 삼키게 할 수는 없었다.

"잠깐만. 기다려 봐."

정수와 수진이가 깜짝 놀라는 것 같았다.

"대장님!"

"사장님……."

"내가 일부러 들으려고 한 것은 아니야. 고물상 좀 돌아다니다가 두 사람 대화가 들려서 조용히 있었어. 미안."

"전 괜찮아요. 대장님."

"저도요."

수진이는 돌을 손에 꽉 쥐고 몸 뒤로 감추고 있었다.

"그냥 들었는데……. 돌 삼키는 것보다 정수나 내가 돌에서 능력 얻은 방법으로 하는 것이 낫지 않을까 해서."

수진이가 내게 한 걸음 다가왔다.

"진짜요?"

내가 대답하기도 전에 숙소 컨테이너 쪽에서 이연희의 목소리가 들렸다.

"오빠 말대로 하는 것이 좋을 거야. 수진아."

"언니!"

"어? 누나."

이연희는 컨테이너에서 나왔다.

"너희 목소리 생각보다 커서 다 들린다. 연애를 하려면 작게 하든지."

"누나……. 그게 아니라요."

"정수야. 늦은 밤에 여자와 단둘이서 대화하는 것이 데이트고 연애야."

정수는 뭐라 할 말이 없는 것 같았다. 그러자 이연희는 수진이에게 다가갔다.

"수진아. 오빠에게 먼저 돌을 보여 드려."

수진이는 머뭇거렸다.

"오빠는 수진이 돌을 욕심 안 내. 그럴 사람 같았으면 너나 나나 안 받아 줬을걸?"

"알았어요."

"그래. 오빠가 진짜 능력을 얻는 돌인지 확인해 줄 거야."

나는 그럴 생각이 없었는데 이연희 때문에 확인해야 할 것 같았다.

수진이가 나에게 다가와 손을 내밀었다.

주황색 돌이 확실했다.

"잠시 봐도 될까?"

"네."

나는 수진이의 손에서 주황색 돌을 집어 들었다. 그리고 달빛에 비췄다. 주황색 돌 안에 희미하게 실지렁이 같은 것이 있었다.

그런데 내 몸에서 에너지가 빠져나가는 느낌이 들었다. 나도 모르게 돌을 떨어뜨렸다. 수진이가 재빠르게 떨어진 돌을 주웠다.

"아. 미안."

"괜찮아요. 아얏."

"수진아, 왜 그래?"

정수가 걱정하는 표정으로 묻고 있었다.

"따끔한 느낌이……. 어?"

수진이의 손에 있던 돌이 부서졌다.

"이거 왜 이래요? 네?"

수진이는 눈을 글썽이며 내게 묻고 있었다.

어떻게 대답해야 할지 모르겠다.

"사장님……. 돌이……."

"수진아!"

수진이가 갑자기 픽 쓰러지는 것이 보였다.

나는 빠르게 수진이의 몸을 잡았다.

그런데 수진이의 몸에서 열이 나기 시작했다. 그리고 비가 오는 것처럼 땀도 나기 시작했다.

* * *

노진수는 성민 병원이 자신과 이성필을 습격했던 이들의 아지트라는 것을 너무 쉽게 알 수 있었다.

처음부터 성민 병원을 의심하기는 했다. 하지만 성민 병원에 있는 이들은 부주의했다.

그들 나름대로 보초를 세워 놓은 것 같기는 했다.

그런데 보초는 자신의 임무를 제대로 하고 있지 않았다.

전기가 들어오지 않아 어두운 밤에 담배를 피우고 있었다.

담뱃불은 약 2km 밖에서도 확인할 수 있다. 냄새는 수백 미터 밖에서도 맡을 수 있다.

자신들이 어디에 있는지 알려 주는 것이나 다름없었다.

노진수는 너무나 쉽게 보초 근처까지 접근했다.

보초는 2명이었다.

그들은 노진수의 접근을 눈치채지 못했다.

"아. 이제 어쩌지?"

"뭐를?"

"이강수가 죽었잖아."

"잘된 거 아니야?"

"그 새끼가 기분 나쁠 때 죽을지도 모르는 일은 없어졌지만…….
그동안 한 일이 있잖아."

"그 새끼가 시켜서 어쩔 수 없이 한 거잖아."

"그래도."

"괜찮아. 김 과장이 그냥 아무나 죽이는 사람도 아니잖아. 그리고 우리가 없으면 병원 지킬 사람도 부족하다고."

노진수는 두 보초의 대화를 조용히 듣고 있었다.

꽤 많은 정보를 얻을 수 있었기 때문이었다.

두 보초는 아무렇지 않게 한 말이 적에게는 꽤 중요한 정보가 된다는 것을 모르고 있었다.

"그런가?"

"그래. 생각해 봐라. 이강수 그 새끼 때문에 어쩔 수 없이 따른 사람이 대부분이야. 김 과장이 강해도 혼자잖아. 우리는 50명이고."

"우리 중에 김 과장 이길 수 있는 사람은 없잖아."

"없으면? 김 과장이 우리를 다 죽여? 힘도 없는 백여 명을 김 과장하고 몇몇 의사가 다 지킬 수 있을까?"

"하기는 우리 없으면 병원 지키기 힘들지."

노진수는 두 사람의 대화를 들으면서 어이가 없었다.

병원 안의 사람들이 이 보초들과 같은 생각을 하고 있다면 오늘 밤 안에 모두 죽일 수 있었기 때문이었다.

"그런데 이강수 죽인 놈들 누굴까?"

"몰라. 하지만 감히 덤빌 생각도 못 한 이강수를 죽였다면……. 이 주위에서 최강이지 않을까?"

"그렇겠지? 수백 명을 죽인 이강수의 힘을 가져갔으니. 하아."

노진수는 자신도 모르게 미소가 지어졌다.

이성필이 이강수의 힘을 얻었기 때문이었다.

"여기 안 쳐들어오겠지?"

"오려면 벌써 왔겠지."

"아니야. 이강수도 두려워하던 그 거대 소나무 잡고 이강수도 죽이느라 힘들어서 잠시 쉬었다가 올 수도 있어."

노진수는 두 사람의 대화를 더 들을 생각이 없었다.

필요한 정보가 아닌 잡담을 시작했기 때문이었다. 그렇다고
두 사람을 죽일 생각도 없었다.

조용히 옆으로 돌아갔다. 병원은 꽤 넓었다. 아무도 눈치채지
못하게 침투할 곳이 많았다. 그리고 사각지대인 병원 뒤쪽을 발견했
다. 조심스럽게 가는데 누군가 나타났다. 그리고 곧 또 다른 누군가
가 나타났다.

노진수는 수풀에 가만히 있었다. 병원 건물 때문에 그늘진 곳이라
일부러 빛을 비추지 않고서는 절대로 누가 있다고 생각하지 못할
그런 곳이었다.

"원장님."

"오 과장, 어서 와요."

먼저 온 사람은 천칠수 병원장이었다.

뒤에 온 사람은 병원 경비과장 오민택이었다.

"그런데 왜 저를⋯⋯."

오민택 경비과장은 습관적으로 천칠수 병원장을 어려워했다.

"내가 오 과장 평소에 신경 많이 써 준 것 알죠?"

"네. 압니다."

오민택 경비과장의 아내는 암이었다. 병원 차원에서 직원 가족의
치료비를 할인해 줬었다.

원래 할인이 있기는 했다. 하지만 천칠수 병원장이 조금 더

신경 써 준 것은 맞았다.

병실도 좋은 곳으로 주고 진료나 치료도 우선 받게 해 줬다.

하지만 오민택 과장의 아내는 병원 안에서 현재 살아남은 사람 중 하나였다.

거기에 계속 병원 경비과장을 할 수 있게 해 줬다.

"오 과장 따르는 경비원이 몇이나 되죠?"

"7명입니다."

오민택 과장을 포함한 8명의 경비원은 사람들끼리 죽이고 죽이는 난리통에서 살아남은 이들이었다.

오민택 과장도 그렇지만, 살아남은 경비원 모두 각종 격투기를 한 운동선수 출신이었다.

"충분하군요. 그런데 오 과장은 김 과장 어떻게 생각해요?"

오민택 과장은 천칠수 원장이 무슨 말을 하는지 알 것 같았다.

"김수호 과장님이 좀 고지식하기는 하죠."

"그렇죠. 하지만 이런 상황에 고지식한 것은 독이 돼요. 안 그런가요?"

"그…… 그렇습니다."

"김 과장은 수술이나 할 줄 알았지 경영 같은 것을 안 해 봤어요. 상황 판단이 제대로 되지 않는다는 거죠."

오민택 과장은 김수호 외과 과장을 싫어하지 않았다. 오히려 좋게 보고 있었다.

최선을 다해 환자를 돌보고, 주변 사람들에게 외과 과장이라고 거드름을 피우지도 않기 때문이었다.

하지만 천칠수 원장에게 큰 빚을 지고 있다고 생각하는 오민택 과장은 어쩔 수가 없다고 생각했다.

아내가 항상 하는 말 때문이었다.

천칠수 원장에게 받은 은혜를 꼭 갚았으면 한다고.

그래서 천칠수 원장이 원하는 말을 했다.

"원장님께서 병원을 이끄시는 것이 맞는다고 생각합니다."

"허허. 역시 오 과장은 상황 판단을 잘한다니까요. 조금 후에 있을 회의에서 나를 지지하리라 믿겠어요."

"네. 그렇게 하겠습니다."

천칠수 병원장은 안으로 들어가려다가 멈췄다.

"아. 그리고."

"네. 원장님."

"나도 힘을 얻게 됐는데……."

오민택 과장은 천칠수 원장이 거의 죽은 것이나 다름없는 이강수를 골프채로 죽였다는 것을 들었다.

"이 힘을 더 키울 방법이 있었으면 좋겠어요."

"그 말씀은……."

"꼭 사람을 죽여야만 힘이 강해지는 건 아니라면서요."

오민택 과장은 속으로 안심했다. 천칠수 원장이 사람을 데려오라고 하지 않았기 때문이었다.

어쩔 수 없이 죽이는 것과 죽이기 위해 죽이는 것은 달랐다.

"그 괴물들 마지막에 죽이면 힘이 더 강해진다고 들었어요."

"무슨 말이신지 알겠습니다. 나무 괴물 같은 경우 뿌리를 다 잘라 버리면 죽으니, 머리 부분을 잘라서 가져오겠습니다."

노진수는 둘의 대화를 들으면서 이들도 괴물을 상대하는 방법을 조금씩 깨닫는 것을 알았다. 그리고 병원 안에서 권력 투쟁 같은 것이 일어나는 중이라는 것도.

"가죠."

"네. 원장님."

두 사람이 사라지자 노진수는 조용히 수풀에서 일어났다.

꽤 많은 정보를 얻었다. 병원 안의 사람들은 이성필을 두려워하고 있었다. 거기에 병원장과 김수호 외과 과장의 대립까지. 힘을 합쳐도 어떻게 될지 모르는 상황에 안에서 대립이 일어나고 있었다.

이 조직은 오래 못 갈 것 같았다.

그리고 노진수는 여기서 그만하고 돌아갈 생각이 없었다. 병원 안까지 들어가 더 확실하게 파악하고 갈 생각이었다.

노진수는 수풀에서 벗어나 천칠수 병원장과 오민택 과장이 간 방향으로 태연하게 걸어갔다.

병원 건물 중앙 출입구 쪽이었다. 몇 명이 나와서 담배를 피우고 있었다. 병원 내 편의점에 아직도 담배가 있었다. 병원 내부가 금연이라고 해서 편의점에서 담배를 안 파는 것은 아니었다.

하지만 담배 피우는 이들은 노진수를 보고도 뭐라 하지 않았다. 너무 태연했기 때문이었다.

노진수는 아무렇지 않게 병원으로 들어갔다. 병원 로비에는 사람들이 꽤 모여 있었다. 그리고 계속 모이는 중이었다.

노진수는 직감적으로 병원 로비에 있어야 한다고 생각했다.

이들이 하는 행동과 반대되는 행동을 하면 눈에 띄기 때문이었다.

노진수는 조용히 한쪽 구석으로 움직였다.

기둥에 가려서 제대로 보이지 않는 곳이었다.

그리고 조금 기다리자 천칠수 병원장과 오민택 경비과장의 부하로 보이는 10여 명이 나타났다.

그러자 로비에 모인 사람 중 한 명이 큰 소리로 말했다.

"이렇게 모이라고 한 것은 오늘 낮에 있었던 일 때문입니다. 다 아시다시피 이강수가 죽었습니다."

사람들이 웅성대기 시작했다.

분위기가 어수선해지자 말한 사람이 손뼉을 쳤다.

"자자. 조용히 해 주세요. 이강수가 없어진 지금 병원을 어떻게 지켜야 할지 의논해야 합니다."

모두 옆의 사람과 떠드는 것을 멈췄다.

하지만 손뼉 친 사람보다 먼저 나서서 말하는 사람이 있었다.

"김수호 과장의 말이 맞습니다. 병원을 어떻게 지켜야 할지 의논해야 하죠. 하지만 그 전에 병원 대표를 확실하게 정해야 한다고 생각합니다."

천칠수 원장이었다.

김수호 과장은 갑자기 끼어든 천칠수 원장이 마음에 안 들었다.

하지만 맞는 말이기 때문에 조용히 있었다.

그리고 천칠수 원장과 함께 있는 오민택 경비과장과 그 부하들이
누구 편인지도 알았다.

"저를 아시는 분도 있고 모르시는 분도 있으시니 저를 소개하겠
습니다. 성민 병원장 천칠수입니다. 성민 병원의 모든 것을 운영했
었습니다. 전문가죠."

사람들이 다시 웅성거리기 시작했다.

대부분 병원장이라는 말 때문이었다. 악마 같은 이강수가 죽고
제대로 상황을 파악하지 못한 이들은 병원장이 가장 높은 사람이라
고 생각했다.

"여기 김수호 외과 과장도 좋은 사람이기는 합니다. 하지만
병원을 경영해 보지는 않았습니다. 많은 사람을 만나고 협상해
본 적도 없고요."

사람들은 고개를 끄덕이기 시작했다.

"저는 첫 번째로 병원의 안전을 생각할 겁니다. 즉! 병원 안의
모든 사람의 안전이 우선이라는 거죠. 그 일을 위해서는 어떤
위험도 감당할 것입니다."

천칠수 원장이 대놓고 자신을 병원 대표로 뽑아 달라고 말하는데
도 사람들은 부정적으로 생각하지 않고 있었다.

"또한, 저는 벌써 병원 안전을 위해 경비팀을 조직했습니다."

천칠수 원장이 손으로 오민택 경비과장과 부하들을 가리켰다.

그것을 본 몇몇은 어쩔 수 없다는 표정을 지었다.

이강수가 죽은 지금 가장 강한 사람이 오민택 경비과장이었기 때문이었다.

거기에 오민택 경비과장이 데리고 있는 이들 역시 강했다.

눈치 빠른 이들은 슬며시 천칠수 원장과 오민택 경비과장이 있는 곳으로 움직였다.

대부분 이강수를 따라가지 않아 살아남은 이들이었다.

몇 명씩 움직이자 힘을 지닌 이들 대부분이 천칠수 원장 뒤에 서게 됐다.

천칠수 원장은 씨익 웃으며 말했다.

"제가 병원 대표가 되는 것에 반대하시면 어쩔 수 없죠. 저와 경비팀의 보호를 받겠다는 사람만 보호하겠습니다."

힘이 자신에게 기울었다고 생각한 천칠수 원장은 협박 아닌 협박을 했다. 아무런 힘을 지니지 못한 일반인은 어떻게 해야 할지 몰라 당황하기 시작했다.

김수호 외과 과장과 의료진도 지금은 천칠수 원장에게 뭐라 할 수 없었다. 힘을 지닌 이들 대부분이 천칠수 원장의 편에 섰기 때문이었다. 자신들만으로는 절대 백여 명에 달하는 일반인을 보호할 수가 없었다.

"자. 그럼 제가 병원 대표가 되는 것에 반대하시는 분은 손을 들어 주십시오."

아무도 손을 들지 않았다.

손을 드는 순간 이강수처럼 죽일 수도 있다는 것과 병원에서 쫓겨날 수 있다는 생각이 들었기 때문이었다.

"그럼 제가 병원 대표로……."

천칠수 원장의 말은 말을 끝까지 하지 못했다.

누군가 소리쳤기 때문이었다.

"무기명 투표로 결정하시는 것은 어떨까요?"

의료진 중 한 명이었다.

"최 과장!"

천칠수 병원장은 말한 사람이 누구인지 한눈에 알아봤다.

응급의학과 최철민 과장이었다.

"그렇게 협박성 발언으로 대표를 하겠다고 하는데 누가 안
된다고 말하겠습니까. 그러니까 무기명으로 투표를 해서 병원
대표를 정했으면 합니다."

응급실을 책임지는 최철민 과장은 모든 것이 변한 그날 응급실에
있었다. 교통사고로 실려 온 환자가 많았기 때문이었다.

최철민 과장 역시 심정지 직전의 환자를 살리려다가 힘을 얻었다.

"저는 김수호 외과 과장님을 병원 대표로 추천합니다. 다들
아시다시피 그 무서운 이강수에게도 할 말 다 하던 사람입니다.
여러분이 지금까지 살아 있을 수 있었던 이유 중 하나죠. 안 그런가
요. 원장님?"

천칠수 원장은 입술을 깨물었다.

분위기가 자신이 생각했던 것과 다르게 변하고 있다는 것을
느꼈기 때문이었다.

"우리 의료진은 김수호 외과 과장님을 따를 겁니다."

최철민 과장과 응급의학과 의사 몇 명 그리고 10명 정도의 간호원이 김수호 과장 곁으로 모였다.

병원에서 살아남은 의료진 전부였다.

"원장님이 병원 대표가 되는 것을 반대했다고 해서 우리 의료진을 다 버릴 건가요? 아니면 죽이려나요?"

최철민 과장은 천칠수 병원장이 절대 그럴 수 없다는 것을 잘 알고 있었다. 천칠수 병원장이 어떤 의도를 가지고 있는지 김수호 과장에게 들었기 때문이었다. 의료진과 노동력을 이성필에게 제공한다는.

최철민 과장은 아직 누구인지 모르는 이성필에게 의료진과 노동력을 제공한다 해도, 그 일을 천칠수 병원장이 해서는 안 된다고 생각하고 있었다.

"어떻습니까? 무기명 투표로 결정하시는 것이."

천칠수 원장은 잠시 생각하더니 고개를 끄덕였다.

"그렇게 합시다."

천칠수 원장은 자신이 이길 것으로 판단했다.

노진수는 밖에 세워 놓은 보초까지 불러서 투표하는 것을 보고는 속으로 한숨이 나왔다.

물론, 로비에서 밖이 다 보이기 때문에 대응이 가능하다고 말하는 것이 이해가 되긴 했다.

하지만 그건 능력이 될 때나 하는 말이었다.

자신이 이렇게 들어와 있는데도 아무도 모르고 있다.

천칠수 원장이 어떻게 해서든 자신의 표를 늘리려는 수작임에도 그 누구도 밖의 보초가 들어오는 것을 막지 않았다.

간호사가 쪽지와 펜을 나누어 주기 시작했다.

노진수는 기둥 뒤에서 간호사를 피하려고 했다. 하지만 간호사는 노진수를 발견하고 다가왔다.

"아저씨도 투표…… 어?"

노진수는 간호사가 놀라는 것을 보고 들킨 줄 알았다. 하지만 아니었다.

"노 씨 아저씨도 계셨어요?"

노진수는 자신을 알아보는 간호사가 누구인지 떠올렸다.

자신의 정신이 온전하지 못할 때 꽤 많이 다쳤었다. 위험한 것을 생각하지 않고 행동했었기 때문이었다.

몇 번 병원에 와서 상처 치료를 한 적이 있었다.

간호사의 말이나 행동을 봐서는 자신을 예전의 노진수로 생각하는 것 같았다.

"어디 다치신 곳은 없어요? 사람들이 진짜…… 하아. 온전하지 못한 사람을 좀 챙기지."

"헤. 오랜만."

"잘됐다. 아저씨는 저 따라오세요. 여기 있어 봤자 챙겨 주는 사람도 없잖아요."

노진수는 간호사의 이름도 생각났다.

김민선이었다. 응급실에 3번째 온 날인가부터 김민선 간호사는 노진수가 응급실에 올 때마다 담당인 것처럼 자신이 맡아 줬다.

노진수는 김민선 간호사가 팔을 잡아끄는 대로 따라갔다.

김민선 간호사를 따라가면서 오히려 잘됐다고 생각했다.

이 무리 중의 한 명이 자신을 보증하는 것이나 다름없었기 때문이었다. 덕분에 아무도 노진수를 의심하지 않았다.

"저기 사장님은 어떻게 되셨어요?"

"혜. 누구?"

"왜 맨날 아저씨 데리고 오시는 분이요."

노진수는 김민선 간호사가 왜 자신을 신경 써 줬는지 알 것 같았다.

김민선 간호사는 이성필에게 관심이 있는 것 같았다.

"하아. 아저씨 혼자 여기 있는 것을 보니……."

김민선 간호사의 표정이 어두워졌다. 하지만 곧 애써 표정을 밝게 하면서 말했다.

"그래도 아저씨라도 무사해서 다행이에요. 앞으로 제 옆에 꼭 붙어 계세요!"

노진수는 자신을 진심으로 걱정해 주는 김민선 간호사를 보며 가슴속 깊이 묻어 뒀던 딸이 기억났다.

살아 있다면 거의 김민선 간호사 정도의 나이가 됐을 것이다.

노진수가 의료진이 모인 곳으로 가자 또 노진수를 알아보는 사람이 있었다.

"이게 누구야. 어디 있었어요?"

응급실을 책임지는 사람이자 무기명 투표를 주장했던 최철민 과장이었다.

"과장님도 기억하시는구나."

김민선 간호사의 말에 최철민 과장은 웃으며 말했다.

"그럼. 그 사장님이 얼마나 안절부절못하면서 내 손을 꼭 잡고 말했는데."

노진수는 또 잊고 있었던 일이 떠올랐다.

음료수인 줄 알고 농약을 마신 적이 있었다. 다른 사람이 맡긴 것을 신세민이 잠시 보관해 둔 것이었다.

그때 위세척까지 하며 고통스러웠었다. 그 고통 때문인지 이성필 이 최철민 과장의 손을 잡으며 말한 것은 몰랐다.

"꼭 살려 달라고 얼마나 부탁하던지. 위세척만 하고 안정을 취하면 된다고 해도……. 하하."

최철민 과장은 그때가 기억났는지 흐뭇하게 웃고 있었다.

"그런데 사장님은 어디 있어요? 아저씨 걱정하는 것 보면 절대 안 떨어질 것 같은데."

최철민 과장의 말에 김민선 간호사의 표정은 다시 어두워졌다.

"여기 없는 것 같아요. 아마도……."

"아."

무언가 깨달은 것 같은 표정을 지은 최철민 과장은 노진수의 어깨 부근을 잡으며 말했다.

"걱정하지 말아요. 여기서 우리하고 같이 지내면 돼요."

"헤. 감사합니다."

노진수는 일부러 정신이 온전하지 못한 것처럼 행동했다.

최철민 과장도 노진수를 의심하지 않았다.

노진수가 정상이라는 것과 살인을 했다는 것을 들키지 않을 수 있었던 이유는 대낮이 아니었기 때문이었다.

어두운 밤인 데다가 로비는 얼굴 정도만 알아볼 수 있는 촛불만 켜져 있었다.

노진수가 살짝 고개를 숙인 것도 있지만, 쉽게 눈이 빨갛다는 것을 알아보기 힘들었다.

"빨리 투표합니다!"

천칠수 원장의 목소리였다. 바로 무기명 투표를 시작했다.

"아저씨는 여기에 김수호라고 적으면 돼요."

"헤. 네."

종이에 김수호라고 적은 다음 김민선 간호사에게 줬다.

* * *

쓰러지는 수진이를 받아 든 나는 바로 살폈다.

수진이의 어디가 안 좋은지 알아보기 위해서였다. 분명 안 좋은 곳이 있다면 붉은색 점이 있을 것이다.

하지만 팔과 다리 그리고 얼굴에는 붉은색 점이 없었다.

그렇다고 여자아이의 옷을 벗겨서 살펴볼 수는 없었다.

"일단 안으로 데리고 가죠."

나는 수진이를 안고 컨테이너 숙소로 갔다. 이연희와 정수는 바로 따라왔다.

"정수야. 창문 제대로 막고 불을 켜."

"네."

정수는 컨테이너 숙소의 창문을 살핀 다음 전등 스위치를 올렸다.

불이 환하게 들어오자 잠을 자고 있던 수진이의 엄마도 일어났다.

"무슨 일……. 수진아!"

내게 안겨 축 늘어진 수진이를 보며 아주머니는 놀라고 있었다.

"사장님! 무슨 일이에요?"

"그게……. 일단 좀 눕힐게요."

"네. 여기……."

소란스러워서 그런지 수진이의 남동생도 깨어났다. 그리고 누나가 이상하다는 것을 확인하더니 울먹이기 시작했다.

이연희가 남자아이에게 다가가 달랬다.

그사이 나와 아주머니는 수진이를 살폈다.

"얘가 왜 이래요?"

"갑자기 쓰러졌습니다. 일단 땀을 좀 닦아야 할 것 같아요."

"네."

아주머니는 땀 닦을 만한 것을 찾아 두리번거리기 시작했다.

"정수야. 수건 좀."

"네."

정수가 숙소 안에서 수건을 찾아 가지고 왔다.

아주머니가 수진이의 땀을 닦아 주기 시작했다.

아주머니는 나와 정수가 있는데도 수진이의 겉옷을 벗겼다.

속옷만 남은 수진이는 계속 땀을 흘리고 있었다.

아주머니는 수진이의 몸을 다 닦았다. 정수는 못 보겠다는 듯
고개를 돌렸다. 하지만 나는 수진이의 몸에 붉은색 점이 있는지
살피느라 그럴 수 없었다.

아무리 살펴봐도 수진이의 몸에는 붉은색 점이 보이지 않았다.

그렇다면 수진이는 아픈 것이 아니었다.

"어? 사장님!"

안심하고 고개를 돌리는 순간 아주머니의 목소리가 들렸다.

나는 다시 수진이를 봤다. 수진이의 몸에 주황색 선이 보였다.
아주 얇은 선이 계속 생겨났다.

그리고 그 주황색 선들은 서로를 연결하기 시작했다.

"이거 왜 이래요? 네?"

"저도 잘……."

"우리 수진이 왜 이러냐고요!"

아주머니가 소리치고 있었다.

어떻게 대답해 줄 수가 없었다. 이건 나도 처음 보는 일이기
때문이었다.

아픈 것도 없어 보였으니 더 난감했다.

주황색 선들은 서로를 연결하더니 이상한 문양 비슷한 것으로 바뀌기 시작했다. 수진이의 몸에 마치 기하학적으로 보이는 주황색 문신을 새긴 것 같았다.

으드득.

수진이의 몸에서 나는 소리였다.

"수진아!"

아주머니는 수진이를 흔들어 깨우려는 것 같았다.

나는 본능적으로 지금 수진이를 건드리면 안 된다는 것을 알았다. 아주머니를 붙잡았다.

"수진이 건드리시면 안 돼요. 지금 수진이는 능력을 얻는 중인 것 같아요."

"네?"

"그러니까. 수진이가 아버지에게 받은 돌을 손에 쥐었는데……"

나는 최대한 간단하게 돌이 능력을 주는 것 같다는 것을 설명했다.

"저도 정수도 저기 이연희 씨도 돌에서 능력을 얻었습니다."

"그럼 우리 수진이가."

"잠시 지켜보죠."

아주머니는 망연자실한 표정을 지었다.

그때 이연희의 몸에서 나던 소리가 멈췄다. 그리고 몸에 나타난 주황색 문신 역시 사라졌다. 비 오듯 흘리던 땀도 멈췄다.

마치 아무런 일이 없었다는 것처럼 편안한 표정으로 잠든 것처럼 보였다.

그것을 확인한 아주머니는 내게 물었다.

"괜찮겠죠?"

"괜찮을 겁니다."

몸에 붉은색 점이 없으니 괜찮을 것이 분명했다.

이제 수진이가 깨어날 때까지 기다리면 될 것 같았다.

아직 완전히 안심하기는 이르지만, 그래도 수진이가 무사한 것 같아서 다행이라는 생각이 들었다.

* * *

무기명 투표가 끝나고 천칠수 원장 측과 김수호 외과 과장 측에서 한 명씩 나와서 투표용지를 펼치며 누가 득표를 했는지 발표하기 시작했다.

재미있게도 득표는 예상하지 못하게 흘러갔다. 천칠수 원장이 앞서다가 김수호 과장이 따라잡고, 김수호 과장이 앞서다가 천칠수 원장이 따라잡는 식이었다.

"천칠수 원장님!"

마지막 남은 2장 중 한 장이 천칠수 원장 표였다.

76 대 76. 마지막 한 장이 대표를 확정지게 됐다.

모두 긴장했다. 천칠수 원장의 표정은 안 좋았다.

자신이 압도적으로 이길 줄 알았기 때문이었다.

천칠수 원장이 생각 못 한 것이 있었다. 천칠수 원장은 현장에서

뛰는 사람이 아니었다. 반면에 김수호 외과 과장이나 최철민 응급의
학과 과장 같은 의료진은 현장에서 뛰고 있었다. 환자들과 더
자주 만났다. 일반인 중에는 환자였던 사람도 꽤 있었다. 무기명
투표이니 그들의 마음이 의료진에게 가는 것은 당연했다.

드디어 마지막 표를 열었다.

"김수호 과장님!"

"만세!"

무슨 나라를 구한 것처럼 의료진은 두 팔을 들며 만세를 외쳤다.
김수호 과장과 최철민 과장만 그냥 웃을 뿐이었다.

개표 담당을 했던 김민선 간호사가 기쁜 표정으로 말했다.

"김수호 과장님이 77표를 얻어 병원 대표가 됐습니다."

사람들이 박수를 쳤다. 하지만 천칠수 원장과 그의 편은 안
좋은 표정으로 가만히 있었다.

그때 천칠수 원장은 무언가 이상하다고 생각했다.

"잠깐만! 이거 부정 선거야!"

천칠수 원장의 말에 최철민 과장이 나섰다.

"부정 선거라니요. 원장님도 한 명씩 종이를 통에 넣는 것을
보지 않았습니까."

천칠수 원장은 피식 웃으며 말했다.

"내가 알기로는 여기 남은 사람이 152명이야. 이강수가 죽은
뒤에 인원 파악했잖아. 아니야?"

천칠수 원장의 말을 들은 최철민 과장도 고개를 갸웃거렸다.

그의 말이 맞기 때문이었다.

"그런데 어떻게 153표가 나오지? 종이 나누어 준 것은 너희 의료진이잖아!"

"인원 파악을 잘못했나 보죠. 한 명이 한 장씩 넣는 것을 보시지 않으셨습니까!"

"아니지. 이건 무효야."

"억지 부리지 마세요."

"억지? 부정 선거라는 것을 인정 못 한다면 어쩔 수 없지. 오 과장!"

오민택 경비과장은 앞으로 나섰다.

"네. 원장님."

"오 과장이 인원 파악할 때 몇 명이었지?"

"152명이었습니다."

"의료진을 부정 선거 혐의로 잡아."

천칠수 원장은 자신이 압도적으로 표를 받지 못한 것 때문에 생각을 바꿨다.

다시 투표를 해도 자신이 당선될 것이란 확신이 안 들었기 때문이었다.

그렇다면 힘으로 자신이 대표가 될 생각이었다.

김수호 외과 과장과 최철민 응급의학과 과장이 조금 걸리기는 했다. 하지만 그래 봤자 의료진은 12명이었다. 거기에 능력이 있는 사람은 5명 정도였다.

반대로 천칠수 원장 측은 50명이 넘었다.

"네. 원장님."

오민택 과장이 손짓하자 뒤에 있던 이들이 움직였다.

김수호 과장과 최철민 과장이 의료진 앞으로 나섰다.

하지만 개표 때문에 중앙에 있던 김민선 간호사는 의료진에게 달려가기도 전에 움직인 이들 중 한 명에게 잡혔다.

"놔요! 이거 놔요!"

"확! 조용히 안 있어? 맞을래?"

김민선을 잡은 사람은 경비원이 아니었다. 죽은 이강수를 따르는 사람 중 한 명이었다.

"놓으라니까요!"

"이년이!"

김민선을 잡은 사람은 팔을 올렸다. 진짜로 때릴 생각이었다.

그가 팔을 휘두르려고 하자 김민선은 고개를 돌리며 눈을 감았다.

"아악."

김민선은 겁이 나서 자신도 모르게 소리를 질렀다.

하지만 아무런 통증이 없었다. 슬며시 눈을 떠서 봤다.

"넌 또 뭐야!"

노진수가 휘두르려는 팔을 잡고 있었다.

"아저씨! 위험해요. 그냥 가세요."

"이 아가씨……. 아악!"

남자가 팔에서 느껴지는 고통 때문에 자신도 모르게 비명을 지르며 주저앉았다.

뚝.

노진수는 남자의 팔을 가볍게 부러뜨렸다. 그리고 소리쳤다.

"동작 그만! 움직이면 죽는다!"

노진수의 말에 잠시 움직임이 멈췄다. 하지만 꼭 경고를 안 듣는 사람이 있었다.

노진수의 뒤를 노리고 한 남자가 움직였다. 노진수는 갑자기 뒤로 돌더니 팔을 휘둘렀다.

퍼억.

노진수를 노리던 남자의 이마에 단도 비슷한 것이 꽂혔다.

그대로 뒤로 넘어가는 남자. 노진수는 다시 소리쳤다.

"다음은 누가 죽을 거지?"

병원 로비가 순간 조용해졌다.

노진수에게 접근하던 남자가 이마에 칼을 맞고 죽은 것 때문이기도 했지만, 진짜로 움직이면 죽을 것 같은 공포가 느껴져서이기도 했다.

그만큼 노진수의 몸에서 살기가 뿜어져 나오는 것이었다.

바로 앞에 있는 김민선 간호사는 몸이 덜덜 떨릴 정도였다.

하지만 그렇다고 움직이지만 않았지 말을 안 하지는 않았다.

오민택 경비과장이 노진수를 향해 말했다.

"당신은 누구지? 본 적 없는 것 같은데?"

오민택 경비과장은 힘을 지닌 사람을 모두 파악하고 있었다.

이정도 힘과 실력을 지닌 노진수를 모를 리가 없었다.

"그건 중요하지 않아. 투표로 결정난 일을 힘으로 뒤엎으려고 한 일이 중요하지."

노진수의 말에 천칠수 원장은 인상을 쓸 수밖에 없었다.

확실하게 자신의 편이 아니란 것을 알았기 때문이었다.

천칠수 원장은 어떻게 해서든 노진수를 이 상황에세 배제해야 한다고 생각했다.

"그럼 다시 투표를 하면 당신은 빠질 거요?"

노진수는 천칠수 원장에게 고개를 돌렸다.

그리고 '그대로 죽여 버릴까?' 하는 생각을 했다.

하지만 그 생각을 잠시 보류했다. 병원 안의 일에 너무 간섭하는 것 같았기 때문이었다.

김민선 간호사가 위협을 당하지만 않았어도 이렇게 끼어들지는 않았을 것이다.

병원은 이성필에게 전혀 위협이 되지 않았기 때문이었다.

노진수 자신 혼자만으로도 이 안의 모두를 죽일 수 있었다.

"아니."

어차피 이렇게 된 것, 김민선 간호사와 최철민 응급의학과 과장에게 예전에 받았던 친절에 대한 보답을 할 생각이었다.

노진수는 자신도 모르게 이성필의 영향을 받고 있었다.

"투표 결과를 또 힘으로 억누르려고 하면 끼어들 거야."

천칠수 원장은 입술을 깨물었다.

다시 투표를 한다고 해도 자신이 이길 것 같지 않았다.

그런데 김수호 외과 과장이 노진수를 향해 말했다.

"당신은…… 설마…… 낮에……."

김수호 과장은 노진수를 오늘 처음 봤다. 하지만 이상하게도 어디선가 본 것 같은 기분이 들었었다.

직업상 수많은 사람을 만나기에 예전에 만났던 사람 중 하나인 줄 알고 대수롭지 않게 넘겼다.

하지만 노진수가 너무나도 쉽게 힘을 지닌 남자 한 명을 죽이는 것을 보고 떠올릴 수가 있었다. 일본도를 들고 힘을 지닌 이들을 너무나도 쉽게 죽였던 그 모습을.

병원에서 너무 멀리 있는 곳에서 벌어진 일이라 얼굴은 확인할 수 없었어도, 옷차림이나 행동은 눈에 담을 수 있었다.

지금 노진수의 옷차림은 낮과 똑같았다.

"나를 아나?"

"당신이 왜 여기에 있나요!"

김수호 과장의 목소리는 떨리고 있었다.

이강수는 다른 사람이 쓰러뜨렸다고 해도 노진수와 여자 한 명은 50여 명을 죽였다.

노진수가 더 많이 죽이는 것도 봤다. 그렇다면 노진수의 힘은 이 병원 안의 그 누구보다 강하다는 것을 짐작할 수 있었다.

또한, 50여 명을 죽이기 전에도 노진수의 움직임은 엄청났다. 마치 사람을 어떻게 사냥하는 것인지 잘 아는 것 같았다.

전문가라고 생각할 수밖에 없었다.

"김 과장님. 저 사람 노진수 씨라고……."

김수호 과장 옆에 서 있던 최철민 과장이 조용히 말해 줬다.

김수호 과장은 최철민 과장을 보며 물었다.

"저 사람을 알아?"

"네. 여기 환자로 몇 번 왔었어요."

김수호 과장은 조금 안심이 됐다. 최철민 과장이 노진수와 안면이 있기 때문이었다.

아무래도 아는 사람이 있으면 대화도 편해지고 상황도 나빠지지 않으니까.

하지만 이 상황을 보던 천칠수 원장은 결단을 내려야 했다.

노진수가 강하다 해도 자신 쪽이 힘을 지닌 사람이 더 많으니 승산이 있다고 생각했다.

아직 노진수가 누구인지 몰랐기 때문에 이런 잘못된 판단을 한 것이었다. 아니 어쩌면 권력을 쥐고 싶은 욕심 때문에 눈이 멀었을지도 몰랐다.

"오 과장, 침입자 제압해!"

천칠수 원장이 소리치자 오민택 경비과장은 움직이려고 했다.

하지만 김수호 과장이 가로막았다.

"안 돼! 오 과장님!"

김수호 과장이 움직였음에도 노진수는 그를 공격하지 않았다.

"비키세요."

오민택 과장은 김수호를 다치게 하고 싶지 않았다.

하지만 김수호는 절대 비킬 생각이 없었다.

"오 과장님! 저 사람이 어떤 사람인지 아세요? 죽어요!"

"그건 모릅니다. 누가 죽을지는 봐야죠."

"하아. 저 사람은 낮에 이강수를 잡은 사람들 중 한 명이에요!"

김수호의 말에 오민택 경비과장의 눈이 흔들렸다.

김수호는 몸을 돌려 노진수에게 말했다.

"낮에 주유소 사거리에서 이강수와 그 부하를 상대하신 분 맞죠?"

노진수는 굳이 아니라고 할 생각이 없었다.

손에 피를 덜 묻히면 좋기 때문이었다. 이성필이 없는 곳에서 피에 취해 정신이 나가면 안 된다. 그렇다고 해서 자신에게 위협을 가하는 이들까지 그냥 둘 생각은 없었다.

그 누구라도 수상한 움직임을 보이면 죽일 생각이었다.

"그렇다면?"

"왜 이곳에 온 겁니까?"

김수호는 노진수에게 질문하면서 주변을 살폈다. 그의 의도대로 아무도 노진수를 향해 움직이지 않았다.

"당연하지 않나? 어려운 싸움을 끝낸 다음 습격한 놈들이 누구인지 알고 싶으니까."

노진수는 친절하게도 이유를 알려 줬다.

자신이 이 로비 안의 모두를 죽일 수도 있다는 생각이 들게끔.

"그건 이강수가 혼자 결정한 일입니다. 이곳에 있는 사람들은 관계가 없습니다."

"그 말을 어떻게 믿지?"

"못 믿는다면 어쩔 수 없죠. 하지만 당신 혼자서 이 안의 사람을 모두 죽일 수 있는 힘이 있지 않습니까. 우리는 당신과 싸울 생각이 없습니다."

김수호는 일부러 모두에게 들으라는 듯 말했다.

하지만 김수호의 의견을 무시하는 사람도 있었다.

"그건 모르지. 우리가 숫자가 더 많아!"

천칠수 원장의 말에 김수호가 소리쳤다.

"원장님! 옥상에서 보셨지 않습니까! 저 사람 혼자서 수십 명을 죽였습니다."

"그래도 모르지. 오 과장!"

오민택 과장은 한숨을 쉬면서 김수호의 옆으로 빠져나가려 했다.

김수호는 또 오민택 과장을 막아섰다.

"오 과장님! 왜 이래요. 그러다 죽어요."

"어쩔 수 없습니다. 과장님. 원장님에게 받은 은혜가 있어서요. 아시잖아요. 제 아내가 지금까지 살아 있는 것은 원장님 덕분이라는 것을요."

김수호는 이 고지식한 오민택 경비과장을 어떻게 설득해야 할까 고민스러웠다.

그런데 노진수 옆에 주저앉아 있던 김민선 간호사의 목소리가 들렸다.

"그거 진짜 은혜가 아닐지도 몰라요. 신약 실험이라고 들었어요."

김민선 간호사의 말에 오민택 경비과장의 얼굴이 찌푸려졌다.

그리고 천칠수 원장은 그녀의 말이 사실이 아니라는 듯 말했다.

"무슨 소리! 그랬다면 내가 왜 특실까지 사용하게 했겠어. 치료비도 할인해 주고!"

오민택 경비과장은 천칠수 원장이 그럴 리가 없다는 생각을 했다.

그의 말대로 하루에도 수백만 원이나 하는 특실을 사용하고 일반 병실 비용을 냈다.

치료비 할인도 많이 받았다.

그런데 의료진에 있던 다른 간호사 한 명이 말했다.

"저기 오 과장님……. 제가 들었어요. 아내분 치료제는 아직 승인받지 않은 거예요. 부작용이 어떻게 나타날지 몰라요."

"이 간호사!"

천칠수 원장이 조용히 하라는 듯 소리쳤다.

하지만 이지영 간호사는 멈출 생각이 없었다.

"특실도 비어 있으니까 그냥 인심 쓰는 셈 치고 사용하게 한다고 통화하는 것도 들었어요. 그리고……."

이지영 간호사는 머뭇거리다가 고개를 살짝 숙이고 말했다.

"마지막에 신약 안 맞기를 잘한 거예요. 5차 투약 이후에 부작용으로 죽은 사람이 50프로라고……. 죄송해요."

오민택 경비과장의 부인이 투여하기로 한 5번째 투약 일정은 세상이 변한 다음 날이었다.

세상이 변하면서 신약을 투여할 수 없었다.

"이 간호사가 하는 말 거짓말이야! 간호사 주제에 어떻게 알아!"

"왜 몰라요! 원장님이 전화 통화하는 것 다 들었어요. 어차피 죽는 것, 살지도 죽을지도 모를 확률이 반반이라고……. 그게 더 낫지 않냐고 하시면서 웃으셨잖아요."

"나는 그런 적 없어."

"저기……. 원장님이 제약 회사에서 병원 기부금 명목으로 받은 돈이 있습니다."

의료진이 아닌 일반 사람들 중에 한 명이 조용히 말했다.

"제가 행정과에 있었어요. 원장님이 행정 과장님과 대화하는 것 들었습니다. 넷플라스 실험 대신 받는 거라고요. 하지만 그 누구도 넷플라스 때문에 받는 것을 알면 안 된다고……."

오민택 경비과장의 눈에서 불길이 일었다.

지금까지 은혜를 받은 줄 알았다. 그런데 아니었다.

반대로 자신의 아내를 실험실의 쥐처럼 사용한 것이었다.

"이런 개새끼가!"

오민택 과장은 김수호를 밀치고 천칠수 원장에게 뛰었다.

몇 미터도 안 되는 거리는 한 번에 도달할 수 있는 거리였다.

천칠수 원장은 어어 거리다가 오민택 과장의 주먹을 피할 수 없었다.

퍼억.

얼굴을 얻어맞고 뒤로 날아가는 천칠수 원장.

오민택 경비과장의 주먹 한 방에 죽지는 않았다. 이강수를 마지막에 죽이면서 힘을 얻었기 때문이었다.

하지만 그렇다고 피해를 안 본 것도 아니었다.

광대뼈가 함몰되고 이빨이 나갔다.

오민택 경비과장은 쓰러진 천칠수 원장의 멱살을 잡아 들었다.

"개새끼야! 니가 인간이냐? 어?"

오민택 경비과장의 말에 천칠수 원장은 발음도 제대로 안 되는 입으로 말했다.

"너두 샤란 주겨자나."

"그게 그거하고 같냐!"

주먹을 올리는 오민택 경비과장.

하지만 내리치지는 않았다. 천칠수 원장을 죽이지 않으려는 것은 아니었다.

한 번만 더 내리치면 무조건 죽는다.

그냥 죽이기에는 분노가 가라앉지 않을 것 같았다.

주먹을 풀었다. 손바닥으로 함몰된 광대뼈의 반대 부분을 쳤다.

짜악!

천칠수 원장의 남은 이빨이 튀어나갔다.

"너를 은인이라고 생각한 내가 병신이다."

짜악.

오민택 경비과장은 힘을 조절했다. 그리고 계속 천칠수 원장의 뺨을 때렸다.

김수호가 오민택 경비과장에게 다가가 그의 팔을 붙잡았다.

"그만해요."

"놓으세요! 이런 새끼는…… 으윽."

오민택 경비과장은 자신의 늑골 부근에 박힌 칼을 내려다봤다.

천칠수 원장이 감추고 있던 칼을 꺼내 찌른 것이었다.

그리고 더 깊숙이 찌르고 있었다.

힘이 없었다면 즉사했을지도 모를 급소였다.

"원장님!"

김수호가 오민택 경비과장의 팔을 놓으면서 천칠수 원장의 팔을 잡았다.

그때 오민택 경비과장은 실소하며 말했다.

"그래. 너는 이런 놈이지."

오민택 경비과장은 천칠수 원장의 멱살을 놓고 목을 잡았다. 그리고 있는 힘을 다해 쥐었다.

"끄흐윽!"

천칠수 원장이 숨이 막히는 소리를 내며 몸부림쳤다. 필사의 몸부림이었다. 김수호도 순간 천칠수 원장의 팔을 놓칠 정도였다. 그것이 문제가 됐다.

천칠수 원장의 칼이 오민택 경비과장의 몸 안으로 더 깊숙이

들어갔다.

"크윽."

뿌득.

추욱 늘어지는 천칠수 원장.

이런 상황에 김수호도 어쩔 수 없다고 생각했다.

"과장님, 괜찮아요?"

오민택 경비과장은 어색하게 웃으며 말했다.

"안 괜찮은 것 같네요. 상처가 다 회복되지 않아요."

사람 한 명만 죽인 천칠수 원장의 힘이 강할 리가 없었다.

반면에 오민택 경비과장의 상처는 심각했다.

"이런."

김수호는 오민택 경비과장의 찔린 부위를 보더니 인상을 쓸 수밖에 없었다. 칼은 그대로 박혀 있었다. 칼을 빼면 출혈이 더 심해질 것이 분명했다.

"김 과장님…… . 아내에게 가야겠네요."

김수호는 어쩔 수 없이 비켰다. 전기도 안 들어오고 수혈도 못 하니 수술을 제대로 할 수가 없었다.

일반인 중에 섞여 있던 오민택 경비과장의 아내가 달려왔다.

"여보!"

오민택 경비과장은 억지로 웃었다.

"미안해. 나 대신 살아 주지 않을래? 내가 지닌 힘을 가져간다면…… . 어쩌면…… . 암도 나을 수 있을 거야."

"무슨 소리야!"

오민택 과장의 아내는 있는 힘껏 소리쳤다. 그리고 뒤에 있는 김수호에게 소리쳤다.

"선생님! 우리 남편 좀 살려 주세요! 제발요."

김수호는 이를 악 물었다.

"수술 중에 죽을 수도 있습니다."

"그래도 안 하는 것보다는 낫잖아요!"

아내의 말에 오민택 경비과장은 고개를 저었다.

"더 쉽게 낫는 방법도 있어. 하지만 그러기가 싫네."

오민택 경비과장이 말한 더 쉬운 방법은 살인이었다.

상처가 나을 때까지 사람을 죽여 힘을 얻으면 된다.

"여기 있는 사람들하고 친해졌잖아. 서로 의지했잖아. 그러니까 내 힘을 당신이 가졌으면 해."

"아니! 안 가져!"

노진수는 실랑이하는 부부를 보다가 한숨을 내쉰 다음 말했다.

"그 상처 치료해 주면 충성을 맹세할 건가?"

노진수의 말에 먼저 반응한 것은 오민택 경비과장의 아내였다.

"네. 충성할게요. 제발 이 사람 치료해 주세요."

오민택 경비과장도 희망을 가지고 말했다.

"여기 있는 사람을 안 죽이고 치료할 수 있다면……. 당신에게 충성을 맹세하겠습니다."

노진수는 고개를 저었다.

"나 말고 상처 치료해 준 분에게 충성해야지. 내가 충성하는 분이니까."

노진수는 이성필에게 이 집단이 유용하게 사용될 것 같았다.

그래서 이 집단에서 가장 강한 힘을 지닌 오민택 경비과장을 치료받게 해 줄 생각이었다.

"그분이 누굽니까?"

"직접 가서 보는 것이 낫겠지."

오민택 경비과장과 그의 부인은 선택권이 없었다.

노진수의 말을 믿는 수밖에.

"저기 혹시 모르니 저도 따라가겠습니다."

김수호 과장이었다.

"필요 없어. 그리고 여기를 정리해야 하지 않을까 싶은데."

천칠수 원장이 죽은 지금 병원을 수습할 사람은 김수호 과장뿐이었다.

무기명 투표로 보여 줬듯이 살아남은 사람들은 김수호 과장을 자신들의 대표로 인정하고 있었다.

"그래도 여기서 가장 실력 있는 외과의는 접니다. 그리고 사람을 살리는 일이 더 중요하다고 생각합니다."

어떤 면에서는 비효율적인 생각이었다. 하지만 이런 김수호 과장의 신념에 가까운 행동 때문에 그를 좋게 생각하는 사람도 많았다.

"그럼 제가 따라가죠. 과장님은 여기 남으세요."

최철민 응급의학과 과장이었다.

"과장님 정도는 아니지만, 저도 꽤 실력 있는 의사입니다."

김수호는 고개를 끄덕일 수밖에 없었다.

응급실을 책임진다는 것은 꽤 많은 경험과 실력이 필요하다는 것을 알기 때문이었다.

최철민 응급의학과 과장이 자신보다 나이는 어리지만, 실력은 인정하고 있었다.

"그럼 저도 갈게요."

노진수 옆에 앉아 있던 김민선 간호사가 일어났다.

"김 선생이 따라오면 나야 좋지."

최철민과 김민선은 응급실에서 같이 일했으니 호흡이 잘 맞을 수밖에 없었다.

"그럼 환자를 들고 갈 사람이 있으면 나와라."

노진수의 말에 힘을 지닌 사람 중 4명이 나왔다. 병원 경비원이었다.

"두 명만 있으면 된다. 들것 챙겨서 와."

4명은 서로 의논하더니 2명이 응급실로 뛰어가 들것을 가져왔다. 그사이 김민선 간호사와 최철민 과장은 응급 도구를 챙겼다.

응급 도구라고 해 봐야 간단한 수술 도구와 지혈제 등이었다.

들것에 오민택 과장을 눕힌 후, 노진수는 이들을 데리고 고물상으로 향했다.

* * *

수진이는 안정된 것 같았다.

하지만 깨어나지 않고 있었다. 아주머니는 기다리다 못해 내게 물었다.

"우리 수진이 언제쯤 깨어날까요?"

"제 경험으로는 아침이나 되어야 깨어날 것 같습니다."

어쩌면 더 걸릴지도 모른다.

나는 전날 저녁에 돌을 만지고 다음 날에 깨어났었다.

"옆에서 지켜보고 계시다가 문제가 있는 것 같으면 말해 주세요."

"어디 가시게요?"

"잠시 밖에 나갔다 오려고 합니다."

수진이 때문에 정신이 없었다. 하지만 수진이가 안정되자 노 씨 아저씨가 걱정됐다.

단순 정찰을 나간 사람이 너무 오래 안 돌아오기 때문이었다.

그렇다고 멀리 나가 볼 생각은 없었다.

고물상 앞에서 기다릴 생각이었다.

그런데 정수가 고개를 갸웃거리더니 문으로 갔다. 정수가 문을 살짝 열었다. 그러자 밖에서 날갯짓 소리가 들렸다.

거대 꿀벌 같았다.

정수는 바로 문을 닫고 내게 왔다.

"대장님. 노 씨 아저씨가 사람들과 함께 오고 있다는데요?"

"노 씨 아저씨가? 확실하대?"

"네. 친구들이 노 씨 아저씨 확인했어요."

순간 노 씨 아저씨가 잡힌 것인가 싶었다. 노 씨 아저씨가 강한 것은 안다. 하지만 세상일이란 모르는 것이다.

생각하지도 못한 함정에 빠질 수도 있다.

"연희 씨, 나하고 같이 나가죠."

"네. 오빠."

이연희가 검을 챙겼다. 나는 노 씨 아저씨가 두고 간 일본도를 잡았다.

이연희와 함께 고물상 문을 열고 나갔다.

그리고 조금 기다리자 사람들이 오는 것이 보였다.

아직 어두운 밤이라 어렴풋이 보였다.

"정지!"

나는 사람들에게 소리쳤다. 그러자 사람들이 멈췄다.

노 씨 아저씨가 아무렇지 않다면 곧 대답할 것이기 때문이었다.

"대장님! 병원 사람들과 함께 있습니다."

"아저씨는 괜찮아요?"

"괜찮습니다."

왜 노 씨 아저씨가 병원 사람들과 함께 왔는지 모르겠지만, 노 씨 아저씨가 아무 생각 없이 저들을 데리고 오지 않았을 것 같았다.

"천천히 오세요."

그래도 모르니 천천히 오라는 말을 했다.

내 말투가 그래서 그런지, 이연희가 옆에서 검을 잡고 언제든지 뽑아 공격할 자세를 취했다.

곧 노 씨 아저씨와 사람들이 눈으로 정확히 확인될 정도로 가까이 왔다.

"환자가 있네요."

"네. 사정이 좀 있습니다."

노 씨 아저씨는 사람들을 기다리게 한 다음 먼저 다가왔다.

"저 사람을 치료해야 하나요?"

"네. 치료해 주시면 좋을 것 같습니다."

노 씨 아저씨가 어떤 생각을 하는지 모른다. 하지만 내게 도움이 되니 치료해 달라고 하는 것은 분명했다.

"일단 안으로 들어가죠."

내가 더 묻지 않자 노 씨 아저씨는 고개를 살짝 숙였다.

"감사합니다. 저를 믿어 주셔서."

"언제나 믿어요."

지금까지 노 씨 아저씨가 한 행동을 생각하면 믿을 수밖에 없었다. 목숨 걸고 나를 도와주고 있었다.

노 씨 아저씨가 손짓하자 사람들이 다가왔다.

그런데 그중에 한 명이 팔을 흔들었다.

"사장님!"

잠시 '누구지?'란 생각을 하다가 떠올랐다.

응급실 김민선 간호사였다.

"김 간호사님?"

"네. 저 기억하시네요."

"하하. 기억 못 하면 안 되죠. 많이 도와주셨는데."

들것에 있는 환자 옆에 있는 남자도 눈에 익었다. 그리고 기억났다.

"의사 선생님도 계시네요."

"네. 오래간만입니다."

"의사 선생님 환자시구나. 그럼 치료해 드려야죠."

나는 노 씨 아저씨가 김민선 간호사와 의사 선생님을 기억하고 받았던 도움 때문에 데려온 것으로 생각했다.

"안으로 들어가시죠."

위험하지 않다는 판단이 들자 분위기는 좋아졌다.

고물상 안으로 들어가 사무실로 갔다.

사무실 문을 닫고 불을 켜자 사람들이 놀랐다.

"어머. 여기는 전기가 들어오나 봐요?"

"운이 좋았습니다. 발전기가 망가지지 않아서요."

김민선 간호사에게 말해 주면서 사람들의 눈을 살폈다.

김민선 간호사는 눈의 색이 정상이었다. 하지만 의사와 환자 그리고 환자를 들고 온 2명은 눈이 붉은색이었다.

환자 옆에 선 여자는 정상이었다.

"대장님. 이 환자를 치료해 주셨으면 합니다."

노 씨 아저씨의 말에 나는 환자에게 다가갔다.

그리고 칼이 박혀 있는 부위를 봤다.

붉은색 점이 꽤 많았다. 그리고 크기도 다양했다.

"가능하겠네요."

하지만 나는 바로 치료를 시작하지 않았다. 노 씨 아저씨를 봤다. 그러자 노 씨 아저씨가 왜 환자를 치료해야 하는지 말하기 시작했다.

"아시겠지만, 낮에 대장님과 저희를 습격한 사람들은 병원에서 왔습니다. 그 습격을 주도한 사람은 대장님에게 쓰러졌습니다."

"그 사람보다 강한 사람은 없었나 보네요."

"그렇습니다. 정찰 중에 병원 내부 일에 관여하게 됐습니다. 그리고 제 생각에 병원에 남은 50명 정도의 힘을 얻은 사람들이 이곳에 도움이 될 것 같았습니다."

"어떤 도움이요?"

"죽은 병원장이 저 환자와 대화하는 것을 들었습니다. 괴물을 잡아 와서 마지막에 죽이는 방식으로 힘을 키우겠다고 하더군요."

나는 바로 노 씨 아저씨의 생각을 알 것 같았다.

"우리에게 괴물을 잡아 오라고 시킬 생각이신 것 같네요."

"그렇습니다. 그러면서 주변 청소도 같이 시킬 생각입니다."

"청소요?"

"네. 길을 정비하고 바리케이드 같은 것을 설치해 괴물들이 쉽게 넘어올 수 없게 하려고요."

괜찮은 생각 같았다. 하지만 난 고개를 저었다.

"괴물은 정수나 제가 잡아 오면 될 것 같아요."

노 씨 아저씨는 무슨 말이냐는 듯한 표정을 지었다.

"사실 정수 친구들 이용해서 주변에 남은 까마귀 같은 놈들 잡아 오라고 할 생각이었거든요."

거대 꿀벌 수백 마리가 몰려다닌다고 생각하면 쉽다.

까마귀가 수십 마리 모여 있지 않는 한 수백 마리의 거대 꿀벌을 상대할 수 없다.

만약, 수십 마리가 모여 있다면 나나 노 씨 아저씨가 도와주면 된다.

아니면 방울토마토 나무 같은 것을 만들어서 같이 보내도 된다.

"저기 사장님……. 죄송하지만……. 이 사람 좀 먼저 살려 주시면 안 될까요?"

환자 옆에 있던 여자였다.

"부인이신가요?"

"네. 아내예요. 제발 좀……."

내가 보기에 더 급한 사람은 환자의 아내 같았다.

온몸에 붉은색 점이 보였다.

그리고 의사도 아내와 같은 생각으로 말했다.

"사장님 저분 말이 맞습니다. 먼저 환자부터 살려 주세요."

그런데 의사의 눈빛이 조금 이상했다.

"제가 어떻게 환자를 살리는지 궁금하신 것 같네요."

의사는 내 말에 아니라고 대답하지 않았다.

"맞습니다. 보니까 사람이나 괴물을 죽여서 환자를 살리는 것 같지는 않네요."

"네."

"그럼 저 칼을 뽑는 순간 환자가 죽을 수 있다는 것은 아시나요?"

"모릅니다."

내가 의사도 아니고 그걸 어떻게 알아.

"어떤 방법으로 치료하실 건가요?"

의사에게 대답하기 전에 환자를 봤다. 환자의 얼굴이 창백했다. 피는 아직도 흘리고 있었다.

"상처만 치료할 겁니다. 나머지는 의사 선생님이 알아서 하셔야죠."

"상처만요? 어떻게요?"

"이렇게요."

나는 바로 환자의 칼을 뽑았다.

파악.

칼과 함께 뿜어져 나오는 피.

"으윽."

환자는 고통에 눈을 뒤집어 깠다.

"미쳤어요?"

나는 의사의 말에도 아랑곳하지 않고 환자의 붉은색 점을 만졌다. 가장 큰 것부터였다.

붉은색 점이 순식간에 작아지며 사라졌다.

능력이 더 강해진 것은 확실했다.

"어머. 선생님! 피가 멈췄어요!"

김민선 간호사의 말에 의사는 믿을 수 없다는 표정을 지었다.

나는 나머지 붉은색 점을 손으로 만지며 없애기 시작했다.

곧 상처가 아물기 시작했다.

붉은색 점이 다 없어졌다. 아직 피 때문에 상처가 제대로 나았는지 확인이 안 될 뿐이었다.

"피를 닦으면 치료가 끝났다는 것을 알 겁니다."

내 말에 의사가 가방에서 소독약과 솜 같은 것을 꺼냈다.

그리고 환자의 상처 부위에 붓고 닦아 냈다.

내 예상대로 상처는 말끔했다.

"사장님 신기하네요. 상처가 없었던 것처럼 사라졌어요."

김민선 간호사는 내 팔을 잡고 말했다.

그런데 너무 가까운 것 같은데요.

"저기요. 떨어지죠."

"누구세요?"

"이 사람을 오빠라고 부르는 사람이요."

이연희와 김민선 간호사 사이에 불꽃이 튀는 듯한 기분이 들었다.

김민선 간호사는 방긋 웃으며 말했다.

"아. 친동생이시구나."

"아닌데요. 떨어져요. 안 떨어지면 그다음은 나도 책임 안 져요."

이연희가 검을 뽑았다.

김민선 간호사는 슬며시 내 팔을 놨다.

그사이 환자를 살핀 의사는 내게 다가왔다.

"어떻게 한 건가요?"

"그건 설명하기 좀 그렇네요. 예전에 도와주신 것이 있어서 치료는 해 드렸습니다."

최철민은 원래 노진수와 노진수가 말한 그분을 이용할 생각이었다. 이용이라기보다는 서로 상부상조하는 그런 관계를 만들려고 한 것이었다. 그리고 그분이라는 사람이 이성필이라는 것을 알게 되면서 그렇게 될 가능성이 크다고 생각했었다. 자신이 본 이성필은 남의 어려움을 그냥 넘어가지 않는 사람이었다.

그런데 지금은 조금 달랐다. 선을 긋는 것 같은 말투와 행동이었다. 그래도 이성필의 능력을 보니 어떻게 해서든 이성필과 손을 잡아야 할 것 같았다.

"저기 사장님, 우리 병원과 협력하시는 것은 어떤가요?"

"협력이요?"

"네. 솔직하게 말해서 사장님이 모든 것을 다 치료할 수는 없다고 봅니다. 조금 전에 말했듯이 상처는 치료해도 다른 것은 치료하실 수 없지 않나요? 회복이라든지 전염병 같은 것이요."

나는 그냥 웃음이 나왔다.

"의사 선생님은 치료가 가능하고요?"

"아니요. 하지만 어떤 병인지는 사장님보다 더 많이 알겠죠.

그렇다면 빠르게 대응할 수 있습니다."

"괜찮은 것 같네요."

"그렇죠?"

"하지만 협력은 좀 그렇네요."

"왜 그렇게 생각하시죠?"

"잡아먹히기 싫어서요?"

"잡아먹히다니요?"

최철민은 어이가 없었다. 누가 누구를 잡아먹는다는 것인지. 자신과 병원 사람들은 노진수 한 명도 상대할 수 없었다.

"아. 조금 다르게 말해야겠네요. 병원 사람들을 책임질 수 없다는 겁니다. 더 정확하게 말하자면 병원 사람들을 위해서 죽도록 노력하지 않을 생각이죠."

"네?"

내가 보기에 고물상은 아직 많은 사람을 받아들일 준비가 되어 있지 않았다.

"병원에 몇 명이나 있나요?"

"150명 정도 있습니다."

"150명이라……. 얼마나 버틸 수 있을 것 같아요?"

"뭐를 말입니까?"

"150명을 먹여 살리는 일을 언제까지 하실 수 있느냐는 말입니다."

"그건……."

대답할 수 없겠지.

지금이야 병원 안의 물자로 버텼다 해도 몇 달만 지나면 병원의 물자도 떨어질 것이 분명했다.

"자잘한 상처야 괴물을 잡아서 치료한다고 치죠. 식량이나 식수 같은 문제는 어떻게 해결할 건가요?"

"주변 마트 같은 곳을 찾아서……."

내 질문에 대답하던 의사는 말을 멈췄다. 내 표정 때문이겠지.

내가 원하는 답이 아니거든.

"환자는 아저씨가 데려온 것도 있고, 의사 선생님과 간호사 선생님에게 받은 것도 있어서 치료해 준 거니 부담은 안 가지셔도 됩니다."

최철민의 머릿속은 복잡했다.

이성필과 무조건 손을 잡아야 한다고 생각했기 때문이었다.

하지만 이성필은 그것을 원하지 않고 있었다.

문득 자신이 잘못 접근하고 있다는 생각이 들었다.

"사장님이 원하시는 것이 있으십니까?"

"그걸 왜 제게 묻습니까. 병원에서 어떻게 할지를 알려 줘야죠."

나는 노 씨 아저씨를 보며 살짝 윙크를 했다.

노 씨 아저씨의 생각을 반대하는 것이 아니기 때문이었다.

9. 진짜 구원자

의사 선생이 어떻게 나올까 궁금했다.

하지만 의사 선생은 제대로 대답하지 않았다.

"어렵군요. 병원에서 줄 수 있는 것이 별로……."

최철민은 문득 김수호 과장이 죽은 천칠수 원장과 했던 말이 기억났다.

천칠수 원장은 의료 기술과 노동력을 제공하는 것을 협상 조건으로 내밀려고 했었다.

하지만 그것을 자신이 이곳에서 바로 결정할 수는 없었다.

"이건 어떻습니까? 제가 혼자 결정할 수 있는 것은 아니지만, 말은 해 볼 수 있을 것 같습니다."

"그럼 결정해서 다시 찾아오세요."

"그래도 될까요?"

"그렇게 하세요."

"알겠습니다."

최철민은 아직 누워 있는 오민택 경비과장에게 말했다.

"오 과장님, 가시죠."

하지만 오민택 경비과장은 일어나 앉더니 고개를 흔들었다.

"전 가지 않겠습니다."

"네?"

"병원에서 약속한 것이 있습니다. 저를 치료한 분에게 충성을 맹세하겠다고요."

"아."

"저도 여기 남을래요."

환자의 부인까지 남는다고 말했다. 이건 무슨 상황인가 싶었다. 노 씨 아저씨를 쳐다봤다. 노 씨 아저씨는 어색한 표정으로 말했다.

"치료해 주면 대장님에게 충성을 바치라고 했습니다."

"그런가요?"

이런 조건을 걸었는지는 몰랐다. 소통의 부재인가.

일어나 앉은 남자는 내 앞으로 와서 무릎을 꿇었다.

"살려 주셔서 감사합니다. 약속대로 충성을 맹세하겠습니다."

"하하. 그게……."

내가 충성을 받겠다고 대답하지 않자 그는 다시 말했다.

"이름은 오민택입니다. 그리고 어쩔 수 없이 충성을 맹세하겠다는 것도 아닙니다. 대장님께서 제 상처를 만지실 때 결심했습니다. 제 모든 것을 바치겠다고요."

오민택 경비과장은 이성필이 자신을 치료할 때 이상한 느낌을 받았다.

마치 따뜻한 어머니 품에 안긴 것 같았다.

포근하면서도 기분이 좋았다.

안정감.

세상이 변하면서 잃어버렸던 감정 중 하나였다.

이성필과 함께 있으면 이 안정감을 계속 느낄 것 같았다.

"시키시는 일은 무엇이든 하겠습니다. 그것이 제 목숨을 바치는 일이라 할지라도요."

오민택 경비과장은 자신도 모르게 목숨을 바치겠다는 말을 하고 있었다.

"여보! 그건……."

아내가 옆에서 말려 보려고 하지만 오민택 경비과장은 오히려 아내를 설득하기 시작했다.

"미안하지만 이런 내 결정을 믿어 줘. 내가 아닌 척했어도 항상 불안해하는 것을 알고 있었잖아. 지금 내 느낌이 어때?"

오민택 경비과장의 아내는 그러고 보니 남편이 편안해 보인다는 것을 알았다.

"운동 좀 했다고 세상 다 가진 것처럼 막살다가 당신을 만나 결혼했을 때 느꼈던 그런 안정감을 또 느낄 줄은 몰랐어."

오민택 경비과장은 아내를 만나기 전까지는 건달 비슷한 삶을 살았었다.

책임이라는 단어는 그의 삶에 없었다. 그렇다고 조직 폭력배가 된 것은 아니었다.

그냥 놀고먹으며 돈이 필요하면 가끔 경호 일도 했을 뿐이었다.

실력은 어느 정도 인정받아서 가능했다.

하지만 그가 그렇게 산 것은 심리적인 이유였다.

어릴 때 버려지고 세상에 혼자 남은 것 같은 상황이었다.

아내를 만나 착실하게 살면서 경비과장이 되는 데까지 15년이 걸렸다.

"당신이 그렇다면야."

오민택 과장의 아내는 편안한 미소를 지었다.

사실 그녀는 자신이 언제 죽을지 모른다는 생각을 하고 있었다.

자신이 죽은 후 남편이 어떻게 살지 걱정이 됐다.

하지만 지금 말과 표정을 보니 큰 걱정은 안 해도 될 것 같았다.

몸이 약해 유산을 하고 더는 아이를 가질 수 없게 되어 미안했었다. 거기에 암까지 걸려 남편을 더 고생하게 했었다.

"사장님, 저도 열심히 일하겠습니다."

"저기……. 그건……."

부인의 말에 나는 어떻게 대답해야 할지 몰랐다.

부인이 남편 옆에 무릎을 꿇었다.

"사실 제가 오래 살 것 같지 않아요. 암에 걸렸거든요. 사장님을 속이기 싫어서 말씀드려요."

몸 여기저기에 붉은색 점이 보인다 싶더니 암에 걸려서 그런 것 같았다.

"얼마나 더 살지 모르겠지만……. 남편 옆에 머물고 싶습니다."

부인의 눈은 간절해 보였다.

젠장.

나를 이용해 먹으려는 것도 아니고.

자신의 이익을 위해서도 아닌 것 같은 이런 상황이 사실 좀 싫었다.

매정하게 끊어 버릴 수 없으니까.

"두 분은 그렇게 하세요."

"감사합니다. 사장님."

"저도 감사드려요."

두 부부는 머리를 땅에 박을 것처럼 숙였다.

"불편하니까 일어나세요."

내 말에 부부는 바로 일어났다. 부인이 휘청이자 남편이 부축했다.

"거기 간이침대에 앉게 해요."

"네. 감사합니다."

남편이 부인을 간이침대에 앉히는 것을 보며 나는 의사에게 말했다.

"더 볼일은 없으시죠?"

"그런 것 같네요. 병원에 가서 의논한 다음 다시 오겠습니다."

"그러세요."

나는 의사와 김민선 간호사를 고물상 문 앞까지 배웅했다.

그런데 들것을 들고 온 두 사람은 그들과 같이 가지 않으려는 것 같았다.

의사에게 뭐라고 말하더니 돌아왔다.

"뭐죠?"

"저희도 여기 남고 싶습니다."

"내가 그래야만 하는 이유는요?"

두 사람은 대답하지 못했다.

"내가 얻을 이익이 없는 것 같은데요."

"있다면 받아 주실 건가요?"

둘 중 한 명은 포기할 생각이 없는 것 같았다.

"있으면 당연히 받아 주죠. 있나요?"

"……."

"내가 판단했을 때 이익이 있다고 생각할 만한 것을 가지고 와요. 그때는 받아 주죠."

나는 냉정하게 고물상 문을 닫고 들어왔다.

노 씨 아저씨가 사무실 앞에 있었다. 나를 보더니 다가왔다.

"왜 의사 선생의 말을 거부하신 건가요?"

"음. 어떻게 설명해야 할까요."

나는 잠시 노 씨 아저씨에게 할 말을 머릿속으로 정리했다.

노 씨 아저씨는 아무 말 없이 기다렸다.

"이렇게 설명하면 이해가 되려나요? 자의와 타의로 움직이는 것에 대한 차이요."

"대장님께서는 병원에서 자의로 협력하기를 바라시는 거군요."

"네. 아무래도 눈치를 보니까 아저씨의 힘 때문에 어쩔 수 없이 하는 것 같았거든요."

"그렇기는 합니다."

"이건 마음에 안 드셔도 어쩔 수 없어요. 전 병원의 사람들이 알아서 협력하기를 바라요."

"대장님이 그렇게 결정하셨다면 상관없습니다. 전 따를 뿐입니다. 하지만 가끔은 압도적인 힘을 보여 주고 강제로 협력을 하게 해야 할 때도 있습니다."

"물론, 그렇겠죠. 하지만 의사 선생…… 이름이……."

"최철민입니다."

"맞다. 그리고 김민선 간호사 같은 사람이 주도권을 잡았다면 그럴 필요까지는 없을 것 같아요."

노진수는 이성필이 생각보다 넓게 상황을 보고 판단한다는 것을 알았다.

"그런 사람들은 억지로 해 봤자 언젠가는 튀어 오르겠죠. 어쩔 수 없는 상황이었다는 핑계로요."

"무슨 말이신지 알겠습니다. 그런데 오민택 부부는 쉽게 받아 주신 것 같습니다."

나는 노 씨 아저씨에게 씨익 웃어 준 다음 말했다.

"아저씨하고 약속한 거라면서요. 아저씨가 오민택 씨를 데려온 이유가 있겠죠."

"저를 믿어 주셔서 감사합니다."

"저는 항상 아저씨 믿어요. 그나저나 수진이가 아직도 안 깨어났나?"

"수진이에게 무슨 일이 있었나요?"

"네. 그게······."

나는 수진이가 주황색 돌에서 힘을 얻게 된 것 같다는 말을 해 줬다.

"제가 없는 사이 그런 일이."

노 씨 아저씨도 걱정이 되는 것 같았다.

"같이 가서 보시죠."

"네."

나와 노 씨 아저씨는 숙소 컨테이너로 갔다.

문을 열고 들어갔다. 하지만 수진이는 아직 깨어나지 않은 상태였다. 아주머니가 걱정스러운 얼굴로 내게 말했다.

"수진이 정말 괜찮은 거겠죠?"

의사를 보내기 전에 수진이를 진찰하게 해 볼 것을 그랬나 싶은 생각이 들었다.

정수도 걱정하는 표정이었다.

수진이의 동생은 옆에서 잠든 것 같았다. 아직 어린 나이니 누나를 걱정하는 것보다 졸음 참는 것이 더 어려웠던 것 같았다.

"으음."

수진이가 정신을 차리는 것 같았다. 아주머니가 다급하게 수진이의 몸을 잡았다.

"수진아! 수진아?"

"어……. 엄마?"

수진이는 마치 아무런 일도 없이 깊은 잠을 자다가 깨어난 것처럼 반응했다.

"그래. 엄마야. 괜찮아?"

"어. 나 괜찮아. 사장 아저씨가 나 지켜 줬어."

"어?"

무슨 말인지 몰라 아주머니는 당황하는 것 같았다. 나 역시 당황스러웠다.

수진이가 말한 사장 아저씨는 나 같았기 때문이었다.

수진이의 고개가 나를 향했다. 그러더니 벌떡 일어나서 나에게 달려와 안겼다.

"우앙."

수진이가 너무 빠르게 움직인 데다가 이럴 줄은 몰랐기 때문에 제대로 반응할 수 없었다.

그리고 피할 수도 없었다.

피했다가는 수진이가 넘어지거나 해서 다칠 수도 있었다.

내 품에 안긴 수진이는 울먹이며 말했다.

"정말 무서웠어요. 그런데 사장 아저씨를 떠올리니까 무섭지 않았어요. 사장 아저씨가 마치 나를 지켜주는 것 같았거든요."

나는 더 당황스러웠다.

수진이의 말이 이해가 되지 않았기 때문이었다.

그래서 물었다.

"왜 무서웠는데?"

"아주 깜깜하고 아무것도 없는 곳에 혼자 있었어요. 아무리 엄마를 불러도…… 대답도 없고…… 너무 무서워서 주저앉았거든요. 그런데 문득 사장 아저씨가 생각나는 거예요. 그러자 어두운 곳에 작은 빛이 생겼어요."

"작은 빛?"

"네. 작은 빛이요. 하지만 아무것도 보이지 않는 곳에서 그 작은 빛은 제게 정말 구원 같은 느낌을 줬어요. 그리고 그 빛을 따라가야 한다는 생각을 했어요."

"그래서 따라갔니?"

"네. 따라가는 순간 눈이 떠졌어요."

"그랬구나. 고생했다."

"네."

수진이는 편안해 보였다.

"좀 누워서 더 쉬어. 엄마가 많이 걱정하셨거든."

수진이는 고개를 돌려 아주머니를 쳐다봤다. 그러더니 내 품에서 떨어져 아주머니에게 가서 안겼다.

"엄마. 보고 싶었어."

"수진아……."

사실 수진이에게 어떤 능력이 생겼는지 묻고 싶었다.

하지만 지금은 그냥 두는 것이 나을 것 같았다.

수진이가 어디 가는 것도 아니고 날이 밝은 다음 천천히 알아가면 된다.

나는 노 씨 아저씨와 밖으로 나왔다.

그러자 노 씨 아저씨가 내게 조심스러운 표정으로 말했다.

"대장님."

"네."

"이건 제 생각입니다만……."

"주저하지 말고 그냥 말하세요."

"아무래도 대장님과 접촉하거나 치료를 받으면 대장님을 다르게 생각하게 되는 것 같습니다."

나도 노 씨 아저씨와 비슷한 생각이었다. 처음에는 몰랐다.

하지만 조금씩 주변 사람들의 행동을 보면서 의심했었다.

노 씨 아저씨가 내 말에 제정신을 차린다거나.

이연희가 과도하게 내게 신경을 쓰는 것.

정수가 애어른 같은 면이 있다고 해도 나를 거의 신봉하는 것 같은 행동을 하는 것.

병원에서 칼에 찔려 온 오민택도 치료를 받자마자 이상한 이야기를 했다.

그리고 결정적으로 수진이가 깨어나서 한 행동이었다.

문득 필립에게서 산 책의 그림이 떠올랐다.

집단을 이루어서 괴물이나 다른 집단과 싸우는 그림이었다.

그렇다면 이런 일은 나에게만 일어나는 것이 아니란 것이다.

그리고 나도 주유소에서 죽을 뻔한 다음 약간 더 달라졌다.

수진이 덕분에 확실하게 알았다.

노 씨 아저씨와 이연희, 김정수 그리고 수진이는 내가 믿을 수 있는 이들이라는 것이다.

그냥 믿음이 간다. 보이지 않는 무엇인가가 연결된 것 같았다.

이런 느낌은 저기 당당하게 서 있는 아방토에게서도 느껴졌다.

"아. 어색해서 못 있겠네."

사무실에서 그동안 조용히 있던 신세민이 투덜거리면서 나왔다.

신세민을 보며 나는 피식 웃으며 말했다.

"오래도 참았다."

"오래도 참았죠. 오민택 씨가 무릎 꿇고 말할 때는 닭살까지 돋았다니까요."

"왜?"

"오글거리니까요. 우리 사장님이 남자에게도 저런 느낌을 줄 수 있구나. 싶어서?"

"장난하나?"

"장난 아니에요. 그러다 남자에게 더 인기 있겠어요."

신기하게도 아무런 힘이 없는 신세민은 그냥 믿음이 있었다.

절대 나를 배신하지 않을 것이라는 그런 믿음.

"아! 해 뜨네. 잠도 제대로 못 자고…… 이게 뭐야."

신세민이 또 투덜거렸다.

그래 이래야 세민이지.

기지개를 켜며 스트레칭 비슷하게 몸을 돌리던 신세민은 깜짝 놀랐다.

"엄마야! 저놈 뭐예요?"

신세민이 깜짝 놀란 이유는 고물상 문에 매달려 고개만 빼꼼 내민 남자 때문이었다.

내게 줄 것이 있을 때 오라고 했는데 병원으로 안 돌아간 것 같았다.

남자는 나를 보며 소리쳤다.

"사장님! 제가 할 수 있는 일을 찾았습니다!"

"그게 뭡니까?"

남자는 내가 볼 수 있도록 한 팔을 들어 올렸다.

"꽃을 피웠습니다! 저 아무래도 식물 재배 능력이 있는 것 같습니다!"

식물 재배 능력이라.

그냥 땅에 씨앗만 뿌려도 알아서 자라고 있었다.

남자의 능력이 필요한가 싶었다.

"보니까 저기 밭이 있네요!"

고추와 방울토마토가 있는 곳이었다.

"제가 더 제대로 키울 수 있습니다!"

능력이 어떤지는 몰라도 포기하지 않으려는 남자의 성격은 마음에 들었다.

일단 어떤 능력인지 실험해 볼 생각이었다.

"아저씨가 보기에 저 사람 어때요?"

"마음에 드셨나 봅니다."

"포기 안 하잖아요."

"괜찮은 놈 같습니다. 오민택을 옮기는 일에 바로 지원할 정도로 의리도 있는 것 같고요."

"아저씨도 마음에 들어 하는 것 같으니까 능력이 어떤지 한번 보죠."

"알겠습니다."

노 씨 아저씨는 문을 열었다. 그러자 남자는 고개를 숙이며 감사하다는 말을 하며 들어왔다.

일단 기본 인성도 합격.

문 열어 주는 것에도 인사를 할 정도면 습관이다.

남자가 내 앞에 섰다.

"이름이 뭐죠?"

"네! 제 이름은 이성식입니다. 나이는 28세. 농대를 나와서 딸기 재배를 시작했다가 망하고 경비원으로 취직했습니다. 태권도

3단입니다."

묻지도 않은 것까지 줄줄이 말하고 있었다.

"고향은 충북 음성군이며⋯⋯."

"아! 거기까지는 됐어요."

약간 신세민 느낌이 났다. 그러고 보니 세민이하고 동갑이었다.

어째 신세민이 두 명이 되면 내가 더 고달파질 것 같은데.

"네."

"꽃을 피웠다고 했죠?"

"네. 어젯밤 사장님의 말씀을 듣고 난 후 무엇이 있을까 고민하다가 가로수가 있던 흙에서 꽃을 피웠습니다."

무슨 군대에서 보고하는 것 같은 느낌이었다.

군기가 바짝 들었다고나 할까?

긴장도 한 것 같았다.

"원래 그냥 핀 것 아닌가요?"

"아닙니다. 제가 능력을 사용해서 피웠습니다."

"능력이요?"

이성식의 눈은 붉은색이었다. 돌멩이에 의해 힘을 얻지 않은 것이다.

"네. 우연히 알게 된 겁니다. 병원 화분에 꽃이 시들었는데 영양분이 부족한 것 같았습니다. 영양분이 있는 흙으로 갈아 줘야 하는데 그럴 수 없어 안타까운 마음에 흙을 만졌습니다."

원래 분갈이라고 해서 화분은 일정 기간마다 흙을 교체해 줘야 했다. 그래야 화분에 심은 식물이 잘 자란다.

"그때 제 몸에서 무언가 빠져나가는 것 같은 느낌이 나고 몇 시간이 지나지 않아 꽃이 피었습니다."

이성식의 말대로라면 돌멩이에게서 능력을 얻지 않아도 나와 비슷한 일을 할 수 있다는 것이다.

내가 에너지로 무언가를 고칠 수 있는 능력이 있단 사실을 아는 사람은 몇 안 된다. 에너지가 몸 안에서 빠져나간다는 말을 이성식에게 한 적은 없었다.

"혹시 흙의 색이 다르게 보이나요? 아니면 식물의 색이 다르게 보인다거나."

이성식의 눈이 커졌다.

"어떻게 아셨습니까? 영양이 부족한 흙은 회색빛이 강하게 보입니다. 식물 역시 회색으로 보입니다."

나는 이성식에게 민감한 것을 물어볼 수밖에 없었다.

"사람은 몇 명이나 죽였죠?"

이성식은 대답하기 어려운 듯 머뭇거렸다.

"죽인 것을 뭐라 하기 위해서 묻는 것은 아니니까 걱정 안 해도 돼요."

내 말에 이성식은 어렵게 입을 여는 것 같았다.

"어쩔 수 없는 사고였습니다. 처음에는 환자를 죽이려 하는 사람을 막다가……."

"그런 것은 상관 안 해요."

왜 사람을 죽였는지 따위는 궁금하지 않았다. 돌멩이에서 힘을 얻지 않아도 비슷한 능력을 지니게 된 것이 궁금했다.

도대체 사람을 몇 명이나 죽이고 힘이 강해지면 이런 능력이 생길까?

"세 명입니다."

나는 고개를 갸웃거렸다. 세 명만 죽였는데 눈이 저 정도로 붉은색이지는 않는다.

"거짓말이군요."

"아닙니다. 진짜 세 명입니다."

"세 명만 죽였는데 이런 능력이 생겼다는 건가요?"

지금까지 좋게 봤던 모든 것이 사라지는 것 같았다.

하지만 그건 오해였던 것 같았다.

"사람을 더 죽이지 않았습니다. 병원 근처에 돌아다니는 괴물들 사냥도 좀 했습니다."

"그렇군요. 그럼 저 밭은 어떤 색으로 보여요?"

방울토마토와 고추가 심어진 곳을 가리켰다. 이성식은 그곳을 보더니 말했다.

"약간 회색빛입니다."

"그럼 저곳은요."

아방토가 심어진 곳이었다. 이성식은 아방토가 심어진 땅을 보더니 고개를 살짝 저으며 말했다.

"진한 회색입니다. 저곳에서는 그 어떤 것도 자라지 못할 것 같습니다."

"따라와 봐요."

나는 이성식을 데리고 무너진 담장이 있는 곳으로 갔다.

신세민이 무너뜨린 곳이었다.

"여기 땅은요?"

"좋네요. 특히나 저기 하천 옆에 있는 땅은 아주 좋습니다. 뭐를 심어도 잘 자라날 것 같습니다."

고물상 바로 옆의 비탈진 언덕에 각종 작물을 재배할 계획이기는 했다.

내가 아무리 이것저것 다 잘해도 그건 고치고 수리하는 것이 주였다.

작물을 재배하는 것은 잘 모르기는 했다. 그리고 그냥 심으면 다 잘 자라는 줄만 알았다.

몇 개 안 심었지만, 다 그랬으니까.

하지만 이성식 말을 들으니 다른 작물을 잡아먹는 놈들이 아니고서는 한두 번 이후에는 작물이 제대로 자랄 것 같지 않았다.

"혹시 씨앗도 판별 가능해요?"

"네? 무슨 말이신지."

나는 씨앗을 보면 이 씨앗이 괴물이 될 것인지 아니면 일반 작물이 될 것인지 알 수 있다.

이성식도 그런 능력이 있는지 궁금했다.

"잠시만요. 세민아!"

"왜요!"

안쪽에서 신세민이 빠르게 걸어왔다.

"누구예요?"

"새 식구가 될지도 모르는 사람."

"으음. 부하가 한 명 더 생기는 건가?"

"친구일 것 같은데?"

신세민이 손가락을 펴고 좌우로 흔들며 말했다.

"노노. 그건 아니죠. 나이가 비슷해도 누가 먼저 사장님과 일했는지! 그리고 이곳에 오래 있었는지에 따라 다르죠. 사실 사장님 바로 밑이 저잖아요. 그럼 제가 부사장 정도?"

"네. 네. 부사장님, 그럼 창고에서 씨앗 좀 가져다주실래요?"

"제가요"

"네. 부사장님께서 이곳을 가장 잘 아시잖아요."

"하기는 제가 사장님보다 더 많이 아는 것도 있죠."

틀린 말은 아니었다. 가끔은 신세민에게 일을 맡겨 놓을 때도 있었으니까.

"빨리 가져 와."

"알았어요. 하아. 부사장이 이런 일까지 해야 하다니."

투덜거리면서도 창고로 빠르게 걸어가는 신세민이었다.

노 씨 아저씨는 옆에서 웃고 있었다.

"아무리 봐도 대장님과 세민이는 잘 맞는 것 같습니다."

나는 고개를 절레절레 흔들었다.

"설마요."

이성식은 이런 모습을 신기한 듯 쳐다볼 수밖에 없었다.

그 무서운 조직 폭력배 이강수를 잡은 사람이 그냥 친한 동네 형처럼 행동하는 것처럼 보였기 때문이었다.

"여기요!"

신세민이 씨앗 봉지 몇 개를 가져 왔다.

애호박과 상추였다.

상추 씨앗 봉지를 뜯었다. 붉은색이 10개 파란색이 15개였다.

"이 씨앗 중에서 잘 자랄 것 같은 씨앗을 골라 봐요."

이강식은 씨앗을 살피기 시작했다.

그러더니 파란색 15개를 정확하게 골라냈다.

"나머지는 왜 안 골랐어요?"

"약간씩 회색빛이 보여서요. 나머지는 그런 것이 안 보였거든요."

이성식도 괴물이 되는 씨앗을 감별할 수 있었다.

"안 고른 씨앗을 손가락으로 잡아 봐요."

이성식은 아무런 의문도 없는 듯 바로 붉은색 씨앗을 잡았다.

약간은 기대했는데 붉은색 씨앗은 변하지 않았다.

이성식은 괴물이 될 씨앗과 그렇지 않을 씨앗을 구분만 할 수 있었다.

이것만 해도 어딘가 싶었다.

내가 일일이 확인해 가면서 씨앗을 심을 필요가 없어졌다.

이성식이 씨앗을 구분하면 나는 붉은색 씨앗의 색을 바꿔서

심으면 된다.

"그런데 이 친구 여기 들어오면 뭐 할 건데요?"

신세민이 궁금한 듯 묻고 있었다.

"농업부장?"

"아. 부장급 스카우트하는 거구나."

신세민에게 무슨 말을 하지 못하겠다.

"면접이다."

"그럼 면접 통과한 거네요. 축하해요."

"네?"

이성식은 황당한 표정을 짓고 있었다.

"우리 사장님은 내가 잘 알아요. 눈빛만 봐도 알 수 있다니까요."

"야. 니가 내 눈빛만 봐도 알아?"

"당연하죠. 조금 전에 아주 반짝였어요. 흥미롭다는 생각까지 했다니까요."

"그걸 어떻게 알아."

"사장님이 흥미롭다고 생각하면 오른쪽 입꼬리가 살짝 올라가는 것 몰랐죠?"

신세민의 말대로 몰랐다.

"그리고는 결정을 내리더라고요. 왜 전에 자동차 엔진 한번 뜯어 보겠다고 한 것 기억 안 나요?"

"나지."

"그때 딱 사장님 표정이 이랬어요."

"지금 나?"

"네. 무언가 시도해 보고 싶은 그런 표정이요."

옆에서 노 씨 아저씨가 또 웃고 있었다.

"이 사람 받아들이실 거잖아요. 아니에요?"

"그렇기는 한데……."

신세민은 이성식에게 다가갔다. 그리고 손을 내밀었다.

"이름이?"

"네! 이성식입니다. 나이는 28세 농대를 나와서 딸기 재배를 시작했다가 망하고 경비원으로 취직했습니다. 태권도 3단입니다. 고향은 충북 음성군……."

"그건 됐고. 나이가 같다고 해서 같은 위치로 생각하지는 않겠죠?"

"그……그렇습니다."

"잘해 보자고요. 이 부장."

"이 부장이요?"

"사장님이 농업부장이라고 했잖아요. 그럼 부장이지."

"아!"

머리가 슬슬 아파 오는 것 같았다. 나도 모르게 또 머리에 손을 올렸다.

"사장님 저러는 것 신경 쓰지 않아도 돼요. 매번 있는 일이니까."

"괜찮을까요?"

"뭐가요?"

"화나신 것 같은데요."

"에이. 사장님이 화를 왜 내요. 사장님은 자기 식구에게 웬만해서는 화 안 내요."

"야!"

"이럴 때만 빼고요. 아침 하는 것 도와줘요."

"어어. 저기요."

신세민은 이성식을 억지로 끌고 갔다. 이성식이 마음만 먹으면 아무런 능력도 없는 신세민을 뿌리칠 수 있었다.

하지만 이성식은 그러지 않았다.

"죄송합니다. 사장님!"

이성식은 나에게 고개 숙이면서 신세민에게 끌려갔다.

그러다가 이성식은 자신도 모르게 손에 쥔 씨앗을 떨어뜨렸다.

"저기…… 씨앗을 떨어뜨렸어요."

"사장님이 줍겠죠. 밥 먹는 것이 더 중요하지."

"하아. 저놈의 시키."

결국, 안 좋은 소리가 나오게 했다.

"하하."

"웃을 때가 아니에요. 아저씨."

"씨앗 제가 줍겠습니다."

"같이 줍죠."

노 씨 아저씨와 내가 바닥에 떨어진 씨앗을 주우려 할 때 숙소 컨테이너 문이 열렸다.

아주머니와 수진이 그리고 정수가 나왔다.

수진이는 나와 노 씨 아저씨를 보더니 뛰어와서 먼저 바닥에 떨어진 씨앗을 손으로 잡았다.

"사장님 여기요!"

"어. 고마워."

나는 손바닥을 폈다. 그러자 수진이가 씨앗을 내 손바닥 위에 떨어뜨렸다.

"잠시만요. 더 주워 드릴게요."

수진이가 쪼그려 앉자 정수도 달려와 쪼그려 앉아서 씨앗을 줍기 시작했다.

하지만 나는 아이들과 함께 씨앗을 줍지 않았다.

수진이가 내 손에 떨어뜨린 씨앗 때문이었다.

수진이가 주운 씨앗은 붉은색이었다. 하지만 지금은 주황색으로 바뀌어 있었다.

수진이가 몇 개의 씨앗을 주워 내 손에 올려놨다. 역시 붉은색 씨앗이 주황색으로 바뀌고 있었다.

일반 씨앗은 색이 변하지 않았다.

"수진아. 너 이 씨앗 만질 때 몸 안에서 무언가 빠져나가는 것 같은 느낌이 들지 않았니?"

"네. 어떻게 아셨어요? 조금 힘이 빠지는 것 같네요. 아파서 그런가? 씨앗 줍는 것도 이렇게 힘이 들 줄은 몰랐어요."

"으음. 수진아, 아픈 게 아니야. 이 씨앗에 네 힘이 들어간 거야."

"네?"

"아무래도 네가 바꾼 씨앗을 심어 봐야 할 것 같은데."

수진이는 눈을 깜빡이며 무슨 말인지 몰라 당황하는 것 같았다.

아주머니도 옆에 와서 관심을 보였다.

"수진이의 힘이 들어가요?"

"네. 수진이에게 어떤 능력이 생겼는지는 이 씨앗을 심어 보면 알 것 같네요."

"그럼 심어 봐요."

수진이도 궁금한 것 같았다.

나 역시 궁금했다.

아방토 옆은 아예 안 자랄 것 같았다. 무너진 담장 너머 비탈진 곳에 씨앗을 심을 생각이었다.

"저쪽에다가 심어 보자."

"네. 사장님."

나와 노 씨 아저씨 그리고 수진이와 아주머니, 정수는 무너진 담장으로 발걸음을 옮겼다. 그런데 수진이가 아방토 근처에서 멈췄다.

정수가 수진이에게 물었다.

"왜? 아직도 얘 무서워?"

수진이는 고개를 저었다.

"아니. 얘가 나에게 괜찮냐고 물었어."

"뭐?"

정수가 깜짝 놀라 나에게 고개를 돌렸다. 나도 지금 놀라는 중이었다. 아방토가 입을 움직인 것을 봤기 때문이었다. 그리고 아방토는 분명 수진이에게 괜찮냐고 물었다.

이건 나만 알아들을 수 있는 줄 알았는데.

"얘가 주인님이 이곳 안의 사람들을 지키라고 했으니 나도 지켜준다는데?"

정수는 다시 수진이에게 고개를 돌렸다.

"수진아. 너 얘 말이 들려?"

"그게 들리는 것보다는 그냥 알아. 머릿속에 목소리가 울리는 것 같은 느낌이야."

그때 거대 꿀벌 한 마리가 정수에게 다가왔다.

정수 앞에서 춤을 춘다.

그런데 수진이가 놀란 표정을 하며 말했다.

"까마귀 잡았어?"

"어? 그걸 네가 어떻게 알아?"

"얘가 말해 줬잖아."

수진이는 거대 꿀벌을 가리켰다.

"너 얘가 말하는 것도 들려?"

"어."

수진이가 거대 꿀벌에게 손을 내밀었다.

정수는 기겁하며 소리쳤다.

"수진아, 안 돼!"

정수는 거대 꿀벌이 자신과 이성필을 제외하고는 만지거나 할 수 없다고 알고 있었다.

신세민도 거대 꿀벌을 만지려고 했다가 공격받을 뻔했었다.

그런데 거대 꿀벌이 조심스럽게 수진이의 손에 다가가 머리를 내밀었다. 수진이는 귀엽다는 듯이 거대 꿀벌의 머리를 쓰다듬었다.

"생각보다 부드럽다."

"어떻게……."

정수는 이 상황이 믿어지지 않는 것 같았다.

나 역시 수진이가 거대 꿀벌을 만지는 것이 신기했다.

나도 거대 꿀벌을 저렇게 만지지는 못하기 때문이었다.

사나운 개가 예뻐해 달라고 하는 것 같은 행동과 느낌이었다.

"고마워."

거대 꿀벌이 서서히 뒤로 물러났다. 그러자 정수가 수진이에게 물었다.

"수진아! 너 어떻게 한 거야? 왜 내 친구가 내 말을 안 들어?"

"그냥 내 말 듣던……. 어…?"

수진이가 휘청거리며 쓰러지려 하고 있었다. 나는 바로 수진이가 쓰러지지 않게 잡았다.

"하아. 두 번째네."

"죄송해요. 갑자기 어지러워서."

"수진아!"

아주머니도 놀란 것 같았다.

"아무래도 아직 일어나 돌아다니는 것은 좀 무리인가 보네요."

나는 아주머니에게 수진이를 조심스럽게 넘겼다.

아주머니는 수진이를 부축했다.

"감사합니다. 사장님."

"아닙니다. 수진이 안에 들어가서 쉬게 하는 것이 나을 것 같아요."

"그럴게요."

아주머니가 수진이를 데리고 다시 숙소 컨테이너로 갔다.

정수는 걱정스러운 표정을 짓고 있었다.

"그렇게 걱정되면 가서 옆에 있어 줘."

"제가요?"

"그래. 어렵고 힘들 때 옆에 있어 줘야 진짜로 좋아하는 거다."

"그게……."

정수의 얼굴이 빨갛게 변했다.

"빨리 가 봐라."

정수는 대답하지 않고 수진이에게로 갔다.

씨앗은 아무래도 나 혼자 심어야 할 것 같았다. 씨앗을 심고 몇 시간이 지나면 결과가 나올 것이다.

나는 담장 너머 비탈진 언덕에 주황색으로 변한 씨앗을 심었다.

* * *

최철민과 김민선 간호사는 병원에 무사히 도착했다.

고물상에서 병원까지 괴물이 거의 없었기 때문이었다. 가로수 괴물은 거대 소나무 이후에 보이지 않았다. 가끔 위협적인 까마귀도 안 보였다. 까마귀는 10명 이하로 돌아다니면 습격했었다.

병원에 도착한 최철민은 바로 김수호 외과 과장과 따로 만남을 가졌다.

"다녀오느라 고생했어."

"선배님이 병원에서 더 고생하셨죠."

두 사람은 같은 학교 선후배 사이로 둘만 있을 때는 편하게 말을 했다.

"그런데 두 사람만 온 거야?"

"네. 오민택 과장 부부는 거기 남기로 했어요."

"같이 간 경비원도 있잖아."

"두 명 다 병원에 안 돌아오겠다고 하더군요."

"흐음. 그래?"

김수호는 병원에 필요한 사람이 빠졌다고 생각했다.

오민택 경비과장이 있어야 힘을 지닌 이들을 제대로 통제할 수 있었다.

거기에 병원을 지킬 두 명이 더 사라진 것이었다.

김수호가 무언가 생각하는 것 같자 최철민이 조용히 말했다.

"선배님. 고물상…… 아니 이성필 사장과 손을 잡아야 해요."

"무슨 말이야?"

"원장이 자기 보신주의였기는 했지만, 자기를 위해서는 제대로 판단했잖아요."

김수호도 죽은 병원장의 능력은 인정하고 있었다.

"이강수를 잡은 사람이 이성필 사장이 맞는 것 같더라고요."

"그래? 대화는 해 봤어?"

"네. 믿을 수 없는 것도 봤어요."

"뭔데?"

"이성필 사장이 오민택 과장의 배에서 칼을 뽑더니……."

최철민은 자신이 본 것을 그대로 김수호에게 말해 줬다. 김수호는 믿을 수 없다는 표정을 지었다. 하지만 최철민이 거짓말을 할 리가 없으니 믿을 수밖에 없었다.

"이성필 사장이 자신에게 뭐를 줄 수 있느냐고 물었다는 거지."

"네. 우리가 살려면 이성필 사장과 손을 잡아야 해요."

"아무래도 그렇겠지."

김수호는 노진수가 병원 로비에서 했던 일을 떠올렸다.

노진수 혼자서 병원 로비에 있던 모두를 학살할 수도 있었다.

"병원 사람들은 선배님 따르겠대요?"

"작은 분란이 좀 있었는데……. 잘 해결했어."

"분란이라니요?"

"남은 이강수 패거리가 오민택 과장님 없다고 기세등등하게 나서더라고."

최철민은 웃음이 나왔다.

"선배님이 자기들보다 약한 줄 알았나 보네요."

"제대로 보여 준 적이 없었으니까."

사실 죽은 이강수가 너무 강하다 보니 김수호는 조용히 있었을
뿐이었다.

환자와 자신 그리고 의료진을 지키기 위해 김수호는 꽤 많은
사람을 죽였다.

오민택 경비과장은 자신 없지만, 그 밑의 부하들 정도는 충분히
상대할 정도였다.

"그리고 경비원 출신들이 꽤 많이 남아 있어서 다행이긴 해."

아무리 김수호가 힘이 강하다 해도 여러 명을 상대하기는 어려웠
다. 힘을 지닌 경비원들이 김수호의 편을 들어 줬기 때문에 큰일로
번지지 않은 것이었다.

"철민이 네 생각에는 무조건 이성필 그 사람과 손을 잡아야
한다는 거지?"

"네."

"너는 나 믿냐?"

갑작스러운 김수호의 질문에 최철민은 당황했다.

"왜 그런 말을?"

"지난밤에 그 사람…… 노진수라고 했나?"

"네."

"노진수라는 사람 덕분에 약간 생각이 바뀌었어."

"생각이 바뀌다니요?"

"힘이 모든 것을 지배하더라고."

김수호의 말에 최철민도 고개를 끄덕일 수밖에 없었다.

그만큼 노진수의 힘은 충격적이었기 때문이었다.

"만약, 이강수 같은 사람이었다고 생각해 봐. 어젯밤에 우리는 살아남을 수 있었을까?"

"힘들었겠죠."

"힘든 것이 아니야. 다 죽었을 거야."

"네. 그래요. 그래서요? 선배도 힘으로 모든 것을 해결하겠다는 건가요?"

"아니. 내 힘으로는 부족하지. 하지만 힘 있는 사람 밑에 있는 것이 안전할 확률이 높을 거야."

"선배. 그 말은……."

"난 이성필이라는 사람 밑으로 들어가는 것이 맞는다고 생각해. 어설프게 협력 관계니 뭐니 하면서 간 보려 하지 않고."

김수호의 말에 최철민은 잠시 침묵했다.

김수호는 최철민이 말하기를 기다렸다. 조금 시간이 지나자 최철민은 입을 열었다.

"선배가 그렇게 판단했다면 맞겠죠. 난 선배가 하라는 대로 할 겁니다."

"고맙다. 그럼 사람들을 모아서 이야기해야지."

"사람들에게 선택권을 주려고요?"

최철민은 조금전 김수호가 했던 말과는 반대되는 행동이라고 생각했다.

"어. 따르지 않는다면 병원에서 나가라고 할 생각이야."

"아. 어차피 떠날 사람을 찾으려는 거네요."

"그래야겠지."

"하지만 얼마나 떠날까요? 힘이 없는 사람은 못 떠날 텐데요."

"그렇겠지. 그건 어쩔 수 없잖아."

"사람들이 잘 따를까요?"

"그럴 거야. 우리가 이강수처럼 사람들을 도시락 취급할 것도 아닌데."

"알았어요. 사람들 모으죠."

"그래. 사람들 모아서 이성필 씨를 찾아가자고."

"네?"

"나 믿냐고 물어봤고. 넌 나를 믿는다고 했지?"

"네."

"그럼 믿어 줘."

김수호는 이성필의 보호를 어떻게 해서든 받을 생각이었다.

* * *

사람이 세 명이나 더 늘었으니 식사를 준비하는 시간도 더 걸렸다.

아주머니도 수진이 때문에 아침 식사를 제대로 신경 쓸 수 없었다.

신세민이 대충 밥을 하고 모두 모여 아침 식사를 했다.

"엄마 나 밥 좀 더 줘요."

수진이의 말에 김정인은 놀란 눈을 하며 말했다.

"너 살찐다고 많이 안 먹잖아."

"엄마는……. 왜 그런 말을……. 그냥 배고파요."

수진이는 정수를 힐끗 본 다음 밥그릇을 내밀었다.

"그래 더 줄게."

아주머니가 밥을 더 줬다. 그러자 수진이는 며칠 굶은 것처럼 먹기 시작했다.

금방 밥그릇이 비워졌다.

나는 물론, 모두가 수진이가 밥 먹는 것을 보며 놀라고 있었다.

"누나. 돼지야?"

"아니야! 배고파서 그래!"

수진이가 밥그릇을 만지고 있었다. 아주머니가 조용히 수진이의 밥그릇을 가져다가 또 채웠다.

"이게 마지막이야."

수진이는 말없이 밥그릇을 받아서 이번에는 최대한 천천히 먹고 있었다. 하지만 표정을 보니 저 정도로는 배고픔이 채워지지 않는 것 같았다.

문득 정수가 쓰러졌을 때가 생각났다.

"세민아."

"왜요. 밥 먹는데 또 일 시키려고요?"

"고기 좀 가져와라."

신세민은 눈살을 찌푸렸다.

"아침부터 고기 먹게요?"

"어. 최대한 많이 가져와. 여기 오민택 씨도 회복한 지 얼마 안 돼서 잘 먹어야 해."

"사장님은 안 먹을 거예요?"

"당연히 먹지. 고기인데."

"사장님이 먹고 싶어서 그런 것 아니고요?"

"그냥 가져와라."

신세민이 입을 삐쭉 내밀자 이연희가 신세민의 등을 손바닥을 쳤다.

짜악.

찰지네.

"아! 왜 때려요."

"눈치 좀 있어라. 사장님이 혼자 먹으려고 고기 가져오라고 한 줄 아냐?"

"그럼 누구 때문인데요. 오민택 씨 핑계는 좀 그런데……."

"나다. 내가 먹고 싶다. 왜?"

"헤헤. 누나가 먹고 싶다면 바로 가져와야죠. 이 부장! 가자."

막 밥 한 수저를 입에 넣던 이성식은 눈을 크게 뜨고 신세민을 바라봤다.

그런 이성식에게 신세민은 최대한 근엄한 표정으로 말했다.

"아주 중요한 장소를 알려 주는 거야. 나하고 사장님 그리고 아주머니만 갈 수 있는 곳이지."

냉동 창고에 갈 일이 있는 사람은 세 명뿐이니 저런 말을 하고 있었다.

"가자."

이성식은 밥을 삼키면서 일어나 신세민을 따라갔다.

곧 신세민과 이성식이 고기를 가져 왔다. 물론, 고기를 들고 있는 사람은 이성식이었다.

그사이 노 씨 아저씨와 오민택은 고기 구울 불을 피웠다.

드럼통 위에서 구울 준비가 끝나 있었다.

노 씨 아저씨가 가져온 고기를 알맞게 잘라 굽기 시작했다. 그리고 가장 먼저 구워진 고기를 접시에 담아 내게 내밀었다.

"대장님, 드시죠."

노 씨 아저씨도 내가 왜 고기를 가져오라고 했는지 아는 것 같았다. 접시를 주면서 슬쩍 수진이를 봤다.

수진이는 거의 침을 흘릴 정도로 입을 벌리고 고기를 쳐다보고 있었다.

"수진아. 먼저 먹어라."

"네? 아니요. 사장님 먼저 드세요."

"고기 또 굽잖아. 먼저 먹어."

수진이는 고기의 유혹을 뿌리칠 수 없었다. 바로 두 손을 내밀어 접시를 잡았다.

"감사합니다. 사장님."

수진이는 고기를 허겁지겁 먹기 시작했다. 그것을 본 아주머니가 수진이의 팔을 살짝 때리면서 말했다.

"얘는! 씹어서 삼켜! 그러다가 체할라."

"웅마는…… 언 치해."

순식간에 고기 한 접시가 사라졌다. 노 씨 아저씨가 또 구워진 고기를 다른 접시에 담아 내게 내밀었다.

나는 당연히 수진이에게 내밀었고.

"더 먹어."

"사장님은요?"

"고기 아직 많아. 그러니까 먹어도 된다."

"감사합니다."

수진이가 또 허겁지겁 고기를 먹기 시작하자 그제야 아주머니도 무언가 이상하다는 것을 안 것 같았다.

아주머니는 내게 다가왔다.

"사장님……."

나는 조용히 아주머니에게 내가 생각하는 것을 말했다.

"아무래도 능력을 얻은 후라 에너지가 필요한 것 같아요."

"아!"

또 고기 한 접시가 완성됐다. 나는 그것을 수진이에게 내밀었다. 이제는 모두 내가 왜 고기를 가져오라고 했는지 아는 것 같았다. 신세민이 어이없다는 표정으로 나에게 말했다.

"수진이 먹일 거라고 말을 하지. 그럼 그냥 가져왔잖아요."

짜악.

"누나! 진짜 아파요!"

"너 눈치가 없냐. 너만 몰랐지? 다 알고 있었어."

"거짓말! 다 몰랐던 것 같은데."

"그리고 그렇게 말하면 수진이가 제대로 먹겠냐? 진짜 눈치 좀 있어라. 오빠 좀 닮아라. 배려심이 없어요."

신세민은 억울하다는 표정을 지었다. 그리고 수진이가 조용히 접시를 내려놨다.

"거봐!"

신세민이 등짝을 한 대 더 맞았다.

"괜찮아. 먹어."

"배불러요."

"아직일 텐데. 정수도 전에 고기를 혼자서 20kg 넘게 먹었거든."

"대장님!"

정수가 화들짝 놀라 소리쳤다. 하지만 수진이가 '진짜?'란 표정으로 보자 정수는 조용히 고개를 끄덕였다.

"대신 천천히 먹어라. 이제 다 같이 먹으면 되잖아."

"그럴까요?"

수진이는 아직도 배고픈 것이 분명했다.

다음 고기 접시는 오민택에게 내밀었다.

"드세요."

"감사합니다. 죄송하지만 거절은 안 하겠습니다. 진짜 배가 고팠습니다. 고기 먹고 빨리 회복해서 열심히 시키시는 일 하겠습니다."

"좋은 생각이네요. 고기 많이 드시고 주변 정찰 나가서 고기 찾아와야 할 것 같네요."

아무래도 고기가 빨리 떨어질 것 같았다.

"그렇게 하겠습니다. 주변 정육점은 다 뒤지겠습니다."

정육점에 고기가 제대로 남아 있으려나 싶었다.

고기 대용으로 먹을 것을 찾아야 할 것 같았다.

신세민이 가져온 고기를 다 먹었다. 그제야 수진이는 배가 안 고픈 것 같았다.

아침 식사한 것을 치우기 시작했다. 나는 수진이와 정수를 따로 불렀다.

"정수야. 너 아까 친구들이 까마귀 잡았다고 하지 않았어?"

"네."

"아직도 잡고 있니?"

"네. 잡고 있으라고 했어요."

"그 까마귀 가져오라고 해."

"네. 대장님."

곧 거대 꿀벌들이 까마귀를 가져 왔다. 수십 마리 거대 꿀벌이 드니 괴물로 변한 까마귀도 쉽게 들고 올 수 있었다.

내 앞에 까마귀가 놓였다. 까마귀는 날개가 잘려져 있었다. 몸통에도 거대 꿀벌의 침이 박혀 있었다.

"연희 씨!"

"네. 오빠."

이연희가 달려왔다.

"수진이에게 검 좀 빌려줘요."

"검을요?"

"네. 수진이가 까마귀를 죽일 거예요."

수진이는 눈을 크게 뜨고 나를 봤다. 도저히 못 하겠다는 그런 눈빛이었다.

나는 수진이에게 단호하게 말했다.

"가족을 지키려면 해야 해."

이연희는 씁쓸한 표정으로 수진이에게 검을 내밀었다.

수진이는 덜덜 떨면서 검을 향해 팔을 뻗었다.

팔이 검에 다가갈수록 이수진은 희한하게 떨림이 잦아든다는 것을 느끼고 있었다.

다른 이유가 아니었다.

'가족을 지키려면 해야 해.'

이성필의 말이 계속 머릿속에서 맴돌기 때문이었다.

처음에는 가족을 지켜야 하는구나 싶었다.

하지만 검을 손으로 잡을 때는 무조건 해야만 한다는 생각만 남았다.

검을 잡은 이수진은 이성필을 쳐다봤다.

이성필과 눈이 마주쳤을 때 이수진은 아무것도 두렵지 않게 됐다.

"사장님, 해 볼게요."

나는 수진이가 갑자기 변한 것 같은 느낌을 받았다.

검을 받아든 수진이는 심호흡을 하더니 누가 알려 주지 않았는데도 검을 머리 위로 들어 까마귀의 목을 향해 내리쳤다.

너무 힘이 강했는지 까마귀의 목을 자르고도 검이 땅에 박혔다.

"아흑."

수진이가 몸을 살짝 떨었다.

처음 다른 힘을 받아들일 때 희열을 수진이도 느끼는 것 같았다.

그리고 수진이는 무언가 깨달은 듯한 표정을 지었다.

"아. 이제 배 안 고파요."

고기를 그렇게 먹고도 배가 아직 고팠던 것 같았다.

"그래? 그럼 정수 친구 다시 불러 볼래?"

까마귀를 잡아 온 거대 꿀벌들이 아직 정수 근처에 머무르고 있었다.

"네. 사장님."

수진이가 거대 꿀벌을 향해 손짓했다.

그때 나는 정수에게 말했다.

"정수는 친구가 수진이에게 가지 않게 해 봐."

"네?"

"수진이에게 친구가 가지 않게 해 보라고."

"아. 네."

수진이를 향해 가던 거대 꿀벌들이 멈칫했다.

나는 수진이를 향해 말했다.

"수진이는 계속 불러 보고."

수진이는 고개를 끄덕이며 거대 꿀벌을 향해 다시 손짓했다.

그러자 거대 꿀벌 두 마리가 수진이에게 다가갔다.

정수는 어이가 없다는 표정을 지었다.

"쟤네 제 말 안 들어요."

"정수는 더 강하게 친구 불러 봐."

"네. 이쪽으로 와!"

정수는 목소리를 크게 냈다. 그러자 수진이 앞에 있던 거대
꿀벌 두 마리가 뒤로 돌았다.

수진이도 거대 꿀벌을 불렀다.

"이쪽으로 와!"

정수를 향해 가려던 거대 꿀벌 두 마리가 다시 몸을 돌렸다.

하지만 수진이를 향해 가지는 않았다. 마치 누구에게로 가야
할지를 몰라 갈팡질팡하는 것 같았다.

"이제 그만해도 되겠다."

내 말에 수진이는 아쉬운 표정을 지었다. 거대 꿀벌은 정수에게로

움직였다.

"수진아. 정수 친구들이 뭐라고 하는지 들리니?"

"잠시만요."

수진이는 거대 꿀벌을 보더니 고개를 끄덕였다.

"네."

"뭐라고 해?"

"정수에게 미안해하고 있어요. 자신들도 왜 그런 행동을 했는지 모르겠대요."

나는 정수를 봤다. 정수는 놀라고 있었다.

"맞아요. 친구들이 미안해해요."

"수진이의 능력이 무엇인지 알 것 같네."

이 정도까지 했는데 모를 수가 없었다. 내 예상이 맞는 것 같았다. 하지만 수진이는 정확히 모르는 것 같았다.

"사장님. 제 능력이 뭐에요?"

"상대방의 생각을 읽는 것과 정신 조종인 것 같은데?"

"생각이요? 정신 조종?"

"수진이는 말을 하지 않아도 생각을 읽을 수 있다고 보여. 그리고 정수의 명령을 듣지 않고 수진이의 명령을 듣는 것을 봐서는 정신도 조종할 수 있고."

수진이는 내 자세한 설명을 듣고 고개를 끄덕였다.

하지만 곧 이상하다는 표정을 지었다.

"정수는 안 되는데요?"

나는 웃음이 나왔다. 그사이 정수의 정신을 조종하려고 한 것 같았다.

"당연히 안 되겠지. 수진이가 꿀벌 친구 둘만 조종할 수 있었잖아."

"네."

"정수는 꿀벌 친구 수천 마리를 조종하거든. 수진이와 정수의 힘의 차이 때문일 거야. 음······. 그러니까 쉽게 말하자면 수진이는 지금 1m 정도 되는 담장을 그냥 넘을 수 있어. 하지만 2m가 넘어가면 넘을 수 없지."

수진이는 이해한 것 같았다.

"그럼 그렇게 좋은 능력은 아니네요."

"아니야. 엄청 좋은 능력이야."

"아닌 것 같은데요."

"그 누구도 정수 친구들과 제대로 이야기하지 못했어. 그런데 수진이는 했지. 더군다나 한두 마리는 조종까지 하고. 수진이 능력이 더 강해지면 어떨 것 같아?"

나도 조금 기대가 된다. 괴물들의 생각을 알 수 있으면 이런 일이 왜 일어났는지, 그리고 대응할 방법을 찾는 것이 빨라질 것이기 때문이었다.

"어?"

"왜?"

수진이가 무언가를 안 것 같은 표정을 지었다.

이연희를 보더니 얼굴이 빨개졌다.

"그게……. 언니가 사장님을……."

이연희가 화들짝 놀라며 수진이의 입을 손으로 막았다.

"수진아, 함부로 남의 생각을 읽으면 안 되지."

수진이는 입이 막혀 대답하지 못했다. 대신 고개를 끄덕였다.

그리고 이연희는 수진이에게 물었다.

"혹시 오빠 생각도 읽을 수 있니?"

수진이는 고개를 흔들었다. 그러자 이연희가 손을 떼고 물었다.

"왜?"

"사장님 생각은 읽고 싶은 마음이 안 들어요. 읽을 수도 없고요."

수진이의 말투를 보니 진짜인 것 같았다. 왜인지 아쉬워하는
것 같았다.

어쨌든 다행이라는 생각이 들었다.

"앞으로 수진이가 어떻게 발전할지 기대가 되네."

내 말에 수진이는 진심으로 기뻐하는 것 같았다.

"진짜요?"

"어. 몇 가지 더 실험해 봐야 할 것 있기는 해."

"어떤 실험이요?"

"힘이 강해졌는지, 움직임이 빨라졌는지 등등."

"지금 해 봐도 돼요?"

"그럼 해 볼까? 저기 드럼통 한 번 들어봐."

빈 드럼통이기는 했다. 하지만 금속으로 만들어진 드럼통은

18살 소녀가 들기에는 버거운 무게가 분명했다.

한 1만 명 중 1명 정도는 어쩌면 들지도 모르지만.

수진이는 드럼통에 가서 긴장된 표정으로 손을 댔다. 그리고 있는 힘껏 들어 올리는 것 같았다.

"어어어?"

드럼통이 너무 쉽게 들렸다. 무게를 아무리 낮게 생각해도 최소 40kg 이상 나가는 것이다.

있는 힘껏 들었으니 뒤로 넘어지려 했다.

이번에는 이연희가 수진이를 잡아줬다.

"나도 처음에는 강해진 힘 때문에 조금 고생했어."

"……."

수진이는 드럼통을 내려놓고 믿을 수 없다는 표정으로 자신의 손을 봤다.

"수진아 앞으로는 동생하고 장난도 치면 안 된다."

내 말에 수진이는 고개를 끄덕였다.

"항상 행동을 조심해야 해. 수진이가 아무렇지 않게 행동한 것이 상대방에게는 엄청난 피해를 줄 수 있거든."

물론, 그냥 지낼 때는 상관없었다. 힘을 줘서 때린다거나 할 때 힘이 발휘된다.

안 그랬으면 첫날부터 고물상에 남아나는 물건이 없었을 것이다.

"연희 씨가 틈나는 대로 수진이 무술도 좀 알려 줘요."

"네. 오빠."

힘이 강해졌으니 움직임도 달라졌을 것이다. 자신의 몸은 자신이 지킬 줄 알아야 했다.

"그럼 담장 뒤에 심은 상추 확인하러 갑시다."

우리는 담장 뒤로 갔다. 그리고 벌써 다 자란 상추를 발견할 수 있었다.

상추의 크기는 어마어마했다.

큰 호박과 비교해도 작지 않았다.

"저게 상추에요? 징그러운데."

이연희가 그렇게 말할 만도 했다. 크기도 크기지만, 살짝 들어서 자신의 얼굴을 보여 줬다. 그리고 상추가 자신들의 잎을 마구 흔들기 시작했다.

"쟤네들 저보고 엄청 반갑다고 해요. 그리고 주인님이라고 하는데요?"

아방토가 그랬던 것처럼 수진이의 힘에 의해 변한 상추는 수진이를 주인으로 인식하는 것 같았다.

나중에는 정수도 가능한지 실험해 봐야 할 것 같았다.

"어떤 능력이 있는지 알려 달라고 해 봐."

"네."

수진이는 아무렇지 않게 거대 상추를 향해 다가갔다.

"너희들 능력이 뭐니?"

수진이의 말에 상추의 잎이 쫙 펼쳐졌다. 그리고 상추가 제자리에서 회전하기 시작했다.

엄청난 속도였다.

쉬익. 팍!

상춧잎이 마치 칼날처럼 날아가서 무너지지 않은 담장에 꽂혔다.

거대 상추가 회전을 멈췄다.

나는 담장에 꽂힌 상춧잎을 살폈다.

상춧잎이 쇳덩어리 같았다. 아주 얇은 철판을 엄청난 속도로 쏘면 이렇게 될 것 같았다.

깔끔하게 벽에 박혔으니까.

"정수야. 저기 쇠파이프 가져와 봐."

"네. 대장님."

정수가 쇠파이프를 가져왔다. 나는 쇠파이프를 땅에 박았다.

"수진아. 이거 맞추게 해 봐."

"네. 사장님."

수진이는 상추에게 아주 상냥한 목소리로 말했다.

"저거 맞춰 볼래?"

상추가 다시 회전하기 시작했다.

쉭. 쉭. 쉭. 쉭⋯⋯.

수십 장의 상춧잎이 날아가기 시작했다.

하지만 쇠파이프를 맞춘 것은 단 2장이었다.

정확도가 떨어지는 것 같았다. 대신 위력은 만족스러웠다.

상춧잎이 쇠파이프를 절반쯤 뚫고 박혔다.

그런데 상추가 고개를 푹 숙이는 것이 보였다. 그것을 본 수진이는 상추에게 다가가 토닥거리며 말했다.

"괜찮아. 처음이잖아. 연습하면 더 잘될 거야."

상추가 고개를 들어 수진이를 바라봤다.

수진이는 상추를 조금 바라보더니 내게 말했다.

"사장님. 저 쇠파이프 몇 개 더 박아주시면 안 될까요? 연습하고 싶대요."

이것도 놀라웠다. 수진이는 자신이 변하게 만든 괴물을 완벽하게 조종할 수 있는 것 같았다.

"그렇게 해 줄게."

"감사합니다."

수진이가 고개를 숙이자 상추들도 내게 고개를 숙였다.

"하하. 오빠 쟤네들 고맙다고 인사하는 건가요?"

"그런 것 같네."

나도 웃음이 나왔다. 그때 정수를 향해 거대 꿀벌이 날아왔다. 거대 꿀벌은 정수 앞에서 춤을 추기 시작했다.

"대장님, 이곳으로 사람들이 오고 있대요. 어떻게 할 것인지 물어보는데요?"

"몇 명이나 되는데?"

"엄청 많대요."

"아직 공격하지 말라고 해."

병원에서 오는 사람이지 않을까 싶은 생각이 들었다.

"네. 친구들을 근처에 모이라고 할게요."

"그래. 수진아, 들어와. 연희 씨, 가죠."

"네. 오빠."

나와 이연희는 정문으로 달려갔다. 노 씨 아저씨와 오민택도 나와 이연희를 보더니 달려왔다.

정문 밖으로 나갔다. 그리고 저 멀리서 이곳을 향해 오는 사람들이 보였다.

수십 명이 아니었다. 백 명이 넘어가는 것 같았다.

"아저씨. 아무래도 이곳을 공격하기 위해 오는 것 같은데요?"

"그런 것 같습니다. 제가 먼저 가서 정리하겠습니다."

"아니요. 정수 꿀벌 친구들을 이용해 보죠."

거대 꿀벌 무리라면 백 명 정도는 쉽게 처리할 수 있을 것 같았다.

"정수야!"

"네. 대장님."

정수가 수진이를 안에 대피시키고 뛰어왔다.

"친구들 다 모였니?"

정수는 근처에 있는 거대 꿀벌에게 손짓했다. 거대 꿀벌은 다가왔다.

"절반 정도 모였대요."

"절반? 얼마나 되지?"

"음. 한 천 마리 정도요?"

나는 깜짝 놀랐다.

"절반이 천 마리나 돼?"

"네. 근처 돌아다니면서 힘을 키우라고 했거든요. 까마귀는 보면 나에게 알리라고 했고요."

아마 정수의 명령대로 힘을 키우면서 번식까지 한 것 같았다.

"그럼 저 사람들 공격⋯⋯."

"사장님, 잠시만요. 잠시만 기다려 주십시오."

오민택 과장이 갑자기 끼어들었다.

"왜요?"

"저 사람들 병원 사람들 같습니다."

"확실해요?"

"확실합니다."

"그럼 왜 저렇게 많이 몰려오죠?"

"제가 가서 알아보겠습니다. 그때까지 기다려 주십시오."

나는 고개를 끄덕였다.

"좋아요. 하지만 너무 접근하지 마요. 조금 떨어져서 대화했으면 해요."

"그렇게 하겠습니다."

오민택이 사람들을 향해 달려갔다. 그리고 조금 떨어진 곳에서 멈추라고 한 다음 대화하는 것 같았다.

나는 정수에게 오민택 과장을 지원하게 했다. 숨어있던 거대 꿀벌들이 날아올라 사람들을 포위했다.

사람들이 당황하는 것이 보였다. 그리고 오민택은 두 사람을 데리고 돌아왔다.

"사장님 여기는 병원의 대표인 김수호 외과 과장입니다."

같이 온 두 사람 중 한 명은 어제 봤던 최철민 의사였다.

최철민이 나섰다.

"사장님, 오해하신 것 같은데요. 저희는 사장님에게 모든 것을 보여 주기 위해서 온 것입니다."

"미리 말을 하시죠. 백 명이 넘어가는 사람이 갑자기 나타나면 오해 안 하려고 해도 할 수밖에 없습니다."

"그건 죄송합니다. 하지만 저 사람들 중 대부분이 아무런 힘도 없습니다. 힘이 있는 사람은 40명도 안 됩니다."

"알겠습니다. 그런데 어떤 것을 보여 주려고 한 건가요?"

이번에는 김수호 외과 과장이라는 사람이 나섰다.

"저를 포함한 병원에 소속된 사람은 모두 이성필 사장님을 직접 뵙고 충성을 맹세하려고 합니다."

"네?"

내가 생각한 것과는 다른 결과가 나온 것 같았다.

"모두 진심입니다. 이성필 사장님에게 충성을 맹세하기 싫은 사람은 떠났습니다."

"그렇군요. 그런데 못 들었나요? 당신들이 나에게 어떤 이익을 줄 수 있는지 생각해 보고 오라고 했는데요."

"들었습니다."

"그럼 제게 어떤 이익이 있죠?"

김수호는 당당한 표정으로 내게 말했다.

"저희가 이성필 사장님에게 이익입니다."

"그게 다인가요?"

김수호의 모호한 대답에 나는 고개를 갸웃거렸다. 그런 나를 향해 김수호는 다시 말했다.

"왜 저희가 이익인지 설명하겠습니다."

김수호의 표정은 자신이 있어 보였다.

병원 사람들이 내게 어떤 이익을 줄 수 있는지 기대가 됐다.

"한번 들어나 보죠."

"네. 감사합니다."

김수호는 나에게 고개를 살짝 숙였다.

내게 예의를 갖추는 것 같았다. 벌써 충성스러운 부하처럼 행동하고 있었다.

"아시다시피 인간은 사회적인 동물이라 어디를 가든 집단을 이루며 사회를 만듭니다."

나는 더 흥미가 생겼다. 내가 생각하고 있던 것과 비슷한 생각을 말하는 것 같았기 때문이었다.

"집단의 효율성은 무척이나 좋습니다. 가장 좋은 예로 규모의 경제라는 것을 아실 것입니다."

의사라는 사람이 규모의 경제 이야기를 하다니.

쉽게 생각하면 물건을 한 명이 만드는 것보다는 열 명이 만드는 것이 생산 대비 비용이 더 적게 든다는 것이다.

하지만 지금은 규모의 경제만으로 설명할 수 없는 상황이었다.

백 명이 넘어가는 저 사람들은 고물상에 있는 열 명도 안 되는 우리에게 순식간에 학살당할 수 있었다.

"물론, 우리 병원 사람들이 모두 모여도 이성필 사장님 한 분만 못 한 것은 알고 있습니다."

마치 내가 무슨 생각을 할 것인지 예상하고 있는 것 같았다.

아니면 내 표정을 살피며 순간적으로 판단하는 것일지도 모른다.

김수호의 눈은 내 눈만 보는 것이 아니었다.

조금씩 움직이는 것이 눈은 물론, 얼굴 표정까지 세세하게 보는 것 같았다.

"하지만, 이성필 사장님 혼자서 모든 것을 하실 수 없으신 것 또한 사실입니다. 굳이 나서지 않으셔도 될 일에 나섰다가 더 중요한 것을 지키지 못하는 일도 생길 테니까요."

우선순위를 말하는 것 같았다. 만약, 내가 무언가를 구하기 위해 다른 곳으로 갔을 때 거대 소나무 같은 놈이 나타나 고물상을 박살 낼 수도 있었다.

"그런 일들을 저희가 할 수 있습니다."

그것뿐인가 싶었다. 크게 매력적인 것은 아니었다.

수백 명을 상대할 수 있는 거대 꿀벌 집단과 아방토 같은 괴물 식물을 이용하면 된다.

김수호의 눈이 흔들리는 것이 보였다.

역시 내 표정을 보고 지금 내가 어떤 생각을 하는지 아는 것 같았다.

"그리고 이성필 사장님께서 더 빠르고 강해질 수 있도록 할 수도 있습니다."

짐작 가는 것이 있었다. 하지만 나는 김수호에게 물었다.

"어떻게요?"

"병원에서 더는 사람을 죽이지 않은 이유가 있었습니다. 괴물의 목숨을 마지막에 끊으면 역시 힘을 얻기 때문입니다. 그것을 알고 난 후부터 조직적으로 괴물을 사냥했습니다."

짐작대로였다.

"괴물을 사냥해 일정한 비율을 이성필 사장님에게 드리겠습니다."

"고작 이백 명도 안 되는 사람들 가지고요? 그리고 힘을 가진 사람은 오십 명 정도인 걸로 알고 있는데요."

"지금은 얼마 안 되지만 곧 늘어날 것입니다."

"어떤 방법으로요? 설마 저나 노 씨 아저씨 도움을 받겠다는 것은 아니겠죠?"

나와 노 씨 아저씨의 도움을 받을 생각은 하지 말라는 것이었다.

하지만 김수호는 애써 미소를 지으며 말했다.

"충성을 바치는 이들을 그냥 버리실 분은 아니시라고 생각합니다."

"혹시 모르죠. 나 살자고 다 버릴 수도 있어요."

"그럼 어쩔 수 없죠. 선택에 따른 결과니까요."

김수호는 이성필이 절대 그러지 않을 것을 알고 있었다.

최철민과 김민선 간호사에게서 들은 이성필의 성격.

그리고 이성필이 오민택 경비과장을 치료해 준 것 등을 생각했을 때 나온 결론이었다.

"그리고 사람들을 늘릴 방법은 있습니다."

"말해 봐요."

"저희가 있는 곳은 병원입니다. 병원에서 상처를 치료해 주고 보호해 준다면 사람들은 자연스럽게 모입니다."

나는 고개를 갸웃거릴 수밖에 없었다.

"약품에는 한계가 있을 텐데요."

"보여 드릴 것이 있습니다. 오해하지 않으셨으면 합니다."

김수호가 갑자기 품에서 작은 칼 하나를 꺼냈다.

그러더니 자신의 팔을 그었다. 5cm 정도 되는 상처가 나고 그곳에서 피가 나기 시작했다.

칼을 떨어뜨린 김수호는 주머니에서 바늘을 꺼냈다. 바늘에는 이미 실이 연결되어 있었다.

김수호는 바늘로 자신의 상처를 꿰매기 시작했다.

그리고 나는 김수호가 무엇을 보여 주려고 했는지 알았다.

내 눈에는 김수호의 상처에 붉은색 점이 보였으니까.

김수호가 상처를 꿰매는 순간 붉은색 점이 옅어지기 시작했다.

어느새 김수호는 자신의 상처를 다 꿰맸다.

"보시다시피 상처를 더 빨리 낫게 합니다."

김수호의 말대로 꿰맨 상처는 상당히 아물어 있었다.

"큰 상처는 꽤 힘이 들지만, 작은 상처 같은 경우는 그렇게 힘이 들지 않습니다."

"약품이 필요 없겠네요."

"네. 이 능력은 누구에게도 알리지 않았었습니다."

내 능력과 비슷한 것 같았다. 하지만 다른 점이 있었다.

"상처 치료만 가능한 건가요?"

"네. 외과 의사라 그런지 외상만 가능합니다. 오민택 경비과장의 경우는 외상이 깊어서 제 능력으로 치료할 수 없었습니다."

묻고 싶은 것이었는데 먼저 말해 주고 있었다.

그러니까 외상의 경우만 치료가 가능하고 현재 중상 환자는 치료를 못 하는 것 같았다.

"물론, 이성필 사장님의 능력과는 비교도 안 되는 것을 압니다."

최철민이 돌아가서 오민택 치료한 것을 말해 준 것이겠지.

이성식도 그렇고 최철민도 다른 능력이 나타났다.

그렇다면 앞으로 두 사람 같은 경우가 또 있을 수 있다는 생각이 들었다. 하지만 그렇다고 덥석 병원 사람들을 받아 줄 생각은 없었다.

"그건 모르죠. 그런데 그런 능력이면 굳이 여기에 와서 저에게 충성을 맹세할 필요가 있을까요?"

김수호는 쏩쏠한 표정을 지으며 말했다.

"이런 능력이 있어도 이강수 같은 놈에게 걸리면 이용만 당했을 겁니다."

"이강수라면……."

"이성필 사장님을 습격한 사람입니다."

"그러니까 직설적으로 말하면 이 근처에서 가장 강한 저에게
보호를 받겠다는 거네요."

김수호는 말을 돌리지 않았다.

"그렇습니다. 대신 충성을 맹세하고 할 수 있는 일을 다 하겠습니
다."

"김수호 씨는 그렇다 해도 만약, 저 사람들 중에 충성을 맹세하고
도 배신하는 사람이 나온다면 어떻게 할 건가요?"

"그건……."

김수호는 거기까지는 생각 안 한 것 같았다.

"직접 죽일 수 있나요?"

나는 김수호의 각오를 알고 싶었다.

김수호는 머뭇거리다가 굳은 표정으로 말했다.

"그렇게 하겠습니다."

김수호는 진심인 것 같았다.

"좋아요. 그럼 마지막으로 식량 문제는 어떻게 할 건가요."

"지금은 병원에 남은 식량으로 약 2달 정도 버틸 수 있습니다."

병원 구내식당은 하루에도 1천 명이 넘는 식사를 준비해야
했다. 병원 직원에 입원 환자까지 생각하면 당연한 일이었다.

"2달 안에 주변 땅에 작물을 심어 기를 생각입니다."

"그게 가능해요?"

"네. 저기 있는 사람 중에는 농사를 지었던 사람도 있고 건축을 한 사람도 있습니다."

병원은 어떻게 보면 여러 직업을 가진 사람이 모일 수 있는 곳이었다. 병은 직업을 따지지 않고 걸린다.

"아직 작물을 길러 보지 않은 거네요."

"그렇긴 합니다."

김수호나 저 사람들은 어떤 것이 괴물이 될 씨앗이고 어떤 것이 그냥 작물이 될 씨앗인지 구분하지 못할 것 같았다.

피해를 입고 나서야 조심할 것이다. 이것은 내가 알려 줘야 할 것 같았다.

"뭐가 됐든 우리는 이성필 사장님의 보호가 필요합니다. 부탁드리겠습니다."

김수호는 정말 간절하게 말했다.

다시는 이강수 같은 놈에게 휘둘리기 싫었기 때문이었다.

"좋아요."

내 말에 김수호의 눈이 커졌다.

"감사합니다."

"대신 한 가지는 알아 뒀으면 해요."

"어떤 것을……."

"만약의 경우 나 혼자 살자고 도망갈 수도 있어요."

김수호는 미소를 지었다.

"이성필 사장님께서 도망가실 정도면 정말 위험한 상황이겠네요."

"그렇겠죠?"

"그럼 따라서 도망가겠습니다."

"네?"

좀 당황스러운 대답이었다. 그리고 김수호는 진심인 것 같았다.

"진짜 그런 상황이 오면 같이 도망가겠다고요?"

"네. 그런 상황이 안 오기를 바라지만, 그런 상황이 오면 어쩔 수 없지 않습니까. 그렇다고 이성필 사장님 욕하면서 가만히 있을 수도 없고요."

어째 김수호란 사람도 특이한 성격을 지닌 것 같았다.

"알았어요. 앞으로 잘 부탁합니다."

나는 손을 내밀었다. 그러자 김수호가 두 손으로 내 손을 공손하게 잡았다.

나이 같은 것은 신경 쓰지 않는 것 같았다.

그런데 내 손을 잡은 김수호가 부르르 떨더니 이를 악물었다.

"으윽."

"왜 그래요?"

"죄송합니다. 머리가 좀……."

김수호는 급기야 내 손을 놓고 두 손으로 머리를 잡았다. 그리고 고개를 숙였다. 고통스러워하는 것이 분명했다.

그런데 내 눈에는 김수호의 머리에 붉은색 점이 보이지 않았다.

머리에는 문제가 없다는 것이다.

"괜찮아요?"

김수호는 이성필의 목소리에 깨질 것 같은 고통이 사라지는 것을 느꼈다.

그리고 또 한 가지가 사라지고 있다는 것도 알았다.

항상 저 깊숙한 곳에서 들려오는 유혹이었다. 사람을 죽여 힘을 빼앗으라는 유혹.

김수호는 자신도 모르게 고개를 번쩍 들었다. 그리고 이성필의 눈을 보자마자 깨달았다. 억누르고 억눌렀던 살인의 유혹이 사라졌음을.

"어? 울어요?"

김수호는 이성필의 말에 자신이 울고 있다는 것을 알았다.

"머리가 얼마나 아프길래 울기까지."

나는 이해할 수가 없어 김수호에게 물었다.

그런데 김수호가 웃기 시작했다.

"이제는 안 아픕니다. 당신은 진짜 나의 구원자이십니다."

"네?"

김수호가 한 발자국 다가와 다시 내 손을 잡으며 한쪽 무릎을 꿇었다. 그리고 이마를 내 손에 가져다 댔다.

그 모습이 너무 진지해서 막을 수 없었다.

"조금 전까지는 이해관계 때문에 충성을 맹세했다면…… 지금은 나의 구원자에게 충성을 맹세합니다."

나는 또 당황할 수밖에 없었다.

"구원자라니요?"

김수호는 자신의 이마를 내 손에 댄 상태로 말했다.

"순간순간이 지옥 같았습니다. 사람을 죽이고 싶은 유혹을 참아
야 했습니다."

김수호 역시 나와 비슷한 유혹을 느꼈던 것 같았다.

아니 힘을 얻은 이들은 다 비슷한 유혹을 느끼는 것이 분명했다.

"그런데 당신의 손을 만지고 나서 그 유혹이 사라졌습니다."

"진짜요?"

"네. 사라졌습니다."

김수호가 고개를 들었다. 그의 눈은 부담스러울 정도로 반짝였
다.

"나를 구원해 주신 당신께 드릴 부탁이 있습니다."

손은 좀 놓고 말했으면 했다. 하지만 김수호는 손을 놓지 않고
말했다.

"제게 주신 구원을 저들에게도 주셨으면 합니다."

"무슨 말인가요?"

"저들도 살인의 유혹을 느끼고 있습니다. 하지만 더 강한 힘을
지닌 이 때문에 참거나 괴물을 사냥해 그 유혹을 견뎠습니다.
그들을 구원해 주십시오."

간절한 목소리와 눈빛이 보였다.

"제가 어떻게……."

내가 김수호를 어떻게 구원했는지 모른다.

"그냥 충성 맹세를 들으며 손을 만져 주시면 됩니다. 그것이면 충분합니다."

진짜로 충분할까?

"그냥 손만 내밀어 주십시오. 그러면 됩니다."

손만 내미는 것이라면 어렵지 않은 일이었다.

"진짜 손만 내밀면 되는 거죠?"

"그렇습니다."

"알았어요."

"감사합니다."

김수호가 드디어 내 손을 놓고 벌떡 일어났다.

그리고 뒤로 돌아 소리쳤다.

"철민아!"

이쪽으로 오라는 손짓까지 하자 최철민이 달려왔다.

"선배 무슨 일이에요?"

최철민은 김수호가 변했다는 것을 알았다. 편안해 보였다. 그리고 김수호는 사람들이 많은 자리에서 자신의 이름을 이렇게 부르지도 않았다.

"너 나를 믿지?"

"믿는다고 했잖아요."

"그럼 이분께 충성을 맹세하며 손에 이마를 대라."

최철민은 이성필이 이런 행동을 요구한 줄로 착각했다.

조금은 마음에 안 드는 상황이었다. 하지만 어쩔 수 없다고 생각했다. 살아남으려면 이성필이 필요했다.

그렇다고 가짜로 충성을 맹세할 생각은 없었다. 현재는 진심으로 충성을 맹세할 것이다.

최철민은 이성필의 손을 잡고 이마를 대며 말했다.

"이성필 사장님께 충성을……. 으윽."

최철민 역시 김수호와 같이 양손으로 머리를 감싸는 것이 보였다.

그리고 곧 고개를 들었다.

최철민의 눈은 커져 있었다. 하지만 김수호처럼 울지는 않았다.

김수호가 최철민에게 말했다.

"편안하지 않아? 살인을 하고 싶은 생각이 사라지지 않았어?"

최철민은 고개를 끄덕였다. 김수호와 최철민은 살인의 유혹 때문에 많은 대화를 했었다. 그리고 힘이 강해질수록 살인의 유혹도 강해진다는 것을 알았다.

그 어떤 방법으로도 살인의 유혹을 없앨 수 없다고 생각했었다.

그런데 이성필의 손을 만지는 순간 그 유혹이 사라졌다.

김수호는 활짝 웃으며 말했다.

"당신은 우리의 구원자이십니다."

최철민도 내 손을 놓고 말했다.

"진짜 구원자시네요."

이거 분위기를 보니까 절대로 배신하지 않을 것 같았다.

그런데 광신도가 생긴 것 같아 조금 이상한 기분이 들었다.

10. 개와 닭

"하하. 구원자란 말은 좀 그렇네요."

내 말에 김수호와 최철민은 그냥 웃고 있었다.

김수호가 병원 사람들을 가리키며 말했다.

"모두 오라고 해도 되겠습니까?"

"네. 얼굴은 봐야겠죠."

"얼굴만 보시지 말고 손도 잡아 주셔야 합니다."

김수호는 꼭 그렇게 해야 한다는 눈빛을 하고 있었다.

손 한 번 잡는 것은 어렵지 않다고 생각했다.

"알았어요."

김수호가 최철민에게 말했다.

"가서 사람들 데리고 와. 우르르 몰려와서는 안 되는 것 알지?"

"알아요. 일렬로 줄 세울 테니까 걱정 마요. 선배."

최철민은 병원 사람들이 있는 곳으로 뛰어갔다.

나는 정수에게 거대 꿀벌이 공격하지 않도록 하라고 말했다.

거대 꿀벌이 물러나고 사람들이 일렬로 다가오기 시작했다.

그리고 나와 한 명씩 인사를 했다.

그런데 어렵지 않을 줄 알았던 악수가 이렇게 힘든 것일 줄 몰랐다.

150명 가까이 되는 사람의 손을 한 번씩 잡아 주는 시간도 꽤 걸렸다.

그런데 힘을 지닌 사람들과 손을 잡고 난 후에는 두 가지 반응이 일어났다.

김수호와 최철민과 비슷하게 두통을 느끼는 사람과 아무렇지 않은 사람이었다.

150명에 가까운 사람과 인사가 끝날 때쯤, 김수호와 최철민이 두통을 느끼지 않은 12명을 모아 놨다.

그리고 김수호는 내 옆에서 그들에게 물었다.

"솔직하게 대답하기를 바랍니다. 이성필 님에게 충성을 맹세할 마음이 없나요?"

12명의 표정은 가지각색이었다. 하지만 한 가지 확실한 것은 김수호가 정확하게 지적한 것이다.

12명은 당황하고 있었다.

"그러고 보니 당신들 이강수의 사람들이었네요."

김수호의 말에 12명 중 한 명이 앞으로 나섰다.

"사실 의사 선생이 하라고 하니까 한 거요. 우리는 쉽게 의리를 저버리지 않아요."

"그러니까 아직도 이강수의 부하라는 건가요?"

"형님은 죽었으니까. 뭐 그건 아니지. 하지만 우리는 의사 선생을 따르기로 한 거지 저 양반을 따르기로 한 건 아니요."

대답을 들은 김수호는 한숨을 내쉬는 것 같았다.

"생각을 바꾸는 것은 어때요?"

남자는 고개를 저었다.

"의사 선생이 없다면 몰라도, 우리는 의사 선생을 따르기로 해서."

김수호도 저들을 어떻게 할 수 없는 것 같았다.

그런데 내 눈에는 저들이 기회를 노리는 하이에나 같아 보였다.

언제든 자신들의 이익을 위해서 생각이 바뀌는 그런 놈들.

김수호와 대화하면서도 눈동자가 움직이고 있었다.

특히나 오른쪽 아래로 자꾸 움직이는 것은 즉석에서 자신의 마음을 이야기하는 것이 아니라 새로운 이야기를 만들어 내는 것이다.

그리고 손의 움직임을 보니 오른손잡이가 분명했다.

따로 훈련받은 경우가 아니라면, 사람이 거짓말을 할 때는 표정과 시선 처리에 자연스럽게 드러난다. 즉, 거짓말을 하고 있다.

저들은 언젠가는 문제를 일으킬 것이 분명해 보였다.

"김수호 선생님."

"네."

"저 12명 꼭 필요한가요?"

김수호는 이성필이 자신에게 왜 이런 말을 하는지 알 것 같았다. 하지만 그래도 이성필의 생각을 확실하게 알아야 했다.

"마음에 안 드신다면 병원에서 내보내겠습니다."

김수호의 말에 나섰던 남자가 소리쳤다.

"의사 선생! 우리는 의사 선생에게 충성한다니까!"

김수호 역시 그 남자에게 버럭 소리쳤다.

"그럼 이성필 님에게 충성을 맹세하면 될 것 아닙니까!"

"……."

남자의 표정이 일그러졌다. 그리고 분위기가 이상해졌다.

"김수호 선생님! 군이 설득할 필요 없어요."

김수호는 내 말에 미안한 표정을 지었다.

"다 자기 선택 아니겠어요? 하지만 그 선택에 따른 결과는 책임져야겠죠. 정수야! 저 사람들 도망 못 치게 해라."

"네. 대장님."

거대 꿀벌이 순식간에 몰려와 12명을 에워쌌다.

그리고 노 씨 아저씨가 일본도를 들고 앞으로 나섰다.

12명은 흠칫거리며 뒤로 물러났다.

"김수호 선생님은 남은 사람들 병원에 데려다주고 다시 오세요."

"이성필 님……."

김수호는 12명을 살리고 싶었다. 살인의 유혹이 사라지자 그런 마음이 더 커진 것이었다.

하지만 이성필의 결정을 반대할 수는 없었다.

"죽일 생각은 없어요."

"그렇다면……. 알겠습니다."

김수호는 최철민과 함께 병원 사람들을 데리고 돌아갔다.

그들의 모습이 멀어지자 나는 12명에게 말했다.

"한 명씩 내 앞으로 와요."

하지만 12명 중 그 누구도 움직이지 않았다.

"그럼 그 자리에서 죽든지요. 정수야 다리에 몇 방 쏴 줘."

"네!"

거대 꿀벌의 배가 12명을 향했다. 그리고 수십 발의 벌침이 그들을 향해 날아갔다. 12명은 피하려고 했지만, 벌침의 숫자가 너무 많았다.

한 사람이 최소 2발 이상 맞았다.

모두 벌침을 맞고 쓰러졌다.

"왜……. 왜 이러는 겁니까! 분명 안 죽인다고 하지 않았습니까!"

김수호와 대화하던 남자였다.

"안 죽이려고 이러는 겁니다."

나는 가장 앞에 있는 그 남자에게 다가갔다.

남자는 손으로 바닥을 짚으며 뒤로 물러섰다. 하지만 노 씨 아저씨가 일본도를 목에 대니 멈출 수밖에 없었다.

"어디 보자. 목과 어깨 그리고 어디인가?"

나는 거침없이 남자의 상의를 찢었다.

양쪽 팔의 붉은색 점도 진하긴 했지만, 심장 부근의 붉은색 점이 가장 진했다.

이곳이 약점이 분명했다.

가장 진한 붉은색 점에 손을 댔다. 내 몸에서 에너지가 빠져나가기 시작했다. 그리고 붉은색 점이 옅어졌다.

그런데 다른 곳의 붉은색 점 역시 옅어지기 시작했다.

남자가 눈을 크게 뜨고 소리쳤다.

"뭐…… 뭐 하는 겁니까!"

"힘을 빼앗는 겁니다."

이강수라는 사람을 잡을 때 안 것이다.

사람에게서도 힘을 빼앗아 원래대로 돌아가게 할 수 있다는 것을.

붉은색 점이 모두 사라지자 에너지가 다시 내게 들어왔다.

남자는 망연자실한 표정을 짓고 있었다. 허탈한 것 같기도 했다.

"어떻게 이럴 수가……"

저 남자가 어떤 감정이든 상관없었다.

냉정할 때는 냉정해야 했다.

내 사람이 아니다 싶으면 매몰차게 버려야 한다고 생각했다.

어쨌든 사람을 죽이지 않고도 힘을 얻을 수 있었다. 하지만 느낌으로는 약간의 차이가 있는 것 같았다.

완벽하게 죽일 때와 원래대로 되돌려 놓을 때 내게 들어오는 에너지가 달랐다.

"다음으로 가죠."

"네. 대장님."

노 씨 아저씨는 일반인이 된 남자를 두고 가까운 다른 남자를 제압했다.

이번에는 일본도를 사용하지 않았다. 그냥 힘으로 옷을 찢은 다음 팔을 잡은 것이었다.

내가 편하게 힘을 빼앗을 수 있도록 하는 것 같았다.

다음 남자 역시 심장 부근에 진한 붉은색 점이 있었다.

나는 손을 댔다. 똑같이 에너지가 빠져나간 다음 붉은색 점이 사라지자 다시 에너지가 들어왔다.

소모된 에너지만 채워지는 것이 아니었다. 사용할 수 있는 에너지의 양도 늘어나는 것이 느껴졌다.

이제는 능력을 사용하면 사용할수록 몸 안의 에너지를 더 확실하게 느낄 수 있었다.

이런 방식으로 12명을 일반인으로 되돌려 놨을 때 병원이 있는 방향에서 한 사람이 뛰어오는 것이 보였다.

김수호였다. 꽤 빠른 속도였다.

금방 도착한 김수호는 주저앉아 피를 흘리는 12명을 보더니 씁쓸한 표정을 지으며 내게 다가왔다.

그렇지 않아도 김수호가 필요한 일이 있었다.

"김수호 선생님."

"네."

"이 사람들 이제 힘이 없는 일반인이에요."

김수호는 이해하지 못하는 것 같았다.

"나중에 설명해 줄게요. 지금은 김수호 선생님이 저 사람들 치료해 줬으면 해요."

"알겠습니다."

김수호는 주저앉은 이들을 치료하기 시작했다. 다리에 박힌 침을 과감하게 뽑고는 주머니에서 바늘과 실을 꺼내 상처를 꿰매기 시작했다.

상처가 아무는 것이 보였다. 그리고 꿰매는 통증도 못 느끼는 것 같았다.

마취 능력도 있는 건가 싶었다.

"소독을 안 해도 되나 보네요."

김수호는 사람들을 치료하며 대답했다.

"네. 이 정도 상처는 거의 아물어서 감염에 의한 염증 같은 것은 생기지 않는 것 같습니다."

김수호는 자신의 능력을 여러 번 실험해 본 것 같았다.

어쩐지 의사가 치료 도구를 소독도 안 한다 싶었더니.

나는 김수호가 12명을 다 치료할 때까지 기다렸다.

"고생하셨어요."

"아닙니다."

"그럼 안에 들어가서 이야기 좀 할까요?"

"네."

"정수야. 친구들에게 이 사람들 도망치지 못하게 지키라 해."

"네. 대장님."

거대 꿀벌이 12명을 둘러쌌다. 능력도 없는 저들이 거대 꿀벌을 뚫고 도망칠 수는 없을 것이다.

"아! 그리고 도망치려 하거나 공격하면 죽이지만 않으면 돼."

"친구들에게 그렇게 말해 놓을게요."

정수가 거대 꿀벌에게 지시하는 것을 보며 나는 고물상 안으로 들어갔다.

노 씨 아저씨와 이연희, 오민택 그리고 김수호는 내 뒤를 따라왔다.

* * *

고물상 안으로 들어와서 밥을 먹던 곳에 멈췄다. 그리고 모두를 모이게 했다.

노 씨 아저씨, 신세민, 이연희, 김정수, 아주머니와 이수진 그리고 남동생 이주영, 오민택 부부와 김수호 그리고 나까지 모두 11명이었다.

어쩌다 보니 3명이 전부였던 이곳이 11명이나 있게 됐다.

김수호는 병원으로 돌아갈 것이니 실제로 고물상에 머무는 사람은 10명일 것이다.

"대충 자리 잡고 앉죠."

식탁으로 사용했던 평상에 몇 명이 앉고 나머지는 플라스틱 상자에 앉았다.

"제가 모이라고 한 것은 여러분도 알아야 할 것은 알아야 한다고 생각해서예요."

모두 내가 무슨 말을 하려는지 궁금한 표정을 짓고 있었다.

"제 능력을 대부분 알고 있을 겁니다. 무언가를 고치는 능력이죠. 그것이 사람이든 기계든 상관하지 않고요."

김수호와 오민택 부부만 놀라고 있었다.

"그런데 한 가지 더 있는 것 같아요. 나에게 어느 정도 호감이 있는 사람은 마치 나를 맹목적으로 신뢰하게 됩니다."

이 말을 하며 나는 사람들의 표정을 살폈다.

모르고 있을 때와 알게 되었을 때의 심리적인 반응은 다르기 때문이었다.

자신이 원해서 그런 것이 아니라 내 능력 때문에 그렇게 되었다는 것을 알게 되면 배신감을 느끼지 않을까 하는 생각 때문에 이 자리를 만든 것이었다.

그런데 여기 있는 이들은 '그래서요?'라는 듯한 표정을 짓고 있었다.

"자의가 아닌 내 능력 때문에 신뢰하게 되는데 괜찮아요?"

내 질문에 노 씨 아저씨가 먼저 대답했다.

"제가 알기로는 그 능력은 최근에 더 강해진 것 같습니다. 처음에는 그렇게 강하지 않으셨습니다."

생각해 보니 노 씨 아저씨의 말이 맞는 것 같았다.

"그것을 생각해 보면 저나 이연희 씨 그리고 정수 같은 경우는 꼭 대장님의 강해진 능력 때문에 신뢰하는 것은 아닙니다."

"그런가요?"

내가 고개를 갸웃거리자 이연희가 입을 열었다.

"맞아요. 내가 오빠를 좋아……. 아니 신뢰하게 된 이유는 처음 만났을 때 죽일 수 있는데도 안 죽인 것도 있지만, 나 대신에 원수를 갚아 준 것 때문이기도 해요. 난 원수를 갚을 수 있다면 내 생명까지도 바치겠다고 맹세했거든요."

이연희의 원수라면 부모님을 죽인 김규열을 말하는 것이 분명했다.

어쩔 수 없는 상황이기는 했지만, 내가 김규열을 죽인 것은 맞았다.

"제가 갈 곳이 없어서 대장님에게 오긴 했어도 할머니 원수 갚아 주신 대장님에게 은혜 갚을 생각이 더 커요."

정수의 말에 의하면 할머니는 마트 앞에 있던 거대 장미에게 죽음을 당했다.

"에이. 난 또 뭐라고."

신세민이 입을 삐쭉 내밀었다.

"사장님 아니었으면 여기 있는 사람 모두 어떻게 됐을지 몰라요. 그리고 전 예전부터 사장님 직원이니까 당연히 신뢰하죠. 우리 하루 이틀 봐요?"

"세민이 너야 그렇지만……."

나는 수진이를 쳐다봤다. 수진이는 다른 경우였다. 내가 만진 주황색 돌로 능력을 얻었다.

수진이는 나와 눈이 마주치자 방긋 웃으며 말했다.

"저도 세민 오빠 말에 맞는다고 생각해요. 사장님 아니셨으면 엄마나 저나 동생 모두 죽었을 거예요. 당연히 신뢰할 수밖에 없죠. 그건 사장님 능력과는 다른 문제인 것 같아요."

나는 자연스럽게 오민택에게 고개를 돌렸다. 그러자 오민택도 고개를 끄덕이며 말했다.

"목숨을 구해 주셨는데 당연히 신뢰할 수밖에 없습니다. 그리고 마음에 평안을 주셨으니 더 신뢰할 수밖에 없고요."

김수호는 어떻게 생각할까?

내가 고개를 돌리자마자 김수호가 자리에서 일어났다.

"저는 이성필 님……. 아니 저도 대장님이라고 부르겠습니다."

"그렇게 하세요."

"감사합니다. 대장님을 처음부터 믿을 수밖에 없는 상황이었습니다. 신뢰와는 다른 것이었습니다. 하지만 대장님의 평소 행동이나 인품 같은 것을 들었을 때 믿을 수 있는 사람이라고 생각했습니다."

인품이라니.

그런 말을 들을 정도까지는 아닌 것 같은데.

"그리고 대장님의 능력 때문에 신뢰할 수 있게 되었다 해도 상관없습니다. 저나 최철민 같은 경우 살인에 대한 충동을 억누르느라 정말 괴로웠으니까요."

저 말은 조금 이해가 됐다. 나 역시 살인에 대한 충동을 억누르고 있었다.

이제는 내 옆에 있는 이들을 죽이고 싶은 생각은 거의 들지 않았다.

"그런데 대장님의 손을 잡은 다음부터 살인에 대한 충동이 사라졌습니다."

김수호의 말에 오민택이 반응했다.

"아! 그러고 보니 저도 사라졌습니다."

"어? 나도 그러네?"

이연희도 몰랐던 사실을 알았던 것처럼 반응했다.

"저도 요즘에는 그런 생각이 안 들어요."

정수까지 같은 반응이었다.

아무래도 나의 또 다른 능력을 알게 된 것 같았다.

아니 어쩌면 무언가를 고치는 내 능력 때문인 건가 싶기도 했다.

살인에 대한 충동 역시 정상적인 사람이라면 없는 것이니까.

나는 내 손을 봤다.

손만 대면 뭐든지 다 고치는 것 같았기 때문이었다.

"대장님?"

나는 노 씨 아저씨의 말에 고개를 들었다.

"손에 문제가 있으신가요?"

"아니요."

너무 오래 내 손을 쳐다본 것 같았다.

"대장님의 손은 정말 중요합니다."

노 씨 아저씨는 웃으며 말했다. 생각해 보니 만약, 사고로 손이 없어진다면 내 능력이 제대로 발휘될까 하는 의문이 들었다.

"누구나 손은 중요하죠. 손이 없으면 불편하니까요."

나는 그냥 말을 돌렸다. 안 좋은 생각을 하면 꼭 일이 일어나기 때문이었다.

"모두 제 능력을 좋게 생각해 주니 고맙네요."

이건 진심이었다. 나도 사람이다. 이 중에서 한 명이라도 내 능력을 불편해했다면 아무렇지 않은 척하면서도 속으로는 신경이 쓰였을 것이다.

"자! 그럼 병원 사람들이 합류하게 되면서 그동안 생각만 했지 말하지 않았던 것을 말하려고 합니다."

모두 또 어떤 말을 하려고 그러는지 궁금한 것 같았다.

"사실 제가 지구 멸망에 관심이 좀 있었거든요. 그래서 인터넷 채널도 보고 생존에 관한 책도 많이 봤어요."

"관심 정도가 아니었잖아요. 아예 진짜 지구가 멸망할 것을 아는 것처럼 열심히 봤으면서."

이럴 때 안 끼어들면 신세민이 아니지.

"아직 멸망 안 했다."

"그나마 다행이죠."

신세민이 말대답을 하자 옆에 있던 이연희가 신세민의 팔을 꼬집었다.

"아! 왜요?"

"오빠 말하는데 자꾸 끊을래? 좀!"

"알았어요."

신세민의 천적은 이제 이연희 같았다.

"흠흠. 이어서 말할게요. 지구가 멸망의 길을 간다면……. 아니 인간이 멸망으로 간다는 것이 맞겠네요."

지금 상황을 보면 지구 멸망보다는 인간 멸망이 맞는 것 같았다. 사람이 사람을 죽이고 싶어 하고 이상한 괴물들은 사람을 사냥하니까.

"이런 일이 일어났을 때 어떻게 해야 하나 생각을 많이 했었어요. 정확하게 말하자면 상상이었죠. 첫 번째로 안전한 곳을 확보하고 두 번째로 식량을 비축하는 것."

이상한 일이 일어난 날 바로 마트로 간 이유였다.

내가 멸망에 대비하는 일에 최고의 관심을 가질 때였다.

"세 번째로 살아남은 사람들이 모여서 집단을 이룰 때 어떻게 해야 하는가였죠."

이 세 번째가 가장 고민이었다.

지금처럼 능력이 없는 일반인이라는 가정하에 상상을 했었으니까.

"처음엔 식량 문제 때문에 많은 사람을 받아들일 생각은 없었어요."

그때는 마음 단단히 먹고 냉정하게 받지 않을 생각이었다.

죽이는 한이 있더라도.

나와 이곳에 있는 이들의 안전이 최우선이었다.

"식량은 어느 정도 해결 가능하게 되자 다시 생각을 했죠."

오민택 부부와 김수호가 놀라는 것 같았다.

저들은 아직 씨앗을 심어 작물을 재배할 수 있다는 것을 모른다.

"어떻게 식량을 해결할 수 있는지는 나중에 보여 줄게요. 그러니까 살아남은 사람들과 함께할 수 있는 것을 고민했어요. 그 고민을 오늘 김수호 선생님과 병원 사람들이 어느 정도 해결해 줬고요."

전에 신세민과 한 대화가 있었다.

난 고물상에 있는 이들을 지키겠다고 다짐했었다.

그래서 외로운 자리인 것을 알면서도 리더가 됐다.

내 눈앞에 놓인 상황을 그냥 모른 척할 생각은 없었다.

그리고 내가 능력이 되는데도 다른 사람들을 받아들이지 않을 생각도 없었다.

"김수호 선생님이 말했듯이 사람은 집단을 이루어 사회를 만들죠. 어차피 만들어질 수밖에 없는 집단이라면 제 생각대로 할 겁니다. 만약, 저보다 더 뛰어난 사람이 나타난다면 그 자리를 넘겨줄 수도 있고요."

다른 지역은 어떻게 됐을지 모른다. 하지만 분명 살아남은 이들이 있을 것이다.

그들 역시 집단을 이룰 것이다. 그리고 집단을 이끌 정도면 능력이 뛰어나겠지.

"그렇다고 그냥 막 넘겨줄 생각은 없습니다. 충분히 검증해야겠죠."

조금 불안한 눈빛들을 하고 있었다.

"그건 나중에 생각하고 전 이 지역을 완벽하게 장악할 생각이에요."

내 말을 듣자 불안한 눈빛이 사라졌다.

"이곳 고물상은 지휘 본부가 됩니다. 병원은 거점으로 사용될 겁니다."

나는 김수호를 보며 말했다.

"김수호 선생님은 병원을 관리하면서 이 지역의 생존자를 수색하고 치안을 확보하세요."

"알겠습니다."

"병원을 괴물에게서 안전하게 만드는 일은 제가 하죠."

고물상과 병원 주변에 괴물 씨앗을 심을 생각이었다.

"그리고……."

앞으로 어떻게 할지 의논하기 시작했다.

나만 의견을 내는 것이 아니었다. 김수호도 노 씨 아저씨도 모두 자신이 아는 것을 총동원해서 서로 의견을 내도록 했다.

* * *

타다당! 투캉!

군인들이 방어선을 만들어 놓고 괴물들의 접근을 막고 있었다.

소총이나 기관총 같은 것들은 사용이 가능했기 때문이었다.

하지만 소총이나 기관총으로는 괴물이 접근하는 시간만 지연시킬 뿐이었다.

죽일 수는 없었다.

방어선 전체를 살펴보던 705 특공연대장 이필목 대령은 작전과장인 김선수 대위에게 명령했다.

"3시에 진검대 투입해!"

"네!"

김선수 대위는 파란색 깃발을 들어 신호를 보냈다.

그러자 군복을 입은 수십 명이 3시 방향으로 뛰어가기 시작했다. 그들의 손에는 날이 잘 선 군용 대검이 쥐어져 있었다.

이들은 모두 힘을 지녔다.

평범한 인간이라고는 생각할 수 없는 초능력 같은 힘을.

705 특공연대장 이필목 대령은 이런 이들을 모아 진검대라는 부대를 만들었다.

괴물을 상대하기 위해서는 괴물 같은 힘을 지닌 이들이 필요했기 때문이었다.

3시 방향에 투입된 진검대 수십 명은 송아지만 한 닭을 상대하기 시작했다. 닭들이 날개를 펼치면 황소보다 더 크게 보인다. 그렇게 위협을 하면서 부리로 쪼고 날아올라 발로 찍는다.

하지만 진검대는 익숙하게 좌우로 피하며 닭의 다리를 자르거나 뛰어올라 날개를 잘랐다.

처음에는 진검대도 이 괴물 닭에게 피해를 많이 입었었다.

하지만 하루에 한 번 이상 공격하는 괴물 닭을 상대하다 보니 이제 익숙해졌다. 피해를 거의 입지 않고 격퇴할 정도였다.

그렇다고 괴물 닭을 모두 죽일 수 있는 것은 아니었다.

숫자가 너무 많았다. 한번 공격할 때마다 최소 수백 마리의 괴물 닭이 몰려왔다.

3시 방향의 괴물 닭이 뒤로 물러나자 진검대도 방어선 뒤쪽으로 후퇴했다.

조금 쉬었다가 다시 다른 방향에 투입될지도 모르기 때문이었다. 그리고 진검대는 또 방어선이 뚫릴 것 같은 곳으로 투입됐다. 그렇게 3시간 정도 전투가 계속됐다.

* * *

"연대장님 고생하셨습니다."

"고생은 내가 했나? 병사들이 했지."

"그래도 연대장님의 적절한 지휘가 아니었다면 벌써 방어선이 뚫렸을 것입니다."

김선수 대위의 말에 이필목 연대장은 씁쓸한 감정을 느꼈다.

동시에 미안하기도 했다. 김선수 대위를 세뇌에 가깝게 조종하고 있었기 때문이었다.

김선수 대위뿐만 아니었다. 힘을 지닌 이들 모두가 이필목 연대장에게 정신을 조종당하고 있었다.

"주변 정찰은 어떻게 됐나?"

김선수 대위의 표정이 어두웠다.

"현재 포천시 외곽은 괴물들이 장악한 것으로 파악됐습니다. 생존자는 없습니다."

이상한 일이 일어나고 2일 동안은 지옥 같았다. 지금도 지옥이지만 그때는 세상이 멸망한 줄 알았다.

동료가 동료를 죽이고 사방에서 총소리가 들렸다.

이필목 연대장도 죽을 뻔했다. 하지만 어떤 이유에서인지 몰라도 살아났다.

딸인 수진이에게 준 것과 같은 주황색 돌멩이 때문인 것은 몰랐다. 그리고 살아남기 위해서 싸우다가 우연히 자신의 능력을 알게 됐다.

상대방의 정신을 조종할 수 있었다. 하지만 조종할 수 있는 사람과 없는 사람이 있었다.

그는 먼저 조종할 수 있는 사람을 모아 조종할 수 없는 사람을 정리해 나갔다. 그러면서 자신의 능력도 더 강해진 것을 알았다.

그렇게 705 특공연대를 다시 장악할 수 있었다.

"김 상사 분대는 아직인가?"

"아무래도 목표를 발견하지 못한 것 같습니다."

이필목 연대장은 자신의 가족을 데려오기 위해 특공 분대 하나를 보냈었다.

하지만 3일이 지나도 돌아오지 않았다. 정인 식당과 집에 가서도 가족을 못 찾으면 그냥 돌아오라는 명령까지 내렸었다.

"발견하지 못한 것이 아니라 죽었겠지. 진짜 괴물을 넘지 못한 것일지도."

이필목 연대장이 말하는 진짜 괴물은 거대 소나무였다.

3일 차에 발견한 빌딩 크기의 소나무는 주변에 소나무들을 부하처럼 거느리고 있었다.

705 특공연대 근처 마을 입구에 있던 소나무가 변한 것 같았다.

705 특공연대까지 거대 소나무의 영역이었다.

이필목 연대장은 필요한 것들만 챙겨서 포천시로 이동했다.

그리고 포천시를 장악하고 민간인을 보호하며 방어선을 쳤다.

"징집은?"

"진검대까지 동원해서 진행 중입니다."

포천시에도 살아남은 사람들이 있었다. 하지만 대부분이 사람을 죽인 이들이었다.

그들을 강제 징집 중이었다.

눈이 붉은색이니 피할 수가 없었다. 이필목 연대장은 그들의 정신도 조종할 생각이었다.

그래야 불필요한 살인을 막을 수 있었다.

"연대장님, 가시죠. 살아남은 닭 드셔야죠."

김선수 대위는 농담처럼 말했다.

이필목 연대장이 가진 정신 조종 능력의 특징은 상대방이 조종당하는 것을 모른다는 것이다. 평소처럼 행동했다.

그리고 날개나 다리를 다쳐 도망치지 못한 거대 닭의 절반은 이필목 연대장이 죽인다. 괴물을 죽이면 힘이 더 강해지는 것을 알기 때문이었다.

나머지 절반은 진검대나 김선수 대위 같은 중요한 이들의 몫이었다. 이필목 연대장 혼자 힘이 강해진다고 해서 포천시 전체를 혼자서 방어할 수 없기 때문이었다.

"그래. 가지."

이필목 연대장은 애써 가족 생각을 지웠다.

지금은 한 사람의 군인으로서 영토와 국민의 생명을 지키는 것이 우선이었기 때문이었다.

* * *

'꼬오?'

'꼬고고고꼭.'

'꾸오옥.'

넓은 논에 최소 송아지만 한 닭들이 앉아 있었다.

그 숫자가 엄청났다.

그중에서도 가장 큰 수탉이 주변 닭에게 화를 내고 있었다.

괴물로 변하면서 닭들은 서로 의사소통이 가능해졌다.

가장 큰 수탉이 이들을 지휘하는 것 같았다.

지휘 수탉은 포천 공격이 실패한 것에 대해 화를 내는 중이었다.

이 일대는 괴물 닭들이 장악했다.

살아남은 인간도 없었다. 그뿐만 아니었다. 무리 짓지 않은 괴물도 닭들의 공격 대상이었다.

'꼬꼬고옥.'

화를 내던 수탉은 한 마리 닭의 말에 화내던 것을 멈췄다.

주변을 장악한 거대 세력인 닭들도 절대 상대할 수 없는 괴물이 하나 있었다.

빌딩만 한 거대 소나무였다.

호기롭게 한 번 덤볐다가 2백여 마리가 죽었다.

지휘 수탉도 죽을 뻔했었다.

그런데 한 닭이 그 거대 소나무가 상처를 입고 돌아왔다는 것을 알렸다.

'꼭꼬옥. 꼭꼭꼬곡.'

지휘 수탉은 닭들에게 명령을 내렸다.

거대 소나무가 진짜 움직이지 못하는지, 얼마나 다쳤는지 알아오라는 것이었다.

닭 1백 마리 정도가 일어났다.

그리고 거대 소나무의 영역을 향해 달려갔다.

* * *

거대 소나무의 영역을 향해 갔었던 닭 중 살아 돌아온 것은 50마리였다.

절반이나 살아 돌아온 것이었다.

지휘 수탉은 한 마리도 못 돌아올 줄 알았다.

살아 돌아온 닭을 통해 안 것은 거대 소나무가 더는 뛰지 못한다는 것이었다.

가장 위협적인 공격이 뛰는 것이었다.

피할 사이도 없이 하늘에서 떨어지는 거대 소나무에 깔려 죽는다.

하지만 주변에는 접근할 수 없었다.

나뭇가지로 쓸어버리는 공격과 솔방울 공격은 아직도 위협적이었다.

더군다나 거대 소나무를 따르는 소나무들도 있었다. 그 숫자가 많이 줄어서 20마리 정도였다.

거대 수탉은 벌떡 일어나 포효했다.

[꼬끼오!]

밭에 앉아 있던 약 800마리의 닭들이 일제히 반응했다.

지휘 수탉은 오른쪽 날개를 들어 남쪽을 가리켰다.

그러자 800마리의 닭들이 몸을 일으켜 남쪽을 향해 달리기 시작했다.

두두두두두.

땅이 울릴 정도였다.

닭 무리는 도로를 따라 남쪽으로 이동하는 것이었다.

지휘 수탉은 거대 소나무가 움직이지 못하는 이 기회에 남쪽으로 근거지를 옮길 생각이었다.

포천 근처에는 더는 먹잇감이 없었다.

인간들이 필사적으로 방어하는 곳은 귀찮았다.

사실 귀찮기보다는 그곳에 두려운 한 존재가 느껴지기 때문이었다.

그래서 지휘 수탉은 자신이 직접 나서지 않았다.

항상 부하만 보낸 것이었다.

거대 수탉은 본능적으로 남쪽에 더 많은 먹잇감이 있다는 것을 느꼈다.

이 닭들의 이동 경로에는 병원과 이성필의 고물상이 있었다.

앞으로 어떻게 할 것인지 회의를 한 다음 김수호에게 고물상을 둘러보게 해 줬다.

아방토와 고추나무 등을 보고 놀라워했다.

김수호는 어떻게 식량을 확보할 것인지 알게 되어 기뻐했다.

나중에는 벼농사도 가능할지 실험해 보는 것이 어떠냐는 의견도
냈다.

대한민국 사람이라면 주식으로는 아무래도 쌀이 좋을 것 같기는
했다.

나중에 볍씨도 구해서 해 보기로 하고 김수호 그리고 오민택과
함께 병원으로 갔다.

오민택이 병원에 같이 가는 이유는 김수호의 요청 때문이었다.

남은 30여 명의 힘을 지닌 이들을 관리할 적임자라는 이유였다.

나 역시 오민택이 병원에서 힘을 지닌 이들을 관리하는 것이
좋다고 생각했다.

경험 때문만은 아니었다. 오민택이 병원의 무력을 장악하는
것이 곧 내가 병원의 무력을 장악하는 것이나 다름없다는 계산도
있었다.

그리고 오민택을 제어할 수단도 있었다.

오민택의 부인은 고물상에서 계속 지낼 것이기 때문이었다.

충성 맹세를 했는데도 이렇게 하는 것이 과하다고 생각할지도
모른다. 하지만 세상일은 모른다.

전혀 상상할 수 없는 일이 지금 일어나는 것처럼 또 다른 상상할
수 없는 일이 일어날 수도 있다는 생각을 했다.

생각해 내고 대비할 수 있다면 하는 것이 나중에 일이 일어나고
나서 후회하는 것보다는 나으니까.

* * *

병원에 도착해서 먼저 한 일은 주변을 살피는 것이었다.

노 씨 아저씨가 병원에 침투할 때의 상황을 말해 줬었다.

김수호와 오민택은 그것을 듣고 부끄러워했다.

"방울토마토 씨앗과 고추 씨앗은 충분하니 경비가 허술한 곳에 심으면 되겠네요."

30여 명으로는 넓은 병원 전체의 경비가 어려웠다.

더군다나 생존자 수색을 위해서 움직여야 하니 병원 경비가 더 취약해질 수밖에 없었다.

"감사합니다. 대장님."

"감사받을 일은 아니죠. 제가 보호해야 할 사람들인데. 그 대가로 얻는 것이 있으니까요."

김수호는 이성필이 일부러 저렇게 말한다는 것을 느꼈다.

일종의 방어 심리다.

냉정해지려고 노력하는 생각에서 나온 것으로 판단했다.

의사로서의 지식으로 알게 된 것이었다.

하지만 지식과는 별개로 이성필의 행동을 보면 말과는 다르다는 것을 느꼈다.

이성적인 것 같으면서도 감성적인 사람.

김수호는 그런 이성필에게 더 빠져들고 있었다.

"그럼 작물을 키울 분들을 보러 갈까요?"

"그러시죠."

나와 김수호 그리고 오민택은 병원 안으로 들어갔다.

다시 만난 사람들 대부분은 나를 어려워하고 있었다.

아니 두려워하는 것 같았다.

김수호가 앞으로 나섰다.

"이성필 대장님이 직접 와서 우리의 안전을 지킬 방법을 알려 주셨습니다. 그런 표정과 눈빛은 안 했으면 좋겠습니다. 이성필 대장님은 이강수 같은 폭군이 아닙니다."

김수호의 말에도 사람들은 쉽게 눈빛을 바꾸지 못했다.

나를 두려워하는 이들은 모두 힘을 갖지 못한 일반인이었다.

힘을 지닌 이들은 김수호와 같이 자연스럽게 내게 충성하고 있었다.

그런데 한 사람이 어렵게 손을 들었다. 김수호는 누군지 아는 것 같았다.

"김말순 할머니, 무슨 할 말이 있으신가요?"

병원 사람 중 몇 안 되는 노인이었다. 60대 중반 정도 되는 것 같았다.

뭐 요즘에는 60대도 노인이라고 말하기 좀 그렇지만.

김말순 할머니가 떨리는 목소리로 말했다.

"선생님, 그럼 제 아들은 살아 있나요?"

"아들이요?"

김수호의 표정을 봐서는 김말순 할머니의 아들이 누구인지 정말 모르는 것 같았다.

"돌아오지 않은 12명 중 한 명이 제 아들이에요."

김수호는 진짜 모르는 것 같았다.

그때 김민선 간호사가 끼어들었다.

"그 최정수라고 있어요. 안하무인에 자기만 아는……."

김민선 간호사는 김말순 할머니의 눈치를 보며 말끝을 흐렸다. 아마 욕을 하려다가 멈췄겠지.

"아. 그렇군요. 살아 있습니다."

김수호의 말대로 12명은 살아 있었다.

내가 돌아가기 전까지 그들은 병원으로 돌아가서 일반인으로 살 것인지, 아니면 다른 살길을 찾아 떠날 것인지 결정해야 했다.

"그럼 언제 돌아오나요?"

김수호도 내가 12명에게 말할 때 옆에 있었다.

"그건 아드님이 결정할 문제인 것 같습니다."

"네?"

"병원으로 돌아올지 다른 곳으로 떠날지는 아드님 선택에 달려 있습니다."

"그게 무슨 말이에요?"

김수호는 나를 잠시 보더니 무언가 결정한 것 같은 표정으로 김말순 할머니에게 말했다.

"아드님을 포함한 12명은 이성필 대장님에게 진심으로 충성을 맹세하지 않았습니다."

김말순 할머니는 김수호가 더 말하기도 전에 소리쳤다.

"충성을 맹세하지 않았다고 버린다는 건가요?"

김말순 할머니의 말에 김수호의 표정은 더 굳어졌다. 그리고 딱딱한 목소리로 말했다.

"그게 불만인가요?"

김말순 할머니는 충격받은 것처럼 더는 말하지 못했다.

이런 세상이 되지 않았다면 김수호는 김말순 할머니에게 최대한 정중하게 말했을 것이다.

하지만 법과 질서가 유지되는 세상이 아니었다.

"불만이어도 어쩔 수 없습니다. 할머니 아들은 살인의 충동을 버리지 못했으니까요."

"그……그게 무슨 말이에요?"

"이성필 대장님에게 진심으로 충성한 사람은 모두 살인의 충동에서 벗어났습니다. 설마 살인 충동을 모른다고 하시지 않겠죠? 이강수가 그랬고 그의 부하들도 그랬죠. 그리고 저 역시도……."

김수호의 말에 김말순 할머니뿐만 아니라 일반인 모두가 충격받은 것 같았다. 의사인 김수호도 그런 유혹을 받고 있는지 몰랐던 것이 분명했다.

"왜 그런 표정들을 하죠? 나 역시 사람을 죽이고 힘을 얻었습니다. 힘을 얻은 사람은 살인하고 싶은 유혹을 느끼죠. 그것을 억제하느냐 억제하지 못하느냐에 따라서 이강수 같은 놈이 되느냐 안 되느냐가 갈립니다."

모두 충격에서 어느 정도 벗어난 것 같았다.

"할머니 아들도 이강수 같은 놈이 될 수 있었습니다."

"아니에요! 내 아들은 아니에요!"

저건 어머니의 마음일 뿐이다.

내 자식은 그러지 않을 것이라는 마음.

"그렇다면 할머니도 병원을 나가셔도 됩니다."

김수호는 마음을 단단히 먹었다.

이런 식으로 병원에 분열이 일어나면 안 된다고 생각했기 때문이었다.

"제……제가요?"

"아들을 따라가시죠. 김 간호사 선생의 말을 들어 보니 아들이 할머니를 제대로 챙길 것 같지는 않은데요."

"……."

김말순 할머니가 대답하지 않고 고개를 돌리는 것을 보니 김수호의 말이 맞는 것 같았다.

"잘 들으세요! 여러분의 안전을 위해 저를 대표로 뽑았습니다. 전 우리의 안전을 위해 이성필 대장님을 선택했고요. 그 선택! 절대 후회하지 않습니다. 그 예로 풍족하지 않지만, 식량과 마실 수 있는 물을 계속 제공받을 겁니다."

사람들의 표정이 확 바뀌었다.

역시 자신에게 무언가 이익이 있으면 좋아할 수밖에 없는 것이 사람인 것 같았다.

물론, 나도 예외는 아니다.

"그럼 앞으로 물은 배급제로 받지 않나요?"

"마실 물은 똑같이 배급제로 줍니다. 하지만 그전보다는 양이 많아질 겁니다."

병원도 물은 부족했다.

초기부터 200명이 넘는 사람이 마실 물은 병원 내 편의점과 창고에 있는 생수로는 한계가 있었다.

그리고 죽은 이강수와 부하들은 물을 마음대로 사용했었다.

"이성필 대장님께서는 굳이 이렇게 하지 않으셨어도 됩니다. 하지만 우리를 살리기 위해서 하시는 겁니다."

이거 낯 뜨거워지려고 하네.

"하지만 그렇다고 이성필 대장님의 결정을 반대하는 사람까지는 전 포용할 수 없다고 생각합니다. 사실 12명이 죽었어도 할 말이 없었습니다. 그런데 이성필 대장님은 죽이지 않고 힘만 없앴습니다."

김수호가 이런 정보를 말해도 내가 가만히 있는 이유가 있었다.

나 대신에 김수호가 경고하는 것이기 때문이었다.

힘이 생겨도 내가 그 힘을 없앨 수 있다는 것을 알면 조심할 것이다.

그리고 고물상에 발전기 같은 것은 말하지 않고 있었다.

숨길 것은 숨길 줄 아는 것 같았다.

"그리고 선택권도 줬습니다. 그러니 제발 이상한 생각 하지 말고 이성필 대장님을 따라 줬으면 합니다. 더는 이런 것으로 말하지 않고 행동으로 하겠습니다."

김수호는 잠시 말을 멈춘 다음 일반인 중 몇 명을 가리켰다.

"조남수 씨, 강민재 씨!"

"네?"

"네."

두 사람은 두려운 눈빛을 했다.

"두 분 농사를 지으셨다고 들었습니다. 전에 이강수가 두 분에게 농사지을 준비 하라고 했었죠?"

"네."

내가 보기에 이강수가 살인에 미친 놈이긴 했지만, 아무런 계획 없이 사는 놈은 아니었던 것 같았다.

"그 계획 가능한가요?"

"그게……."

두 사람은 머뭇거리며 대답을 못 했다.

그리고 이번에는 내 눈치를 보는 것 같았다.

나는 살짝 앞으로 나섰다.

"문제가 있나요?"

김수호가 뒤로 물러나는 것이 보였다.

두 사람 중 조남수가 어렵게 대답했다.

"그러니까 농사지을 땅도 봐야 하고 어떤 것을 재배할지 결정도 해야 하는데……."

"어려운 일은 아니네요. 병원에서 조금 떨어진 사거리를 지나면 밭이 있습니다. 그곳에 하면 되고, 재배할 수 있는지 없는지는 나중에 저와 함께 살펴보죠."

"네? 이성필 대장님하고 같이요?"

"네. 저하고 같이요. 왜요? 싫으세요?"

나는 웃으며 최대한 편안한 느낌을 주려고 노력하며 말했다.

"싫은 것이 아니라. 굳이 함께하시지 않아도……."

"함께해야 할 이유가 있습니다."

어떤 것이 괴물이 될지 안 될지 처음부터 알아낼 수 있는 사람은 나뿐이다.

"그러시다면야……."

"그럼 두 분은 하루 정도 생각해서 일정을 알려 주세요. 같이 밭에 나가 보죠."

"알겠습니다."

농사지을 사람도 봤으니 내일 다시 와서 병원 주변에 괴물 씨앗을 심을 생각이었다.

"그럼 내일 또 뵙죠."

가볍게 인사한 후 고물상으로 돌아가려는데 오민택이 심각한 표정으로 다가왔다.

"대장님."

"네."

"문제가 생긴 것 같습니다."

"문제요? 병원에요?"

"병원 내부 문제는 아닙니다."

"그럼요?"

"들개 무리가 나타났다고 합니다."

들개 무리가 나타났다고 해서 이렇게 심각하게 반응하지 않는다. 짐작이 갔다.

"괴물이 된 들개들이군요."

"네. 이강수가 꽤 많이 잡아 죽여서 며칠 보이지 않았습니다. 그런데 오늘 몇 마리가 어슬렁거리다가 도망갔다고 합니다."

거대 소나무를 제외하고 이 지역 최강자였던 이강수에게 들개 무리는 패배했던 것 같았다.

"숫자가 꽤 됩니다. 확인한 것만 100마리가 넘어가는 것 같습니다."

오민택이 들개 무리라고 한 말이 이해가 됐다.

"최대한 빨리 병원 주변에 씨앗을 심어야겠네요."

"그래야 할 것 같습니다. 그리고 고물상도 대비를……."

"그렇게 할게요. 걱정해 줘서 고마워요."

아마 들개 무리는 죽은 이강수에게 막혀 고물상까지는 안 왔던 것 같았다.

사람이 많은 더 먹음직스러운 먹이인 병원을 노렸겠지.

이제 하나둘씩 다른 괴물이 나타나는 것 같았다.

* * *

　지휘 수탉은 거대 소나무의 영역을 벗어나자 무리를 멈춰 세웠다.

　본능적으로 행동하지 않기 때문이었다. 지역을 정찰하고 약점을 찾는다.

　정찰에서 약점을 못 찾으면 직접 부딪치며 약한 곳을 찾는다. 이건 포천에서 군인들과 싸울 때 얻은 경험이었다.

　무리 중에서 적당히 약한 놈과 강한 놈을 섞어 정찰을 보내려는 순간, 지휘 수탉은 눈을 번뜩였다.

　기분 나쁜 느낌을 받았기 때문이었다.

　지휘 수탉은 그 느낌대로 고개를 돌렸다. 오른쪽 산 방향이었다.

　그리고 그곳에서 수백 개의 반짝이는 눈동자를 발견했다.

　'꼭끼오!'

　지휘 수탉의 경고에 닭들이 일제히 반응했다.

　지휘 수탉의 경고에 닭만 반응한 것이 아니었다.

　산속에서 조용히 지켜보던 들개 무리들도 반응했다.

　바로 땅을 박차고 괴물 닭 무리를 향해 달렸다. 그 숫자가 300마리가 넘었다.

　그중에서도 가장 덩치 큰 들개 한 마리가 눈에 띄었다.

　한쪽 눈을 다쳤는지 흉터가 있는 그 들개는 가장 앞에서 뛰고 있었다.

　그리고 곧 들개 무리와 괴물 닭 무리는 충돌했다.

흉터가 있는 들개가 단번에 괴물 닭의 목을 물어서 뜯어버렸다.

하지만 모든 들개가 흉터 있는 들개처럼 하지는 못했다.

첫 공격에 실패한 들개는 괴물 닭의 반격을 받아야 했다.

날갯짓하며 살짝 뛰어올라 발톱으로 찍고.

부리로 눈을 쪼기 시작했다.

작은 덩치의 들개는 괴물 닭의 발에 그대로 깔려 죽기도 했다.

들개 무리와 괴물 닭의 치열한 생존 전투가 시작된 것이었다.

승자는 누가 될지 모르는.

하지만 덕분에 병원과 이성필은 어느 정도 대비할 시간을 벌게 됐다.

"잘못 들은 것이 아니네요. 하아. 산 넘어 산이 또 나타난 건가요?"

약간의 투덜거림에 노 씨 아저씨는 웃으며 대답했다.

"지난번 산보다는 작은 산 같습니다."

병원에서 그렇게 멀리 떨어지지 않은 곳에서 들개 무리가 무언가와 싸우는 소리가 들렸다는 보고를 오민택이 사람을 보내 알려왔다.

그 들개 무리의 싸움 소리는 약하게 고물상까지 들렸었다.

"닭 소리였죠?"

"그런 것 같습니다."

"먼저 고물상 주변에 방울토마토하고 고추, 상추를 심어야겠어요."

병원도 중요하지만, 내게 더 중요한 곳은 고물상이었다.

아무래도 들개의 습격을 대비해야 할 것 같았다.

"들개 숫자가 꽤 많다고 들었어요."

"저도 들었습니다. 그런데 들개가 이겼을까요?"

"아무래도 그렇지 않을까요?"

나는 닭과 들개의 싸움에서 들개가 이겼을 것 같았다.

닭은 항상 들개 같은 것들의 먹잇감 그 이상은 아니었으니까.

하지만 노 씨 아저씨의 말을 듣고 보니 확인해 봐야 할 것 같았다.

"정수야!"

"네. 대장님!"

정수가 수진이와 함께 있다가 달려왔다.

"친구들 멀리까지 보낼 수 있어?"

"네."

"그럼 북쪽으로 보내서 들개나 닭이 있는지 확인해 줄 수 있을까?"

"그럼요. 바로 보낼까요?"

"그래 줄래?"

"네."

정수는 거대 꿀벌을 불러 북쪽으로 정찰을 지시했다.

그리고 나는 방울토마토와 고추 그리고 상추 씨앗을 찾아 붉은색은 모두 파란색으로 바꾼 다음 고물상 주변에 심었다.

* * *

　고물상 주변에 씨앗을 골고루 심는 것이 끝날 때쯤 정수가 내게 달려왔다.

　"대장님!"

　"정찰 보고야?"

　정수의 표정은 안 좋았다.

　"네. 한 친구만 돌아왔어요."

　"한 친구만? 얼마나 보냈는데?"

　"100마리요."

　정수의 표정이 왜 심각한지 알 것 같았다. 100마리를 보냈는데 살아 돌아온 것은 1마리뿐이었다.

　"그렇구나. 친구들 많이 죽어서 슬퍼?"

　"네."

　"하지만 친구들은 정수를 도울 수 있어서 좋았을 거야."

　거대 꿀벌을 친구처럼 생각하는 정수에게 할 수 있는 위로는 이것뿐이었다.

　"그렇겠죠?"

　"그랬을 거야. 그런데 살아 돌아온 친구는 뭐라고 해?"

　"엄청 흥분했어요. 엄청 큰 닭이 날아올라 자신과 친구들을 공격했대요."

　"닭이? 들개가 아니라?"

"네. 닭이 그랬다고 해요. 그리고 엄청 많다고 해요."

거대 꿀벌은 몇 마리인지 셀 수는 없다. 하지만 거대 꿀벌이 엄청 많다고 하는 것은 자신들에게 위협이 된다는 것과 같았다.

"닭이 이긴 건가?"

내 예상과 다른 결과가 나온 것 같았다.

"정수야. 고물상 안에서 그 누구도 나오지 말라고 해."

"왜요?"

"아무래도 씨앗 가지고 병원에 가야 할 것 같거든. 내가 가 있는 동안 심어 놓은 씨앗이 자라서 공격할 수도 있어."

아방토도 처음에는 나를 제외한 모두를 공격하려고 했었다.

내가 명령을 내린 다음부터 고물상에 머무는 이들을 보호하기 시작했다.

"네. 대장님."

정수에게 지시를 내린 나는 노 씨 아저씨와 씨앗을 챙겨 병원으로 출발했다.

* * *

포천시.

이필목 연대장은 정찰 소대장의 보고를 받고 있었다.

"닭들이 모두 사라졌다고?"

"그렇습니다. 닭들은 본거지를 버리고 남쪽으로 향한 흔적이 있습니다."

정찰 소대장의 말에 이필목 연대장은 자연스럽게 인상을 썼다.

말이 안 되기 때문이었다.

"거대 소나무 영역으로 갔다는 건가?"

"흔적으로 봐서는 그렇다고 볼 수 있습니다."

"닭과 소나무의 싸움이라."

이필목 연대장은 아무리 생각해 봐도 닭들이 미치지 않고서는 거대 소나무의 영역을 침범하는 것은 이상한 일이었다.

그동안 봐 온 닭들은 머리가 좋았다.

흔히 머리 나쁜 이들을 향해 닭대가리라고도 한다.

하지만 이 닭들은 조직적으로 움직이며 상황을 파악하고 공격했다.

인간 수준의 지능을 지녔다고 볼 수밖에 없었다.

그런 닭들이 이기지도 못할 거대 소나무를 공격할 리가 없었다.

"부관!"

"네."

"진검대 중에서 정찰조 만들어서 거대 소나무 영역으로 보내."

"거대 소나무 영역은 위험합니다."

"그래서 진검대 중에 보내라는 거잖아. 위험하면 무조건 후퇴하라고 해."

"알겠습니다."

부관이 정찰조를 만들려고 움직였다. 그런데 보고를 하던 정찰 소대장은 보고가 끝났는데도 움직이지 않았다.

"또 보고할 것이 남아 있나?"

"저기······."

"말해."

"닭들이 알을 놔두고 갔습니다."

"알을? 달걀 말인가?"

"그게······. 달걀이라고 말할 수 있을지가."

"뜸 들이지 말고 말해."

이필목 연대장의 다그침에 정찰 소대장은 바로 말했다.

"알의 크기가 큽니다. 거의 성인 남성의 몸통만 합니다."

이필목 연대장은 왜 정찰 소대장이 머뭇거렸는지 알 것 같았다.

"혹시 알을 가져다가 식량으로 삼자는 건가?"

"그렇습니다."

사람 몸통만 한 달걀이라면 한 개만으로도 꽤 많은 사람이 먹을 수 있었다.

현재 신선한 고기 같은 것은 구할 수가 없었다.

냉동되어 있던 고기도 부패하기 시작했다.

"괴물의 알인데 먹을 수 있을까?"

"사실은 저희 소대에서 한 개를 깨 봤습니다."

정찰 소대장은 바짝 긴장한 상태로 말했다.

"그래? 먹어 봤나?"

굳은 표정의 이필목 연대장의 얼굴을 본 정찰 소대장은 차려자세를 하며 크게 말했다.

"조금 먹어 봤습니다."

"먹을 수 있다고?"

"그렇습니다."

이필목 연대장이 물어보는 이유가 있었다. 괴물이 되어 버린 닭은 먹을 수 없었기 때문이었다.

비린내와 썩은 냄새가 났다. 그리고 일부 사람이 그래도 먹어 보겠다고 불에 구웠었다.

냄새는 많이 사라졌다. 하지만 괴물 닭을 먹은 사람은 바로 식중독 증상이 나타났다.

"약간의 비린내가 나기는 하지만 참을 만했습니다. 그리고 그 어떤 증상도 나타나지 않았습니다."

이필목 연대장은 잠시 생각하느라 입을 다물었다.

정찰 소대장은 긴장한 체로 이필목 연대장이 입을 열기를 기다렸다.

돌발 행동에 따른 징계냐.

아니면 잘했다고 칭찬받을 것이냐.

어떤 말이 나올지 몰랐기 때문이었다.

"알이 몇 개나 있지?"

"약 백여 개 정도입니다."

"주변에 괴물 닭들은 보이지 않고?"

"그렇습니다."

"좋아. 그 알들 다 수거해 오도록."

"정말로 그래도 됩니까?"

정찰 소대장의 입에 침이 고이는 것을 본 이필목 연대장은 고개를 끄덕였다.

"오래간만에 단백질 보충도 해야겠지."

"감사합니다. 연대장님!"

"빨리 가서 가져와."

"네!"

이필목 연대장은 정찰 소대장이 기쁜 표정으로 뛰어나가자 옆에 있던 작전 과장 김선수 대위에게 말했다.

"수거해 온 알 중 일부는 부화할 수 있는지 확인해 봐. 감시도 하고."

"혹시 괴물 닭을 키우실 생각이십니까?"

"가능하다면."

"알겠습니다."

이필목 연대장은 어린 괴물 닭이라면 자신의 능력으로 세뇌할 수 있을 것 같았다.

그렇게만 된다면 식량 문제도 어느 정도는 해결할 수 있게 된다.

그리고 이필목 연대장은 문득 아내와 아이들 생각이 났다.

살아 있기를 바라는 마음이었다.

하지만 괴물 닭들이 얼마나 지능적이고 집요한지 알기에 더는 살아남을 수 없을지도 모른다는 생각이 들었다.

이필목 연대장은 문득 신에게 빌고 싶었다.

아무도 듣지 못하게 아주 작은 목소리로 중얼거렸다.

"제 가족을 살려 준다면 뭐든지 하겠습니다."

하지만 이필목 연대장은 더는 가족 생각을 할 수 없었다.

포천 방어 책임자라는 위치는 너무나 바빴기 때문이었다.

* * *

씨앗을 가지고 병원으로 가서 경비 서기 어려운 자리마다 심었다.

씨앗이 싹을 틔우고 자라나기까지는 약 4시간 정도 걸린다.

들개와 닭의 싸움이 있어서 그런지 병원 내부는 어수선했다.

아무도 밖으로 나가지 못하고 있었다.

나는 김수호 선생과 오민택에게 정수가 정찰한 내용을 알려 줬다.

두 사람은 들개 무리가 패배했다는 사실에 놀랐다.

그러면서도 어떻게 보면 위협적인 집단 하나가 사라진 것을 위안으로 삼았다.

괴물이 된 들개 무리와 닭 무리, 두 집단을 동시에 상대하지 않아도 되니까.

하지만 그렇다고 그냥 앉아서 싸움에서 이긴 닭 무리를 기다릴 수는 없었다.

직접 눈으로 보고 대략적인 숫자와 크기 등을 파악해야 했다.

그래야 더 대응이 쉬워진다.

그래서 나와 노 씨 아저씨는 거대 꿀벌이 정찰한 지역을 직접 가 보기로 했다.

그렇다고 도로를 따라서 가는 것은 아니었다.

눈에 너무 잘 띈다.

도로 서쪽 산에 오르면 닭 무리의 위치를 파악할 수 있었다. 거기에 군용 망원경으로 살피면 된다.

* * *

나와 노 씨 아저씨는 빠르게 달리면서도 조심스럽게 움직였다.

"눈도 좋아야 하지만, 감각도 중요합니다. 밟을 돌이 그냥 돌멩이인지 아니면 땅에 박힌 것인지 감각적으로 알 수 있습니다."

"네."

지금은 노 씨 아저씨가 밟은 돌만 밟으면서 따라가고 있었다.

산에서 최대한 소리가 안 나면서 빠르게 움직이는 방법이라고 했다.

"만약, 들개 무리가 살아남았다면 체취를 지우는 방법도 사용해야 합니다."

"물길을 따라가는 것 말인가요?"

영화 같은 곳에서 나오는 방법이었다.

"그것도 좋지만, 썩은 나뭇잎이나 진흙을 잔뜩 바르는 것도 좋습니다. 그리고 바람의 방향도 파악해야 합니다."

아무래도 노 씨 아저씨는 실전에서 사용했던 방법을 알려 주는 것 같았다.

그래도 썩은 나뭇잎은 좀 꺼려졌다. 그 냄새가 얼마나 지독한지 알기 때문이었다.

인상을 쓰고 있을 때 갑자기 노 씨 아저씨가 멈췄다.

그 덕분에 노 씨 아저씨 등에 부딪힐 뻔했다.

"왜 그러세요?"

노 씨 아저씨는 손가락을 입에 대며 조용히 하라는 표시를 했다.

그리고 왼쪽 풀숲을 노려봤다.

노 씨 아저씨는 일본도를 조용히 들어 경계하기 시작했다.

'크르릉.'

낮게 으르릉대는 소리.

들개가 분명했다.

노 씨 아저씨의 이런 능력은 내가 봐도 신기했다. 그냥 지나칠 수도 있는 곳인데 노 씨 아저씨는 이상한 것을 느끼고 멈춘 것이다.

"포위당한 것 같지는 않습니다."

노 씨 아저씨는 주위를 둘러보고 말했다.

"닭하고 싸우다 도망친 놈인 것 같네요."

"그런 것 같습니다. 그런데 살기가 진하네요."

그러고 보니 진한 피비린내가 느껴졌다. 이강수만큼은 아니었지만, 꽤 많은 생명을 죽인 것 같았다.

아마 사람도 죽였겠지.

"어떻게 하시겠습니까?"

"그냥 지나갈 수는 없겠죠?"

괴물이 된 들개를 살려 둔다면 언젠가는 다시 사람을 공격할 수도 있었다.

그것이 병원이나 고물상의 누군가가 될 수도 있다.

"알겠습니다. 제가 처리하겠습니다. 안전해지면 오셔서 마지막에 숨통을 끊으세요."

노 씨 아저씨가 풀숲을 향해 걸어갔다.

나는 노 씨 아저씨보다 더 빠르게 걸었다.

"대장님."

"그런 일까지 시킬 생각은 없어요. 힘을 얻으려면 직접 해야죠."

노진수는 이성필의 의견을 존중하며 걸음을 늦췄다.

하지만 언제든지 이성필이 위험해지면 나설 수 있게 긴장은 계속 유지했다.

"옆으로 돌죠."

풀숲 가까이 가자 커다란 덩치가 보였다. 하지만 풀숲을 헤치고 지나가는 것보다 옆으로 돌아서 가는 것이 더 나았다.

장애물이 없었다.

풀숲 옆으로 돌자 커다란 들개가 움직이기 시작했다.

상처가 큰지 간신히 움직이는 것 같았다. 숨소리도 거칠었다.

그리고 들개가 나를 봤다.

나와 노 씨 아저씨는 들개를 보는 순간 동시에 들개를 죽일 생각이 사라졌다.

"애꾸야."

내가 저 들개를 부르던 이름이었다.

애꾸가 들개가 된 줄은 몰랐다. 이상한 일이 일어나기 전날까지도 고물상에 들려서 밥을 얻어먹고 갔었다.

덩치가 커졌다고 해서 못 알아보지는 않았다. 한쪽 눈에 번개가 친 것 같은 자국이 있는 개는 달리 없었다.

주인을 기다리는 개였다.

애꾸는 고물을 파는 할아버지와 함께 항상 고물상에 왔었다. 하지만 할아버지는 병 때문에 돌아가셨다. 하지만 애꾸는 할아버지가 돌아가신 후에도 할아버지를 기다리며 배회하기 시작했다.

마치 할아버지와 같이 다녔던 길을 돌아다니면 할아버지를 찾을 수 있을 것처럼.

그런 애꾸를 동물 보호 단체나 119에서 몇 번이나 잡으려고 했었다. 하지만 그 당시에도 커다란 덩치와 빠른 몸놀림 그리고 눈치로 항상 빠져나갔었다.

몇 번의 포획 실패로 경계심이 너무 강해서 먹이를 줘도 먹지 않았고 사람이 있으면 항상 도망갔다.

그래도 애꾸는 고물상에 항상 왔다. 할아버지와 가장 많이 들른 곳 중 하나이기 때문이지 않을까 싶었다.

갈비뼈가 보일 정도로 말라가는 애꾸를 보며 안타까운 마음에 고물상 앞에 먹이를 놔 줬었다.

'크르릉!'

"나 몰라?"

송곳니를 드러내며 나를 향해 위협하는 애꾸를 보니 약간 서운했다.

"괜찮아. 나야 나."

나는 일단 가만히 서 있었다. 애꾸가 나를 기억해 주기를 바라면서, 위협적이지 않다는 것을 보여 주기 위해서였다.

내 진심이 통했는지 애꾸가 코를 찡긋하기 시작했다.

냄새를 맡는 것 같았다.

그리고 애꾸는 송곳니를 집어넣었다.

표정까지 변했다. 꼬리가 힘겹게 움직이는 것도 변했다.

'끼잉.'

애처로운 표정까지 지으며 나를 바라봤다.

확실하게 나를 기억하는 것 같았다. 하지만 그렇다고 급하게 접근할 생각은 없었다.

조심스럽게 한 발자국씩 움직였다.

애꾸의 표정이 웃는 것 같이 변했다. 조금은 편안해 보였다.

그리고 눈을 스르르 감았다.

애꾸의 숨이 점점 잦아드는 것 같았다.

나도 모르게 소리쳤다.

"애꾸야!"

그러면서 빠르게 다가갔다. 가까이 가자 애꾸의 배에 있는 큰 상처가 보였다.

꽤 심했다. 붉은색 점이 여러 군데 크게 있는 것이 보였다.

나는 애꾸를 살려야겠다는 생각으로 애꾸의 상처에 있는 붉은색 점에 손을 댔다.

* * *

애꾸는 자신의 마지막 순간에 이성필을 만나게 되어 기뻤다.

할아버지와 항상 즐거웠던 순간마다 이성필이 있었기 때문이었다.

할아버지는 이성필과 있을 때 너무 행복한 미소를 지었었다.

그래서인가. 애꾸도 이성필이 좋았다.

어느 날 할아버지가 사람들에 의해서 실려 가고 돌아오지 않았다.

애꾸는 할아버지가 돌아올 때까지 기다려야 했다.

할아버지가 몇 번 정도 '나 돌아올 때까지 기다려.' 이렇게 말하고는 어디론가 갔다가 온 것을 기억했기 때문이었다.

하지만 며칠이 지나도 돌아오지 않자 애꾸는 할아버지를 찾아 나섰다.

처음에는 집 근처만 갔다가 왔다. 그사이 할아버지가 돌아왔을지도 모른다는 생각 때문이었다.

조금씩 멀리 갔다.

그리고 문득 생각난 곳은 고물상이었다.

할아버지가 항상 웃으며 행복해했던 곳.

그곳이 너무 행복해서 안 오는 것이 아닐까?

그런 생각으로 고물상으로 갔다. 집에서 꽤 먼 곳이라 가는 길이 쉽지는 않았다.

가다가 마주치는 사람 중에는 겁에 질려 소리를 치거나 심지어 위협까지 했었다.

어렵게 고물상까지 갔지만, 할아버지는 없었다.

다시 집으로 돌아가는 길 역시 험난했다.

사람들 대부분이 자신의 눈을 가리키는 것을 알았다.

할아버지와 이성필은 저런 눈빛으로 보지 않았다는 것을 생각하며 사람들을 피하기 시작했다.

그리고 사람들이 잡으러 온 것도 알았다.

필사적으로 도망쳤다.

할아버지가 돌아올 때까지 기다려야 했으니까.

집 주위에는 갈 수 없었다. 사람들이 기다리고 있기 때문이었다.

그래도 집 주변에서 최대한 버티며 할아버지를 기다렸다.

하지만 굶주림은 어쩔 수 없었다.

자신을 두려워하지 않으면서 항상 웃어 줬던 사람은 할아버지와 고물상 이성필뿐이었다.

고물상에 가면 먹을 것이 있을지도 모른다는 생각으로 움직였다.

그리고 이성필은 아무렇지 않게 자신을 위해 사료를 준비해 줬다.

하지만 애꾸는 이성필도 경계할 수밖에 없었다.

이성필은 자신에게 겁먹지 말라는 듯 사료에서 멀리 떨어져 줬다.

고마웠다.

하지만 할아버지를 기다려야 한다는 마음에 이성필에게 더는 마음을 열 수는 없었다.

매일 고물상으로 가서 사료를 얻어먹을 수는 없었다.

자신을 잡으려고 했던 사람들이 고물상에 온 것을 봤기 때문이었다.

애꾸는 근처 산으로 도망쳤다. 그리고 산에서 굶주리다가 작은 동물 같은 것들을 잡아먹었다.

그런데 어느 날 자신에게 힘이 생겼다는 것을 알았다.

지금까지의 모든 일들이 왜 일어났는지 알게 됐다.

할아버지가 왜 돌아오지도 않는지도 이해가 됐다.

그때부터 애꾸는 할아버지를 기다리지 않았다. 대신 살아남기 위해 최선을 다했다.

자신을 공격하는 다른 들개를 물어 죽이는 것이 시작이었다.

더 강해지는 것을 느꼈다.

힘을 얻고 이틀이 지나지 않아 주변 들개들은 자신에게 복종했다.

마치 그래야 한다는 것처럼.

그때부터 조직적으로 사냥을 시작했다.

특히나 인간을 보면 본능적으로 더 사냥하고 싶어졌다.

자신뿐만 아니었다.

자신을 따르는 들개들 역시 똑같았다.

인간을 사냥하면 다른 것을 사냥했을 때보다 더 많은 힘을 얻는 것도 알았다.

하지만 병원에 자신도 이기기 힘든 힘을 지닌 사람이 있는 것을 알게 됐다.

다른 곳으로 사냥터를 옮겨야 했다.

그렇지만 애꾸는 고물상 근처를 사냥터로 정하지 않았다.

오히려 고물상과 멀리 떨어진 곳으로 갔다.

그리고 점점 더 많은 들개들이 합류했다.

어느 정도 숫자가 모이자 병원을 공격하는 것도 가능하다는 생각이 들었다.

몇 마리를 보내 병원을 탐색하게 했다.

하지만 병원을 습격하기도 전에 북쪽에서 내려오는 닭 무리를 발견했다.

자신의 영역을 침범하는 닭 무리를 그냥 둘 수는 없었다.

애꾸는 자신을 따르는 들개 무리를 데리고 닭 무리를 습격했다.

당연히 이길 줄 알았다.

하지만 닭의 숫자가 많았다. 더군다나 한 마리 한 마리가 들개와 맞먹는 힘을 지녔다.

어떤 닭은 들개 여러 마리가 달려들어야 할 정도였다.

애꾸 자신은 가장 덩치가 큰 닭과 싸웠다.

그리고 애꾸는 패배했다.

덩치 큰 닭이 승리의 울음을 내뱉자 싸움은 멈췄다.

살아남은 들개들은 사방으로 도망치기 시작했다.

애꾸 역시 있는 힘을 다해 뛰었다.

닭 무리는 도망치는 들개 무리를 뒤쫓지 않았다.

닭 무리도 피해가 컸기 때문이었다. 또한, 도망치는 들개는 수십 마리에 불과했다.

더는 위협이 되지 않기 때문이기도 했다.

애꾸는 더는 움직일 수 없을 정도가 될 때까지 도망쳤다. 그리고 죽음을 기다리고 있었다.

그런데 자신의 생에서 가장 행복했던 순간을 함께한 두 사람 중 한 명인 이성필을 만날 줄은 몰랐다.

마지막 순간 웃으면서 죽을 수 있을 것 같았다.

애꾸는 점점 몸이 따뜻해지는 것을 느끼기 시작했다.

* * *

"이제 괜찮을 것 같네요. 그런데 아저씨도 애꾸 기억해요?"

"네. 기억합니다. 저하고 비슷한 것 같아서요."

순간 노 씨 아저씨가 제정신이 아닐 때가 기억났다.

그러고 보니 노 씨 아저씨는 할아버지와 애꾸가 같이 오면 항상 애꾸를 향해 달려갔었다.

애꾸는 그런 노 씨 아저씨를 피해 도망 다녔었다.

'크릉.'

애꾸가 깨어나는 것 같았다.

동시에 노 씨 아저씨가 자세를 낮추며 일본도를 들었다.

애꾸 때문이 아니었다.

주위에서 부스럭거리는 소리가 들렸다. 한두 곳에서 들리는 것이 아니었다.

곧 소리를 내는 놈들이 나타났다.

'크르릉.'

"이런. 죄송합니다. 가까이 접근할 때까지 눈치 못 챘습니다."

노진수는 자신이 방심했다는 것을 알았다.

애꾸를 보고 예전 생각에 잠시 빠져들었다 해도 이렇게 가까이 들개들이 접근할 때까지 몰랐다는 것은 변명의 여지가 없었다.

"10마리 정도네요."

10마리면 나와 노 씨 아저씨가 충분히 상대할 수 있다고 생각했다.

"아닙니다. 더 많습니다. 이곳으로 몰려오고 있습니다."

노진수는 감각을 날카롭게 세워 주변의 소리를 듣고 내린 결론이었다.

"설마 애꾸를 보호하기 위해 온 건가요?"

"그건 아닌 것 같습니다."

노진수는 확실하게 느낄 수 있었다. 들개들은 애꾸를 전혀 신경 쓰지 않고 있었다.

오히려 죽이려 하는 것 같았다.

특히나 애꾸와 덩치가 비슷한 얼룩무늬의 들개는 자신이나 이성필이 아닌 애꾸를 노려보고 있었다.

"서열 정리를 하려는 것 같습니다. 대장님."

"아! 그럴 수도 있겠네요."

병원에서 들었던 말이 있었다. 들개 무리를 이끄는 놈이 애꾸라고.

그때는 내가 아는 애꾸일 줄은 몰랐다.

"들개들이 우리를 방해물로 생각하는 것 같습니다."

노진수는 얼룩무늬 들개가 자신과 이성필에게 시선을 돌리는 것을 봤다.

얼룩무늬 들개의 눈은 적대적이었다.

바스락.

"흐음. 어떻게 하시겠습니까?"

사방에서 소리가 들려왔다. 들개의 숫자가 더 늘어났다. 지금은 30마리 정도 되는 것 같았다.

노 씨 아저씨는 애꾸를 놔두고 갈 것인지 아니면 들개 무리로부터 보호할 것인지 묻는 것 같았다.

내 대답은.

"그래도 제가 주는 밥 얻어먹은 애꾸인데 그냥 버릴 수는 없죠. 식구인데."

같이 밥 먹었으면 식구지.

식구를 그냥 버리는 짓은 안 한다. 그리고 나와 노 씨 아저씨라면 들개 무리를 충분히 해결할 자신도 있었다.

"그렇게 말하실 줄 알았습니다. 제가 처리하겠습니다. 애꾸 근처에 계세요."

노 씨 아저씨가 움직이려는 순간 애꾸가 깨어난 것 같았다.

'크헝.'

벌떡 일어난 애꾸는 꽤 큰 소리를 냈다.

이건 개가 내는 소리가 아니었다. 마치 사자나 호랑이가 내는 것 같았다.

그러자 들개들이 움찔하며 자세를 낮추고 꼬리를 내렸다.

하지만 한 마리는 아니었다.

얼룩무늬 들개였다.

얼룩무늬 들개는 오히려 송곳니를 드러내며 크르렁거렸다.

마치 애꾸에게 나오라는 듯이.

나는 일어난 애꾸를 봤다. 애꾸 역시 나를 슬쩍 봤다. 그리고 알 수 있었다.

애꾸가 나를 알아본다는 것을.

애꾸가 웃었다. 분명히 웃는 표정이었다. 개가 저렇게 웃는 것은 처음 봤다.

인터넷에서 동영상으로 개가 웃는 것을 본 적이 있었다.

그것보다 더 현실적이었다.

애꾸는 다시 고개를 얼룩무늬 들개를 향해 돌렸다.

그리고 내 옆을 지나쳐 걸어갔다.

"야. 너 아직 다 나은 거 아니야."

내가 해 줄 수 있는 치료는 낫게만 해 준 것이다. 완벽하게 회복하려면 시간과 영양이 필요했다.

하지만 애꾸는 들은 척도 안 하고 얼룩무늬 들개를 향해 걸어갔다.

"아저씨!"

나는 노 씨 아저씨가 도와줬으면 하는 생각을 불렀다.

그런데 노 씨 아저씨는 생각이 다른 것 같았다.

"대장님. 이건 애꾸가 해결해야 할 문제인 것 같습니다. 제 도움을 받는다면 애꾸는 무리의 우두머리가 될 수 없습니다."

"애꾸는 아직 완벽하게 회복되지 않았어요."

"그래도 해야 합니다. 만약, 진짜로 위험하다 싶으면 그때 돕겠습니다."

"알았어요."

이건 노 씨 아저씨 말이 맞는 것 같았다.

나와 노 씨 아저씨는 한 발자국씩 뒤로 물러났다.

어쩌다 보니 들개 무리와 우리는 마치 원형 경기장을 만든 것처럼 됐다.

그 원형 경기장 중앙에는 애꾸와 얼룩무늬 들개 둘만 있었다.

서로 송곳니를 보이며 자세를 낮췄다.

빈틈이 보이면 언제든지 공격할 수 있다는 것처럼 보였다.

그리고 내 눈에 또 보이는 것이 있었다.

애꾸의 다리가 조금씩 떨리고 있었다. 죽을 정도의 상처를 입고 막 살아난 애꾸가 정상일 리가 없었다.

얼룩무늬도 그것을 눈치챈 것 같았다.

갑자기 애꾸의 옆으로 뛰었다. 애꾸가 방향을 바꿨지만, 조금 늦었다.

얼룩무늬는 그 기회를 놓치지 않고 애꾸의 뒷다리를 앞발로 치면서 지나갔다.

그대로 쓰러지는 애꾸.

얼룩무늬가 다시 애꾸를 향해 달려들었다. 애꾸는 데구루루 구르면서 몸을 세웠다.

그리고 얼룩무늬를 공격했다.

무슨 사자의 싸움을 보는 것 같았다. 앞발로 서로를 공격하다가 기회가 되면 물어뜯었다.

그리고 움직이는 속도도 빨랐다.

방심했다가는 순식간에 목을 물어뜯을 정도였다.

하지만 역시나 애꾸의 속도가 조금씩 느려지는 것 같았다.

동시에 애꾸의 상처도 늘어갔다.

애꾸가 고군분투하는 것이 안쓰러울 정도였다.

한바탕 난전을 한 다음 애꾸와 얼룩무늬는 떨어졌다.

헉헉대며 침까지 흘리면서 서 있는 애꾸.

조금 떨어진 곳에 있는 얼룩무늬는 아직 체력에 여유가 있는 것 같았다.

애꾸가 슬쩍 고개를 돌려 나를 봤다.

"미쳤어?"

나는 애꾸에게 소리쳤다. 목숨을 걸고 하는 싸움에서 다른 곳에 한눈을 팔면 안 된다.

아니나 다를까 얼룩무늬는 기회를 놓치지 않았다.

한 번의 점프로 애꾸의 목을 물어 버렸다.

치명적인 급소인 경동맥이었다.

노 씨 아저씨도 도와줄 틈이 없을 정도로 빨랐다.

그런데 애꾸는 계속 나를 보고 있었다.

모든 것을 포기한 것 같은 표정으로 편안하게 웃고 있었다.

나는 그런 애꾸에게 소리쳤다.

"포기하지 마! 살아! 할아버지도 너 살기를 바랄 거야!"

노 씨 아저씨가 움직였다.

노 씨 아저씨 역시 한 걸음 정도면 도달할 수 있는 거리였다.

그때 애꾸의 눈빛이 변했다.

그리고 얼룩무늬 방향으로 뛰었다. 마치 얼룩무늬를 바닥에 깔아뭉개려는 것 같았다.

쿠웅.

얼룩무늬는 애꾸에게 깔렸다.

하지만 얼룩무늬는 애꾸의 목을 절대로 놓지 않았다.

이대로 가면 애꾸는 무조건 죽는다.

더군다나 애꾸가 얼룩무늬를 깔아뭉갰기 때문에 노 씨 아저씨도 도와줄 수가 없었다.

애꾸를 일본도로 먼저 베어야지만 얼룩무늬를 공격할 수 있었다.

이대로 끝인가 싶었다.

그런데 애꾸는 발로 얼룩무늬를 누르더니 목을 휙 돌렸다.

푸확.

애꾸의 목에서 피가 분수처럼 뿜어졌다.

물린 곳이 통째로 뜯어져 나갔기 때문이었다.

나도 당황했지만, 얼룩무늬도 당황한 것 같았다.

애꾸는 그대로 얼룩무늬의 가슴을 물어뜯었다.

얼룩무늬가 몸부림치며 벗어나려는 순간 애꾸의 발이 얼룩무늬의 물어뜯긴 자리를 밟았다.

퍼억.

조금 떨어진 곳까지 들릴 정도로 강했다.

그러자 얼룩무늬는 부들부들 몸을 떨다가 곧 숨을 멈췄다.

'아오우우우우!'

목에서 피를 흘리면서도 애꾸는 승리의 하울링을 하는 것 같았다.

들개들이 더 바짝 엎드리는 것이 보였다.

노 씨 아저씨는 다시 내 옆으로 돌아왔다.

"걱정할 필요가 없을 것 같습니다. 대장님."

"그런 것 같네요."

애꾸의 상처가 점점 아물기 시작했다. 꽤 심한 상처라 얼룩무늬를 죽이고 얻은 힘으로도 바로 치유가 되지 않는 것 같았다.

상처가 다 아문 애꾸는 나와 노 씨 아저씨를 향해 몸을 돌렸다.

'컹!'

"저거 고맙다고 하는 거죠?"

"아닌 것 같은데요?"

노 씨 아저씨가 이렇게 말한 이유가 있었다.

애꾸는 우리를 향해 한 번 짖더니 몸을 돌려 들개들 사이로 갔기 때문이었다.

그리고 뭐라 하기도 전에 애꾸는 들개들을 데리고 달려갔다.

그것을 본 노 씨 아저씨는 어이가 없는 것 같았다.

"은혜도 모르는 놈 같으니. 저놈 예전에도 대장님이 준 밥만 달랑 먹고 도망가더니."

"뭐 그럴 수 있죠."

노 씨 아저씨는 서운한 것 같았다.

사실 나도 좀 서운했다.

"시간을 너무 지체했네요. 가시죠."

"네. 대장님."

나와 노 씨 아저씨는 닭들이 보이는 곳까지 달려갔다.

예상대로 산을 넘자마자 저 멀리 닭들이 모여 있는 것이 보였다.

군용 망원경으로 닭들을 살폈다.

멀리서 봐도 꽤 많은 숫자인 것 같았는데 망원경으로 보니 더 확실했다.

도로와 주변에 빼곡히 모여 있었다. 전신주를 기준으로 보면 그 크기가 얼마인지 짐작할 수 있었다.

나는 노 씨 아저씨에게 망원경을 넘겨줬다.

"한번 보세요."

노 씨 아저씨는 망원경을 받아서 보기 시작했다.

"한 500마리는 넘어 보이죠?"

"그런 것 같습니다. 중앙에 있는 놈이 대장 같습니다."

"저도 그렇게 생각해요. 그리고 시체 처리 중이네요."

망원경으로 볼 때 닭들은 죽은 들개와 동료 닭을 먹고 있었다.

"대장님!"

노 씨 아저씨의 목소리가 심상치 않았다.

"왜요?"

"저놈들 우리를 발견한 것 같습니다."

"설마요. 거리가 2km는 떨어져 있을 텐데요."

노 씨 아저씨가 망원경을 내게 건넸다. 나는 망원경으로 닭들을 살폈다. 그리고 노 씨 아저씨의 말이 사실이라는 것을 알았다.

대장으로 보이는 닭이 정확히 나를 보고 있었기 때문이었다.

대장 닭과 눈이 마주치는 순간 왜 들켰는지 알 것 같았다.

거대 소나무 때와 비슷했다.

저놈 나를 느끼고 있었다. 나도 저놈을 느낄 수 있었다.

'꼭끼오!'

"아저씨! 뛰어요!"

닭들이 일제히 우리를 향해 달려오고 있었다.

아니 반쯤은 날갯짓하며 날아왔다.

〈3권에서 계속〉

총에 맞고 죽을 뻔한 국정원 지원요원 최강,
잠시 떨어졌던 사후 세계에서 두 영혼이 딸려 왔다.

마법사 제라로바와 암살자 케라는
최강의 몸에 깃들어 힘을 빌려주기로 하고.

책상물림 지원요원이던 최강은,
두 영혼의 도움으로 최강의 요원으로 재탄생한다!

「불사신 혈랑」 박현수의 새로운 현대 첩보 판타지!

빙의로 최강요원

박현수 현대판타지 장편 소설
DONG-A MODERN FANTASY STORY

동아
COMMUNICATION GROUP

동아
COMMUNICATION
GROUP

동아
COMMUNICATION
GROUP

동아
COMMUNICATION
GROUP

동아
COMMUNICATION
GROUP